1980

1980

노재열 장편소설

산지니

차례

3부 · 도망자 2

4부 · 도망자 1, 이야기의 끝이자 시작

1부

죽은 자의 울음소리

15P 영창

"박아!"

K 헌병이 고함을 질렀다. 영철은 총알같이 튀어 나갔다. 빛이 날 정도로 반들반들한 마룻바닥을 5미터 정도 내달려 나가는 거리였는데, 그 끝의 벽 1.5미터 높이에 창문틀이 박혀 있었다. 영철은 그 창문틀 쇠창살로 돌진하며 있는 힘을 다해 머리를 박아 버렸다. 그야말로 아무런 망설임도 없었다.

'쾅' 하는 소리와 함께 영철은 온몸이 쇠창살에 튕기며 마룻바닥으로 내동댕이쳐졌다. 영철의 정수리에서 피가 흘러내렸다. 순식간에 벌어진 일이었다.

15P 영창 안 어두컴컴한 공간 속에 주검처럼 앉아 있던 수감자들의 희미한 육신이 일순간 술렁였다. 수감자들은 마룻바닥에 정자세를 하고 앉아 있었고, 시체처럼 널브러져 있는 영철을 곁눈질로 바라보는 그들의 눈초리가 두려움으로 가늘게 떨렸다. 그 눈초리 속으로 섬광처럼 지나가는 서늘한 살기가 있었는데, 수감자들의 눈빛을 더욱 차갑게 만들며 15P 영창 안을 기분 나쁘게 맴돌고 있었다. 수감자들은 마음속 깊이 몸서리를 치면서도 겉으로는 무덤덤한 표정을 지으며 미동도 하지 않고 앞만 바

라보며 앉아 있었다.

"일공오공! 저 새끼 치워!"

널브러져 있는 영철의 바로 옆에 수번 1050번을 달고 앉아 있는 중년 남자를 향해 K 헌병이 날카롭게 소리를 질렀다.

꼿꼿하게 앉아 있던 중년 남자가 황급히 일어나 영철을 마룻바닥 구석으로 끌고 갔다. 영철이 끌려 지나간 마룻바닥 위로 핏자국이 드문드문 이어졌다. 중년 남자는 마룻바닥을 닦던 걸레로 영철의 머리에서 흘러내린 핏자국을 대충 지우고 다시 제자리로 돌아와 앉았다. 중년 남자의 다리가 후들거리고 있었다. 아마도 영철의 피에 놀란 것 같기도 하고 K 헌병의 눈치를 살피는 것 같기도 했다.

영철은 피를 흘리며 마룻바닥 구석에 정신을 잃고 누워 있었다.

"이 새끼들!" 하고 K 헌병이 들고 있던 나무 몽둥이를 치켜들어 공중으로 한 바퀴 빙 돌리며 말했다.

"니들은 인간쓰레기들이다."

떡 벌어진 어깨를 더욱 힘주어 펴면서, K 헌병이 정자세를 취했다. K 헌병은 잘 닦여진 군홧발로 시멘트 바닥을 절도 있게 한 번 디뎌 차렷 자세를 취하고 목소리를 높였다.

"정의사회 구현을 위해 너희 같은 쓰레기들은 모두 총살해야 한다. 하루 세끼 먹여 주는 짬밥도 아깝다."

K 헌병은 자칭 국가관이 뚜렷한 애국자였다. 주름 하나 없이 빳빳하게 각을 세운 군복 옷깃이 K 헌병의 목덜미를 감싸고 있었다. 이것은 K 헌병이 한 치의 빈틈도 허용하지 않는다는 것을

말해 주는 거였다. 눈썹까지 눌러쓴 철모 아래로 보이는 눈빛은 날카롭기 그지없었다. 군복 소매는 물론이고 상의 앞과 뒤 양쪽으로 칼날처럼 날을 세운 옷주름이 허리를 지나 바지 밑까지 일직선으로 이어져 있었다. 훤칠한 키에 다부진 몸매로 영창 안을 구석구석 쏘아보는 K 헌병의 얼굴에는 자부심으로 가득 차 있었다.

20평 남짓한 헌병대 영창은 벽돌 벽으로 꽉 막혀 있었다. 영창 안은 철문 하나를 사이에 두고 앞쪽으로 복도처럼 한 사람이 오고 갈 수 있는 시멘트바닥이 있는데 그 바로 옆으로 마룻바닥을 깔아 놓았다. 바닥에서 50센티미터 정도 높이로 길게 나무로 만든 것이었다. 수감된 죄수들이 생활하는 방인 셈인데 사방이 트여 있어 방이라기보다는 마루라고 부르는 것이 맞을 정도였다. 그 마루 끝 동쪽에 가로세로 1미터 정도의 쇠창살로 된 문이 하나 달려 있었다. 그 창문은 바깥에서 빛이 들어오는 유일한 곳이었다. 영창 안은 대낮에도 어두컴컴한 동굴 속 같았다.

영창에는 30명 정도의 죄수가 수감되어 있었다. 사람이 많을 때는 100여 명이 넘게 수감된 적도 있었다. 이런 경우는 마룻바닥이 너무 좁아 누울 수도 없어 옆으로 눕거나 앉아서 잠을 자야 했는데, 지금은 그래도 나은 편이었다. 매일 새로운 사람이 들어오고 얼마 동안 알고 지내던 사람들은 어디론가 끌려가서는 다시는 돌아오지 않았다. 이곳에 수감된 사람들의 대부분은 몸에 문신을 한 사람들이 많았고, 술집에서 싸우다가 끌려온 사람들이거나 전과가 있는 사람들이었다. 영문도 모른 채 끌려온 사람들도 있었다.

"사회정화를 위해 우리 군인들이 나섰다."

K 헌병은 매일 오후 시간이 되면 일장 연설을 했다. 그 연설을 통해 바깥소식으로부터 완벽하게 차단된 영창 수감자들은 나름대로 귀중한 소식을 얻어듣기도 했다. 오직 K 헌병의 입을 통해서 전해지는 믿거나 말거나 한 내용이었지만 갇힌 자들에게는 그래도 귀중한 소식이었다.

"야! 너희들 A 국회의원 알지? 그 새끼가 기생첩을 두 명이나 두고 있다 아이가. 그러니 맨날 정치는 안 하고 뒷구멍으로 돈이나 챙기고 재야인사들하고 데모나 하다가 이번에 우리 전두환 장군에게 딱 걸려들은 기라."

K 헌병이 지목하는 A 국회의원은 제법 유명한 사람이었다. 이번에 부정부패자로 낙인 찍혀 구속되었는데, 아마 A 국회의원을 둘러싸고 은밀하게 나돌아다니는 소문들이 있었던 모양이다. 이러한 소식을 전하는 K 헌병의 입가에는 항상 가느다란 미소 주름이 만들어졌다. 철모 밑으로 매서운 눈빛을 감추며 네까짓 놈들에게 이런 소식이라도 알려 주는 것이 나 아니면 누가 있겠느냐는 듯한 자부심인 것 같았다.

또한 한층 목소리를 높이는 K 헌병의 말투에는 자신의 말에 대한 어떠한 의구심도 허용하지 않겠다는 강력한 의지가 담겨 있었다. 어찌 되었건 K 헌병은 연설의 끝에 항상 붙이는 말이 있었다.

"사회에서 말이야, 부정부패나 저지르고 사기 치는 놈들은 모두 싹쓸이해서 총살을 시켜야 이 나라가 바로 선다. 내 말이 틀린나?"

"맞습니다─!"

영창 안을 우렁차게 울리는 구령 같은 화답에 K 헌병은 흡족한 미소를 지었다. 하필 이런 순간에 꾸벅 졸던 영철이 수감자들의 구령 소리에 놀라 옆으로 넘어졌고 K 헌병에게 걸려든 거였다. K 헌병은 자신이 애써 전달하는 소식의 내용뿐만 아니라 자신이 근무하고 있는 시간 동안은 영창 안의 수감자들을 완벽하게 통제하고 있어야 한다고 생각하는 사람이었다. 더구나 자신이 목청을 높이며 귀중한 소식을 전달하고 있는 시간에 영철이 졸았다는 사실에 K 헌병은 자존심이 상해 버렸다. 화가 머리끝까지 치밀어 오른 K 헌병이 그냥 넘어갈 리가 없었다. K 헌병은 영철을 잡아먹을 듯이 노려보며 마룻바닥 빈 공간으로 불러내었다. K 헌병의 얼차려는 정말 집요했다. 자신은 손가락 하나 까딱하지 않고 입으로만 상대방의 몸뚱이를 피투성이로 만들었다.

"엎드려뻗쳐!"

영철은 다리를 후들거리며 양손을 마룻바닥에 짚고 두 다리를 벌리며 엎드렸다.

"다리 모아!" 하고 후다닥 다리를 모으게 하더니 K 헌병은 잠시 뜸을 들이듯 영창 안 수감자들을 천천히 둘러보았다. 그리고는 이제부터 자신의 주특기를 보여 주기라도 하겠다는 듯 눈을 가느다랗게 내려뜨며 말했다.

"머리 박아!"

조용조용 절도 있게 말하는 K 헌병의 말투가 박자를 탔다.

"손 올려!"

영창 안에서 이 얼차려를 모르는 사람이 없었다. 모두가 한 번쯤은 당해 본 얼차려이기 때문이었다. 영철은 머리를 마룻바닥에 처박은 상태에서 두 손을 등 뒤로 올려 깍지를 끼었다.

"360도 천천히 회전!"

영철은 머리를 마룻바닥에 박은 상태에서 두 다리를 옆으로 움직이며 천천히 돌았다.

"속도 상승, 시속 50킬로미터!"

영철의 이마가 빨갛게 까져 살점이 드러났다.

"시속 100킬로미터!"

결국 빙글 하고 영철이 넘어졌다. '그러면 그렇지 제 놈이 안 넘어지고 배겨?' 라고 중얼거리듯 입술을 씰룩이며 K 헌병이 이마가 벗겨져 살점이 빨갛게 드러나 핏자국이 듬성듬성 난 영철을 보고 씩 웃었다. 음산한 웃음이었다. 생각만 해도 끔찍했다. 남은 죽음의 고통을 겪고 있는데 옆에서 웃고 있다면 그게 어디 사람이 할 짓인가? K 헌병은 바로 그런 몹쓸 짓을 하는 사람이기도 했다. 영철의 고통은 아랑곳없는 듯 웃고 있는 K 헌병의 얼굴이 묘하게 일그러졌다.

"일어섯!"

영철이 겨우 일어나는데, 완전히 혼이 나간 사람처럼 비틀거렸다.

"자, 이제 미사일이다."

영철이 정신을 차릴 새도 없이 K 헌병은 얼차려를 진행했다.

"시속 100킬로미터로 달려가 박는다. 실시!"

이 시점에서 영창 안에 있는 다른 수감자들은 안도의 한숨을 내쉬었다. 영철이 얼차려를 끝낼 수 있기 때문이었다.

K 헌병이 시도하는 얼차려는 십여 가지가 넘었다. 그 하나하나가 사람의 신경이란 신경은 모두 곤두서게 하는 것뿐이었다. 너무 아파서 비명도 지르지 못할 정도의 얼차려를 받다 보면 그대로 죽고 싶은 마음이 절로 들 정도였다. 그 과정에서 나지막하게 내뱉는 K 헌병의 목소리에는 날카로운 칼날이 묻어 있는 듯했다.

영철은 최대한 빠른 속도로 내달렸다. 왜냐하면 쇠창살에 온몸의 무게를 실어 힘껏 부딪쳐야만 정신을 잃을 수 있기 때문이었다. 말 그대로 K 헌병의 얼차려는 상대방이 정신을 잃고 쓰러져야만 끝이 났다.

"애앵—!"

마침 저녁식사를 알리는 사이렌 소리가 울렸다. 아직 햇살이 쇠창살 너머로 비쳐드는 오후이지만 15P 헌병대 영창은 저녁이었다. 어둠이 깔리기 전에 식사를 마치고 점호를 하고 하루를 마감해야 하는 시간이 되었다는 것을 알리는 소리였다.

어두컴컴한 15P 헌병대 영창 안의 팽팽한 긴장감과는 달리 영창 바깥은 이른 저녁의 맑은 하늘 속으로 부드러운 바람이 불고 있었다. 도로 건너 15P 헌병대 막사를 마주보고 있는 산동네 집들의 지붕 위로 저녁햇살이 비쳐들고 있었다. 드문드문 그늘진 골목길에는 거의 인적이 없었다.

벌겋게 물들어 가는 지붕들이 하나둘 늘어날 때마다 그 지붕 끝을 뾰족하게 드리우며 어두운 그림자들이 하나둘 생겨나고 있었다. 그 그림자들은 마치 산동네의 집들이 기다랗게 늘어지며 날카로운 칼날처럼 15P 헌병대로 향하는 것처럼 보였다. 그 그림자 끝에 서 있는 15P 헌병대 정문에는 육중한 탱크가 한 대 버티고 서 있었고 비스듬히 위로 치켜든 탱크의 포신은 15P 헌병대 정문 앞과 직각을 이루며 정확하게 산동네로 향하고 있었다. 탱크 옆 초소에는 총을 든 초병이 부동의 자세로 서 있었다. 초병은 아무런 표정이 없었다. 시간이 멈춘 듯 고요한 저녁풍경은 살짝 일어나는 가느다란 바람에 실려 사르르 밀려가는 작은 나뭇잎 소리까지 들리게 하였다.

15P 헌병대 앞 양 방향 4차선이 넘는 아스팔트 도로 위로 드문드문 자동차들이 지나갔다. 지나가는 자동차들의 엔진 소리가 가벼웠다. 속도를 줄이느라 클러치를 빼고 조심스럽게 브레이크를 밟는 운전자들의 눈은 15P 헌병대로 쏠리며 무표정하게 지나갔다. 거리를 걷는 사람들은 거의 없었다.

지난해 10월 26일 박정희 대통령이 총에 맞아 죽자 정부당국은 비상계엄령을 선포하였다. 그것은 10월 16일부터 시작된 부산지역 시위 때문이었다. 무장한 기동경찰들이 최루탄을 범벅으로 쏘아대도 막을 수 없을 정도로 부산 시민의 시위는 격렬하였다. 16일부터 시작된 시위는 18일까지 날밤을 지새우며 계속되었고 밤이 되면 더욱 격렬해졌다. 시위대가 가는 곳마다 파출소가 불에 탔고 세무서와 방송국까지 화염에 휩싸였다. 부산 시민의 분노가 경찰력으로는 막을 수 없을 정도로 커지고 있었다.

결국 경찰의 힘만으로는 안 되자 10월 18일 0시를 기해 부산지역에 비상계엄령이 선포되었다. 군인들이 동원되어 나왔다. 그래도 시위는 잦아들지 않고 마산으로 확산되어 갔다. 10월 20일 정오에는 마산지역까지 위수령을 선포해야만 했다. 성난 시민의 시위가 쉽게 잦아들지 않고 있었다. 물론 이때까지는 박정희가 살아 있었다. 18년 동안 정치권력을 독점해 온 박정희 군사독재, 유신독재세력에게는 당황스러운 일이었다. 영원할 것만 같았던 철권통치가 일시에 무너질 것 같은 상황이 닥쳐오고 있었다.

이러한 상황은 때때로 권력 내부의 갈등을 유발하는 요인이 되기도 하였다. 결국 유신독재세력의 당황스러움은 그들의 갈등을 더욱 부추겼고 그 과정에서 김재규 중앙정보부장이 대통령 경호원 5명과 박정희 대통령까지 총으로 쏘아 죽이는 사건이 발생했다. 그야말로 상상도 하지 못했던 사건이 일어난 거였다.

그리고 그해 말 육군 보안사령관이었던 전두환 소장은 12월 12일 군사쿠데타를 일으켰다. 전두환은 자신의 상급자인 육군대장 정승화 군 참모총장을 잡아 가두고 서울 시내 한복판에서 탱크와 군대를 동원하여 총격전을 벌일 정도로 하극상을 저지르며 군사반란을 주도했던 것이다.

그 군사쿠데타가 성공하자 군인들이 정치 전면에 나서고 있었다. 이를 반대하는 야당정치인이나 재야인사, 학생들에 대해서는 강압적인 탄압을 자행하면서도, 겉으로는 학원자율화나 사회민주화 등의 분위기를 교묘하게 이용하여 자신들의 정치적 야욕을 숨기며 국민의 입과 귀를 틀어막고 있었다.

전두환의 입장에서 보면, 쿠데타의 승패에 따라 자신의 목숨을 걸 정도의 결의를 다졌을 것이 뻔했을 거고, 그것은 자신의 앞길에 방해가 되는 것은 무엇이든 가차 없이 짓밟아 버리지 않고서는 이룰 수 없는 방식이었다. 그러므로 전두환이 휘두르는 강압적이고 불법적인 정치권력찬탈계획은 수많은 사람들의 희생을 요구하는 것이었다.

전두환 보안사령관은 12월 12일 군사쿠데타 성공 이후 이듬해 4월 14일, 국가중앙정보부 부장서리까지 겸직하게 되었다. 아마도 대통령을 죽일 수 있을 정도로 막강한 권력의 자리가 중앙정보부장이었던 모양이다. 또 다른 측면에서는 자신을 가장 잘 숨길 수 있고 남을 가장 잘 엿볼 수 있는 자리가 중앙정보부 자리가 아니었던가 싶다. 그것은 김재규 중앙정보부장이 박정희 대통령을 바로 지근거리에서 권총으로 쏘아 죽인 것에서도 알 수 있는 사실이었다. 중앙정보부까지 장악한 전두환 보안사령관은 군대와 행정부의 양대 정보기관을 모두 움켜쥔 보안정보 일인자가 되었다. 그리고 정치권력 찬탈을 공공연하게 추진하기 시작하였다.

그럼에도 대학생들은 비상계엄령 해제를 요구하며 시위를 벌였고, 국회는 5월 12일 여야총무회담을 갖고 비상계엄령을 해제하기로 의견을 모았다. 그리고 여야 정당이 5월 20일 비상계엄령 해제를 결의하기 위한 임시국회 소집을 합의했는데 전두환이 이러한 움직임을 결코 그대로 둘 리가 없었다. 잘못하면 자신들의 정권찬탈계획이 무산될 수도 있는 일이었다.

전두환은 임시국회가 소집되기 3일 전인 5월 17일 자정, 자신의 꼭두각시 역할을 하고 있었던 최규하 대통령을 이용하여 전국비상계엄령확대를 선포하게 했다. 물론 이러한 과정에서 재야인사들을 학생데모를 배후조종한 국기문란자로 체포하였고, 각 지역 유지급의 주요민간인을 사회정화라는 명목을 붙여 부정부패자로 낙인찍어 권력형부정축재자로 구금하는 등, 강압적인 탄압을 자행하였다. 이러한 전두환의 행동은 국회를 무시하는 것은 물론이었고 국민생활을 유지하게 하는 국가의 기본인 법질서마저 무너뜨리는 불법적인 것이었다.

그러나 전두환은 법 위에 존재하는 무소불위의 권한을 휘두르며 자신의 야욕을 이루고자 했다. 전두환은 비상계엄령확대 선포에 항의하는 일반 시민을 무차별 연행하였고 광주에서는 공수부대 군인들이 광주 시민과 총격전을 벌이며 무고한 시민을 끔찍하게 학살하였다. 그 과정에서 10여 명의 시위대와 군인이 사망하고 부상을 입었다는 관제축소보도와 함께, 수천 명이 죽었다는 흉흉한 소문들에 대해서는 유언비어 날포죄로 체포하였다.

박정희가 죽은 직후 내린 비상계엄령은 제주도를 제외한 것이

있는데 제주도를 포함한다는 구실을 붙인 것이 전국비상계엄령
확대였다. 더구나 5월 17일 밤 12시에 내려진 전국비상계엄령확
대는 특별한 계기도 없이 내려진 조치였다. 이미 내려져 있는 비
상계엄령하에서 제주도까지 확대할 특별한 국가안위의 위급한
비상사태가 발생한 것도 아니었다. 누가 보더라도 그것은 어떤
정치적 목적을 갖고 치밀한 사전 계획에 의해 진행된 의도적인
것이었다.

　더욱 놀라운 일은 전두환이 수개월 전부터 비밀리에 공수부대
를 별도로 훈련시키면서 무자비한 탄압을 통해 국민을 호도할
곳을 찾고 있었다는 것이다. 그렇게 계획적으로 투입된 곳이 광
주였다. 5월 18일부터 27일까지 10일 동안 광주에서 벌어진 총
격전은 훈련받은 최고정예부대인 대한민국 공수부대 군인들에
의해 저질러진 일반 시민에 대한 일방적이고 무자비한 학살이었
다. 그리고 광주 시민의 수백, 수천 명 희생자들의 피 냄새도 가
시기 전인 5월 31일, 전두환은 국가보위비상대책위원회(국보위)
를 발족시키고 자신이 상임위원장을 맡으면서부터는 사실상 정
부권력까지 장악해 버렸던 것이다.

　이런 혼란스러운 정국 속에 15P 헌병대는 이러한 상황을 반영
하듯 계엄군에 의해 체포되어 들어오는 수감자들로 북새통을 이
루었다. 수감자들은 15P 영창으로 모여들었다. K 헌병은 이렇게
체포되어 오는 수감자들에게 영창의 규율을 강조했다.

　"여기는 민간사회가 아니다. 지난날은 모두 잊고 오로지 복종

만 하기 바란다. 그 복종이란 영창의 규정을 지키는 거다."

근엄하게 말하는 K 헌병은 수감자들에게 저승사자와 같은 존재로 군림하고 있었다. K 헌병은 애초부터 민간사회에서 통용되는 자유니 민주니 하는 구호에 대해서는 거부감을 가지고 있었다. K 헌병은 군중에게 자유와 민주를 부여하는 순간 다들 자기 방식대로 이익만 챙기려 드는 군중심리가 작용하기 때문에 혼란이 일어난다고 생각하고 있었다.

그래서 15P 영창 안을 지배하는 K 헌병의 규율은 철저하였다. 오직 정해진 규정에 의해서만 수감자들은 행동해야만 하였다. 조금이라도 규정에 위배되거나 그 규정으로부터 유추된 K 헌병의 규율적 생각에 어긋나는 일이 발생한다면 그것은 곧 징벌이었다. 여기서 말하는 규정의 유추는 K 헌병이 자의적으로 생각하는 모든 것이라고 생각하면 되었다. 그러니까 영창 안에서의 규정이란 K 헌병의 말 한마디로 정해지는 거였다.

그 징벌에는 눈곱만큼의 인간적 감정도 묻어 있지 않았다. 설사 그 징벌 과정에서 수감자들의 몸이 피투성이가 되더라도 K 헌병은 그 징벌이 끝날 때까지 멈추지 않았다. 그것은 K 헌병이 갖는 철의 규율이었다.

이러한 K 헌병의 생각은 최근 벌어지고 있는 계엄군들의 민간인에 대한 무차별적인 폭력과 체포 속에 벌어지는 억압적인 행동과 너무나도 일치하는 것이었고 시시각각 전해지는 계엄군의 정국장악소식은 K 헌병의 자부심을 더욱 높여 주었다. K 헌병은 정국이 혼란스러울수록 자신의 임무에 더욱 충실하고자 하였다.

K 헌병에게 주어진 임무는 15P 영창을 지키는 것이었다. 국가에 대한 충성심으로 똘똘 뭉친 K 헌병으로서는 정국 전체가 어떻게 돌아가는지는 잘 모르지만 기하급수적으로 불어나는 15P 영창의 수감자들의 상황으로 미루어 짐작해 볼 때 자신이 갖고 있는 권한의 중요성을 감각적으로 느끼고 있었던 것이다. 그것은 수감자들에 대한 철의 규율이었고 15P 영창의 규정 외 어떠한 자율도 허용하지 않는 것이었다.

망미동 삼일공사

정우는 일주일째 영창 귀퉁이 마룻바닥에 담요를 깔고 앉지도 못하고 바로 눕지도 못하는 상태로 엎드려 생활하고 있었다. 정우는 헌병대에 잡혀온 첫날부터 어딘가로 끌려가 며칠 동안 계속 두들겨 맞기만 했다.

"부웅-, 스르르."

자신을 데리러 오는 승용차 엔진 소리가 들리면 정우는 온몸에 소름이 돋았다. 아침 9시가 되면 새까만 승용차가 어김없이 정우를 데리러 왔다.

정우는 수갑을 찬 채 승용차에 올라탔다.

"끝장난 놈의 자식, 아직 살아 있네" 하고 어두컴컴한 승용차 뒷좌석에서 묵직한 저음의 서늘한 목소리가 들려오면 정우는 간담이 오그라드는 느낌을 받았다.

정말 정우는 끝장난 놈이었다. 총칼은 물론이고 탱크와 장갑차를 앞세워 온 나라를 장악한 서슬 퍼런 계엄군을 상대로 싸움을 걸었으니 끝장난 놈이 아니고 다른 말로 표현할 길이 없는 것은 분명하였다. 밖이 보이지도 않게 새까맣게 선팅된 승용차 뒷자리에는 건장한 남자 2명이 앉아 있었다. 그들은 끝장난 놈인 정우를 자신의 좌석 사이에 앉히면서 싸늘한 눈빛을 보내었다.

"덜컥!" 하고 승용차가 빠른 속력으로 15P 정문 차량 과속방지용 문턱을 솟구쳐 지나며 차도로 내달렸다. 정우는 승용차를 탈 때마다 몸서리가 날 정도로 소름이 돋았다. 처음에는 끌려가는 장소가 어딘지도 몰랐는데 나중에 영창 안 수감자들이 알려주어 그곳이 망미동 삼일공사라는 것을 알았다. 부산지구 계엄합동수사단이 설치된 곳이었다.

"……."

약 15분밖에 안 되는 짧은 이동거리였지만 승용차 안에서 한마디도 하지 않는 적막감은 정말 견디기가 힘들었다. 그렇다고 먼저 말을 할 수도, 할 말도 없었다. 앞의 운전수는 군인이었는데 상사 계급장을 달고 있었다. 승용차 안에 묘하게 풍겨 나오는 향수 냄새는 더욱 견디기 힘들었다. 왠지 사람을 주눅 들게 하는 냄새랄까, 수사기관 특유의 냄새가 있는 것 같았다.

도착하자마자 정우는 지하실로 끌려갔다. 그곳에는 정우를 담당하는 수사관이 기다리고 있었다. 약 5평 정도 되는 사각형 공간에 철제책상 1개와 의자 2개가 놓여 있었다.

첫날 수사관은 다짜고짜 정우에게 욕설을 퍼부으며 엎드려뻗쳐를 시켰다.

"뒤로 굴러!"

"앞으로 굴러!"

"이 새끼 아직 정신을 못 차렸네."

"여기는 인마, 간첩 잡는 곳이란 말이야."

그러고는 정신없이 발길질을 해 댔다. 정우는 머리를 감싸 안고 비명을 질렀다.

"어디서 시끄럽게 소리를 질러, 아직 맛을 덜 봤구먼."

구둣발이 사정없이 정우의 머리를 걷어찼다. 정우는 머리가 멍해졌다. 정우는 소리도 지르지 못하고 속으로 비명을 삼켰다. 정우는 그렇게 한참 동안 죽창에 찔려 널브러진 들짐승처럼 앓는 소리를 내며 구타를 당했다. 그리고 잠시 조용해졌는데, 아마도 때리는 것도 힘들었는지 잠시 쉬는 모양이었다. 정우가 가만히 눈을 뜨자 사무실 안에는 아무도 없었다.

휘청, 하고 정우가 어지러움을 느끼며 일어나 의자에 앉는데 갑자기 문이 벌컥 열리며 다른 수사관이 들어왔다. 나무 몽둥이를 가지고 씩씩거리며 들어오는데 화가 많이 난 것 같았다. 수사관은 들어오자마자 몽둥이를 내밀어 정우의 턱 끝을 거칠게 밀어 올리며 말했다.

"뒤로 누워 새끼야."

그 기세에 눌려 정우는 후다닥 의자에서 일어나 시멘트 바닥에 곤두박질치듯이 쓰러지며 뒤로 누웠다. 시멘트 바닥에 등을 대고 누운 정우의 허리를 구둣발로 툭 치며 수사관이 몽둥이를 치켜들고 말했다.

"다리 올려 새끼야!"

말끝마다 온통 욕이었다. 정우는 누운 자세에서 맨발을 위로 올렸다. 아까 지하실로 내려올 때 정우는 낡은 국방색 군복으로 옷을 갈아입었는데 군복 속에 러닝과 팬티만 입고 신발은 물론

이고 양말도 모두 벗은 채 맨발로 이 사무실로 끌려왔던 것이다. 정우는 후들거리는 다리를 들고 눈을 감았다. 위로 올린 정우의 발바닥을 수사관은 몽둥이로 사정없이 내리쳤다.

"쾅!"

발바닥 맨살에서 나는 소리가 아니었다. 발바닥을 때린다면 일반적으로 '철썩' 하는 소리가 나야 하는 것 아닌가? 그런데 그 소리는 사람의 살이 아니라 딱딱한 물체끼리 서로 부딪혔을 때 나는 소리였다. 발바닥이 아니라 바로 발뒤꿈치 바닥 뼈대를 정확하게 가격하는 소리였던 것이다. 정우는 몽둥이 한 대에 이미 정신을 잃어버릴 정도가 되어 버렸다. 발뒤꿈치를 울리며 허벅지 대퇴골과 엉덩이 골반 엉치뼈를 지나 허리 척추를 찌르듯이 통과한 통증은 정우의 머릿속을 강타하면서 뒷골을 쑤시듯이 헤집었다. 정우의 온몸이 경련을 일으켰다. 발바닥에 불이 난 것 같았다. 순식간에 발바닥이 퉁퉁 부풀어 올랐다.

정우의 발바닥을 때리는 수사관의 기술은 가히 경지에 이른 것 같았다. 수사관은 서두르지 않았다. 천천히 몽둥이를 들어 공중에서 시차를 두고 일순간 동작을 정지했다가 느닷없이 몽둥이를 내리치며 한 대씩 때렸다. 마치 몽둥이가 살아 있는 듯했다. 먹이를 탐욕스럽게 노리며 공중을 천천히 돌다가 목표를 정한 순간, 잠시 정지했다가 쏜살같이 내리꽂히는 매처럼 몽둥이는 정우의 몸을 강타했다. 그 살아 있는 몽둥이가 공중에서 맴돌다가 정지하는 순간, 그 순간이 정우에게는 너무나 무서웠다. 또한 그 두려움 뒤에 살갗을 파고드는 통증은 이루 말할 수가 없었다.

시간이 얼마나 흘렀는지 정우는 정신이 없었다. 일등병 계급장을 단 군인이 군대식 짬밥을 가지고 들어왔다. 점심시간인 모양인데 정우는 짬밥을 반은 남기다시피 대충 식사를 하고 의자에 잠깐 앉았다. 허기는 느끼는데 그것이 배를 채워야 된다는 생각이 들지 않고 무언가 불안한 마음으로 자꾸만 주위를 살펴야한다는 급한 마음만 일어났다. 이러니 정우가 밥맛이 있을 리가없었다.

오후에는 또 다른 수사관이었다.

"뭐야, 때릴 데도 없구먼."

정우의 얼굴을 힐끗 쳐다보는 수사관의 눈초리가 매서웠다.

"엎드려, 인마!"

멸시하듯 말하는 수사관의 태도에 정우는 모멸감을 느꼈지만, 이미 저항하고자 하는 의지가 없어진 지 오래였다. 오히려 두려움에 길들여진 짐승과 다를 바 없이 정우는 고분고분 복종하고있었다. 그러나 이러한 정우의 두려움과 복종조차 수사관에게는아무런 관심거리가 안 되었다. 수사관에게 정우는 이미 사람이아니었기 때문이다. 자신들이 정해 놓은 어떤 목적을 위한 도구일 뿐 정우가 무엇을 생각할 줄 아는 생명체라는 것을 염두에 둔것이 아니었다. 구타는 일상적인 것이었고 기계적으로 반복되는수사관과 범죄인에 대한 조사는 그들이 짜 놓은 어떤 공식에 끼워 맞추는 소모품의 역할을 정우에게 부여하는 것이었다.

이것은, 역설적으로는 정우 역시 이들에 대한 두려움이나 복종을 전제로 인간적인 고통을 자초할 이유가 없는 것이었다. 정우는 이미 이들에게는 사람이 아니었기 때문에 어쩌면 그들의 멸시로부터 모멸감을 느낄 하등의 이유가 없었다. 그럼에도 정우의 가슴은 두려움으로 떨려 왔고 수사관의 몽둥이는 너무나도 아프게 정우의 온몸을 짓이겼다.

수사관의 몽둥이는 며칠 동안 정우의 엉덩이를 강타했다.

첫날 정우의 엉덩이가 퉁퉁 부어올랐다.

둘째 날 정우의 엉덩이는 결국 피가 터져 버렸다.

셋째 날 정우의 엉덩이에서 피가 묻어 나오자 수사관은 때리기를 멈추었다.

넷째 날부터 정우는 철제의자에 앉지도 못하고 비스듬히 기대어 조사를 받았다. 터진 엉덩잇살 옆으로 쓰라리지 않은 부위를 의자 귀퉁이에 걸쳐 엉거주춤하게 앉아 있는 정우의 모습은 연약하기 그지없었다.

"이름은?"

"배정우입니다."

"주소는?"

"부산시 동래구 장전동입니다."

"번지 몰라?"

"715번지입니다."

"직업!"

"학생입니다."

"어느 학교야?"

"부산대학교입니다."

"이 자식, 학생이 공부나 하지 데모를 하고 그래?"

수사관의 눈빛이 조금 누그러졌다.

"이거 보고 그대로 써!"

수사관이 A4용지 몇 장을 휙 던졌다.

"다 알고 있으니까 거짓말할 생각은 하지 마라!"

방문을 거칠게 닫고 나가며 수사관이 쐐기를 박았다. 이미 정우에 관한 것은 조사가 다 되어 있었던 것이다.

5·19 성전(聖戰) 포고문

　　정우는 몇 달 전 5월 17일 전국비상계엄령확대가 선포되는 날
저녁, 자신의 자취방에 친구 석구와 후배 영호, 그렇게 셋이 은
밀하게 모였다. 모두 같은 대학 동학들이었다. 전두환 보안사령
관의 정치권력 찬탈이 긴박하게 진행된다는 것을 예상하고 4월
부터 대학 내에서 농성을 해 온 터라 5월 17일 전국비상계엄령확
대가 무엇을 뜻하는 지는 모두가 잘 알고 있었다.

　　'18년 동안 박정희 군사정권과 유신독재정권에 유린당해 왔
다.'

　　'이제 겨우 학원자율화를 통한 민주주의를 쟁취하고 사회민
주화를 이루어 나가고 있는 순간에 또다시 유신망령 전두환 군
사쿠데타 세력에게 당할 수는 없다.'

　　'당면한 투쟁과제는 계엄을 즉각 철폐시키는 것이다. 다음으
로 전두환 군사쿠데타 세력의 정권강탈을 저지하고 군사독재를
타도하기 위한 투쟁을 전개하는 것이다.'

　　대부분의 학생이 이러한 인식에 공감하고 있었다. 다만 '독
재타도'의 구호는 박정희의 죽음으로 유신독재정권이 무너졌
음에도 지속적으로 외쳐졌다. 그것은 현재 정부가 아직 유신잔

당들이 장악한 정부라는 것이고 전두환 군사쿠데타 세력들이 그 유신잔당의 선두에 서서 역사를 되돌리려 하고 있었기 때문이다.

정우와 영호는 미리 준비한 등사기를 꺼냈다. 영호가 청색 먹지에 철필로 줄판을 긁으며 글을 썼다. 석구는 정우와 같은 학과에 다니는 친구였다. 석구가 등사기에 잉크를 바르고 먹지를 붙이는 사이 정우는 인쇄할 종이를 등사기 밑에 넣고 석구와 함께 롤러에 잉크를 묻혀 유인물을 한 장씩 찍어 내었다. 아무도 말을 하지 않았지만 마치 사전에 역할을 나눈 것처럼 일들이 착착 연결되었다. 물론 긴장된 눈빛으로 서로의 얼굴을 바라보고 있었지만 말이다.

롤러를 미는 석구의 손이 떨리고 있었다. 정우나 영호와는 달리 석구는 학내 서클활동과는 무관한 대학생활을 하고 있었다. 친구 정우와는 고등학교 때부터 친하게 지내는 사이였다. 석구는 정우로부터 학내 서클활동에 대해서 간혹 이야기를 듣거나 서로 토론을 하기도 하지만 크게 관심을 두지는 않았다. 그저 정우와 친한 친구로서 어울리는 정도였다. 그러한 석구에게 얼마 전 정우가 부탁을 한 적이 있었다.

"석구야, 지금 시간 좀 낼 수 있나?"

"응, 무슨 일인데?"

"물건을 옮겨야 하는데 니가 도와주면 수월할 것 같아."

"그래? 같이 가자."

별다른 생각 없이 석구는 정우를 따라나섰다. 정우가 석구를 데리고 간 곳은 허름한 야학건물이었다. 정우는 그 건물 안 구석에 비스듬하게 세워져 있는 등사기를 꺼내었다. 그리고 석구는 정우와 함께 그 등사기와 부속품들을 챙겨 정우의 자취방으로 가져왔다.

그날 석구는 정우에게서 여러 가지 이야기를 들었다. 야학생활에 대한 이야기와 그곳 학생들의 처지에 대해 들으며 석구는 정우를 다시 바라보았다. 무언가를 갈망하는 듯 석구를 바라보는 정우의 얼굴이 상기되어 있었다.

석구는 마음속으로 부끄러운 생각이 들었다. 정우는 석구에게 친구였지만 무언가 자신과는 다른 이상을 추구하며 남을 먼저 생각하는 듯한 느낌을 가지게 하는 묘한 분위기를 만들곤 하였다. 그때마다 석구는 슬그머니 그러한 분위기를 피하곤 하였다.

그날도 석구는 정우의 이야기를 들으며 그러한 느낌을 받았다. 그러나 그날은 그러한 분위기를 피하고 싶은 생각이 들지 않았다. 오히려 석구는 정우에게 도발적인 질문을 던졌다.

"니가 원하는 사회가 뭐꼬?"

석구의 진주 사투리가 거칠게 튀어나왔다. 석구는 시비조로 말을 할 때 사투리가 심해지곤 했다. 그러나 마음은 너무나 여리고 따뜻하다는 것을 누구보다도 잘 아는 정우는 석구의 질문에 빙긋 웃음을 띠며 석구에게 다가앉았다.

"그래갖고 이길 수 있겠나? 저놈들은 총칼로 무장을 하고 수십만의 군대가 있는데."

정우가 석구의 앞의 질문에 민중이라는 단어를 말하자마자 석구는 정우의 말을 끊으며 다시 도전적인 질문을 퍼부었다.

그날 정우는 석구의 질문에 쩔쩔매며 논리적인 답을 하고자 애를 썼다. 그러나 그러한 답은 이론일 뿐이었다. 더구나 정우의 수준에서는 책의 내용을 외우는 정도에서만 대답을 할 수 있을 뿐이었다. 그럼에도 석구는 질문을 멈추지 않았고 마지막에는 정우에게 제안을 하였다.

"일단 함께 해 보자."

석구의 이 말은 정우가 그동안 정말 갈망해 왔던 말이었다. 아까 석구가 바라보았던 정우의 상기된 얼굴은 바로 이 말을 듣기 위한 것이었다.

그러나 석구는 이렇게 말은 했으나 아직 자신은 없었다. 석구는 정우가 학내 서클활동에 대해 보안을 유지하고 있다는 것을 잘 알고 있었다. 간간이 토론을 하다가도 조직활동에 대한 이야기가 나오면 정우는 입을 닫았다. 그러한 정우를 잘 아는 석구지만 조금은 서운한 생각을 하면서도 정우의 학내 서클활동에 대해서는 일절 아는 척을 하지 않았다. 그러한 석구가 드디어 정우에게 조직활동을 요청한 것이다.

그러나 정우는 석구가 이렇게 빨리 자신의 생각을 정리할 줄은 몰랐다. 최근 석구는 여자 친구에 대한 고민을 정우에게 털어놓은 적이 있었다. 같은 동네에 사는 여학생인데, 아침마다 같은 시내버스를 타고 통학을 하며 얼굴을 익힌 여학생이었다. 처음에 석구는 얼굴만 알 뿐 이름도 학과도 모른 채 매일 일찌감치 나와 기다리다가 그 여학생이 타는 시내버스를 함께 타고 통학을 하는 것이 전부였다. 그러다가 결국에는 몰래 그 여학생의 뒤를 밟아 학과를 알아내고 이름까지 알게 되었으나 정작 그 여학생에게는 말도 한마디 붙이지 못하고 마음속으로만 애를 태우고 있는 상태였다. 정우 역시 이런 일에는 숙맥이라 석구의 고민을 들어주는 정도였고 학교 안에서 석구가 가리키는 그 여학생을 먼발치로 바라본 적이 있을 뿐이었다.

"머리카락이 굉장히 부드럽더라. 내 손등을 살살 간질이는데 정신이 하나도 없더라."

어느 날 석구가 즐거운 표정을 지으며 정우에게 말을 하였다.

"무슨 말이야?"

정우는 의아해하며 물었다.

"긴 머리, 긴 머리 여자에 대한 이야기지."

여전히 즐거워하며 석구는 정우의 얼굴을 빤히 바라보았다.

"긴 머리라니?"

"그래, 긴 머리."

언제부터인가 석구와 정우는 그 여학생을 '긴 머리'라는 이름으로 부르고 있었다. 그 여학생은 생머리를 길게 기르고 있었고 미술대학 디자인 관련 학과에 다니는 학생답게 옷을 매우 세련되게 입고 다녔다. 석구는 그 여학생의 학교생활에 대한 일거수일투족을 거의 다 알 정도로 열심이었다. 그리고 정우는 종종 석구에게 '긴 머리'의 안부를 묻곤 하였다.

"오늘 아침에 버스를 같이 타고 왔어."

석구의 말에 정우가 정색을 하며 다시 물었다.

"그런데 머리카락 이야기는 뭔데?"

"으응, 머리카락이 내 손등에 닿았다는 말이지."

석구의 이야기는 간단했다. 시내버스를 타고 오다가 마침 자리가 비어 앉았는데 공교롭게도 앞자리에 그 여학생이 앉았다는 것이다. 그리고 바로 뒷자리에 앉은 석구는 흔들리는 버스에서 몸의 균형을 잡기 위하여 앞좌석의 등받이를 잡았고, 마침 열려 있는 창문으로 시원한 바람이 들어오면서 앞자리에 앉은 그 여학생의 긴 머리카락이 바람에 휘날렸다고 했다. 그 여학생의 긴 머리카락은 뒷자리에 앉은 석구의 눈앞에서 어지럽게 휘날리며 앞좌석의 등받이를 잡고 있던 석구의 손등을 쓰다듬었는데 버스를 타고 오는 내내 석구는 그 여학생의 머리카락을 온몸으로 느끼면서 온 거였다. 그 느낌으로 타고 왔던 아침 버스 이야기였다.

"내 참, 싱겁기는."

정우는 석구의 즐거워하는 얼굴 표정을 바라보며 씩 하고 웃을 수밖에 없었다. 그러한 석구였다. 정우는 석구의 조직활동 요청에 대해 즉각적인 답을 할 수가 없었다.

우선 몇 가지 과정이 필요했는데, 학습도 학습이지만 정우가 하고 있는 비공개서클활동의 가장 중요한 부분은 보안이었다. 조직활동에 대한 보안은 동료에 대한 애정으로부터 나온다고 정우는 평소에 생각하고 있었다. 그 애정은 조직활동에 대한 믿음과 동료에 대한 신뢰 없이는 만들어질 수가 없는 것이었다. 정우는 당분간 석구와 함께 하며 실천을 모색하는 시간을 가지기로 하였다. 아직 정우에게 석구는 친한 친구 사이였던 것이다.

　롤러를 미는 석구의 손이 더욱 떨리고 있었다. 석구는 아까부터 긴장을 하고 있었다. 바깥에서 들려오는 작은 발자국 소리에도 가슴이 덜컥하고 내려앉을 정도였다. 석구의 마음 한구석에서 후회가 밀려왔다. 지금 자신이 하고 있는 행동이 어쩌면 이후 자신의 삶을 송두리째 바꿔 버릴 수도 있겠다는 생각에 석구는 두려움을 느꼈다. 정우는 이러한 석구의 생각을 아는지 모르는지 등사기에 종이를 부지런히 밀어넣고 있었다. 덩달아 바빠지는 롤러를 미는 석구의 손길이 점차 안정을 되찾아 갔다. 석구의 이마에 땀이 맺혔다. 정우 역시 바쁘게 손을 움직이며 발갛게 상기된 얼굴을 들어 석구에게 씩 하고 웃음을 보냈다.
　잠시 동안이었지만 등사기를 밀며 유인물을 찍어 내는 시간이 정지한 듯 고요해졌다. 아무도 말이 없었다. 무의식적이었지만 서로가 느끼지 못하는 시간이 지나간 듯했다. 석구는 어느 순간부터인지 긴장을 풀고 정우가 밀어넣는 종이에 등사판을 얹으며 롤러를 바쁘게 밀고 있었다.
　'이미 시작된 싸움이야.'
　석구는 조금 전까지의 자신의 생각을 털어 버리듯 혼자 중얼거리며 더욱 바쁘게 롤러를 밀었다. 처음에는 잉크가 잘 묻지 않아 흐릿하게 찍혀 나오던 유인물이 몇 장을 찍어 내자 또렷한 글씨로 찍혀 나오기 시작하였다.
　'성전(聖戰) 포고에 즈음하여'

유인물 제목이 비장했다. 내용은 영호의 필체가 그대로 묻어났다.

> 당국은 5·18반동조치로써 계엄확대강화 및 민주인사 구속 등 실로 목불인견식 탄압을 가하는 바, 현 정권 음모와 반민주적 태도는 조국의 통일과 민주화를 열망하는 우리들에게 촌보라도 양보될 수 없다. ……또다시 유신망령이 해골을 굴리며 나오는 이때……

유인물 내용 중에 나오는 해골은 전두환을 빗대어 하는 말이었다. 당시 전두환 보안사령관의 모습은 해골처럼 보였다. 대머리인데다가 무언가 비장한 각오를 한 건지 양쪽 귀 옆에 조금 남아 있는 몇 가닥 머리카락마저 삭발을 하고 나타난 전두환은, TV에 근엄한 얼굴을 하고 나올 때마다 해골이 굴러가는 것처럼 보였다. 유신헌법으로 장기집권을 획책하다 총에 맞아 죽은 박정희 대통령이 가장 총애한 양아들이라는 소문도 나돌면서 그야말로 유신망령처럼 보였다.

밤늦도록 1,000장 정도의 유인물을 등사기로 찍어 내었다. 청색 먹지의 글씨가 200~300장 정도 찍어내다 보면 망가져 버리기 때문에 다시 새로운 청색 먹지에 똑같은 내용의 글을 써서 3~4번 반복해서 찍어 내는 시간이 꽤 오래 걸린 것이다. 그리고는 새벽까지 시위 계획을 의논하였다. 5월 18일은 일요일이라 학생들이 학교에 나오지 않을 것이라서 5월 19일 월요일에 남포동 시내에서 유인물을 살포하기로 하였다. 정우는 월요일 오전에 서클 동료들에게 시위계획을 전달하고 일반학생들에게 알려 줄 것을 부탁하기로 했다. 이미 계엄군이 시내를 장악하고 칼까지 꽂은 총을 들고 시내를 누비고 있는 상황이었기 때문에 시위를 한다는 것은 곧 목숨을 내거는 것이라는 점을 정우와 영호, 석구는 잘 알고 있었다. 그만큼 비장한 각오를 다지며 정우와 영호, 석구는 각자의 역할분담을 위해 일단 헤어졌다.

그리고 시위를 위한 유인물 준비와 장소 물색을 마치고 월요일 오전 중에 다시 만난 정우에게 영호가 말했다.

"형, 준비는 다 되었지요?"

"그래."

짧게 오가는 말투 속에 비장함이 감돌았다. 아마도 영호는 준비 정도를 묻는 것이 아니라 자신의 결의를 다지는 의미였을 것이다.

"대충 300장씩이야."

석구가 유인물을 삼분하여 종이봉투에 넣었다. 각자는 유인물이 든 봉투를 아무 말 없이 받아들며 책가방에 넣었다. 서로를 바라보는 눈빛에 결연한 의지가 담겨 있었다. 이미 세 사람의 투쟁은 시작되고 있었기 때문이다.

엊그제 저녁부터 어제 새벽까지 유인물을 찍어 내며 서로의 결의는 이미 확인했다. 그 결의는 행동하는 것이었고, 그 행동은 '성전 포고문'이었다. 유인물을 찍어 내는 행동 자체가 계엄법 위반이기 때문에 은밀하게 이루어져야 하는 것이었고, 그것은 투쟁의 시작이었다. 그 투쟁 중 지금이 가장 중요한 시간이었다. 이미 투쟁은 시작되었으나 아직 대중들과의 결합은 이루지 못했기 때문이다. 철저한 보안은 물론이고 각자의 행동거지조차 조심스러워야 하는 시간이었다. 유인물을 가지고 시위 장소에 도착하기까지 일체의 흐트러짐이 없어야 했다.

"신속하게 움직여야 한다."

정우는 석구, 영호와 함께 긴장된 눈빛을 주고받으며 남포동으로 향했다. 일단 철저하게 사전계획대로 움직이되, 만약 누군가가 잡히면 고문에 못 이길 것을 예상하고 나머지는 재빨리 도망을 간다는 약속을 하였다.

이른 오후쯤에 남포동으로 나온 정우 일행은 시위장소를 둘러보았다. 거리 분위기를 사전에 파악하고 유인물 살포 장소와 시위를 어떻게 주도할 것인가를 미리 숙지하기 위해서였다. 많은 학생들이 거리를 걷고 있었다. 거리 구석구석에 남녀 학생들이 무더기로 몰려다니며 데이트 아닌 데이트를 하고 있는 듯하였다. 아예 몇몇 학생은 부영극장 주변과 광복동 거리의 인도 옆에 앉아 무언가를 기다리고 있는 눈치였다. 물론 사복형사들도 눈동자를 번뜩이며 거리를 긴장된 눈으로 지켜보고 있었다. 정우와 영호, 석구는 이 모든 것이 다 파악되었다.

"조심해라."

시위시간이 다 되어 가자 정우는 영호에게 속삭이듯 말하며 헤어졌다.

"시간 정확히 지키소."

영호가 짧게 말하며 데이트족을 가장하여 여자 친구와 함께 부영극장 쪽으로 걸어갔다. 정우는 석구와 구둣방 골목으로 걸어가다가 서로 눈짓을 하며 헤어졌다. 거리 분위기를 통해 시위 계획이 이미 많이 알려져 있다는 것이 파악되었기 때문에 정우는 자신감을 가지면서도 한편으로 긴장된 마음으로 주위를 살폈다.

정우는, 많은 학생들이 거리로 나와 있는 반면에, 사복형사들도 시위계획을 알고 거리 곳곳에 배치되어 있다는 것을 짐작할 수 있었다. 조금이라도 낯설거나 신중하지 못한 행동을 한다면 곳곳에 배치되어 있는 사복형사들에게 즉각 발각될 수 있다는 생각을 하며 조심스럽게 다음 장소로 이동하였다.

계엄군은 5월 17일 밤 12시를 기해 비상계엄령이 전국으로 확대되자 곧바로 전국의 대학교를 봉쇄하고 학생들의 수업을 막아 버렸다. 휴일인 5월 18일을 이용하여 관공서와 대학들을 탱크와 무장한 군인들로 순식간에 봉쇄한 것이다. 그리고 5월 19일 월요일 오전 수업에 출석하는 학생들을 정문에서 막고 들여보내 주지 않고 있었다. 학생들은 학교에 왔다가 비로소 이러한 상황을 알게 되자 분노하였고, 한편으로 시위계획소식을 은밀하게 들었던 것이다. 그러한 학생들이 모두 남포동 거리로 모여든 것 같았다.

그러나 정우는 시위를 주도할 방법을 찾기가 어려웠다. 거리 곳곳에 배치된 사복형사들은 공공연하게 주위를 살피며 모여 있는 학생들이나 시민을 은연중에 위협하고 있었다. 조그마한 움직임이라도 포착되면 즉각 체포할 태세였다. 대로변에는 총을 들고 착검까지 한 계엄군인들이 트럭에 빽빽이 올라타고 있어 시위가 일어나면 시위장소로 언제든지 신속하게 출동할 수 있도록 경계를 펴고 있었다. 정우는 일단 계획대로 유인물을 살포하고 학생과 시민의 반응을 보면서 다음 단계로 시위를 모색하기로 마음을 먹었다.

5월 19일 저녁 7시 30분 남포동 거리 세 군데에서 동시에 유인물이 살포되었다. 영호는 여자 친구와 함께 부영극장 안에서 유인물을 살포하였고 석구는 구둣방 골목에서 유인물을 살포하였다. 정우는 용두산공원과 연결되는 미화당백화점 건물의 3층 복도 창문 밖으로 유인물을 살포하였다.

정우가 유인물을 살포한 미화당백화점은 바로 앞에 창선파출소가 마주보고 있는 곳이었다. 파출소가 바로 앞에 있는데도 이곳을 택한 이유는, 백화점 앞이라 사람이 많이 모여 있는 곳이기도 하지만 백화점 건물복도를 따라 올라가면 건물 옥상을 통해 용두산공원으로 연결되는 구름다리가 있어서, 유인물을 살포한 후 재빨리 건물 옥상을 통해 도망을 갈 수 있다고 생각했기 때문이다. 그러나 곧 알게 되었지만 그게 그렇게 쉽게 도망 수 있는 장소는 아니었다.

"잡아라!"

후다닥!

웅성거리는 시민과 학생들의 무리를 뚫고 사복형사들이 돌진하고 있었다. 마치 잔잔한 강물 위에 송사리 떼가 물길을 헤치듯 사방팔방으로 잽싸게 움직이며 유인물이 바닥에 떨어지기도 전에 낚아챘다. 아마도 계엄군과 경찰이 배치한 수사요원들인 것 같았다.

도로변에 흩날리던 유인물들이 순식간에 사복형사들에 의해 수거되어 버렸다. 시민과 학생들은 웅성거리면서 누군가를 기다릴 뿐, 시위대오로 나서지 못하고 있었다.

정우가 유인물을 백화점 3층 복도 창문 밖으로 던지자마자 파출소 앞에 있던 사복형사들이 쏜살같이 백화점 건물 복도로 달려 올라왔다. 천천히 계단을 오르는 정우를 스치고 사복형사들은 건물 옥상으로 올라갔다.

백화점 복도 창문은 미닫이식의 큰 창문이 아니라 환기용으로 만들어져 반쯤만 열리는 조그만 창문이었다. 밖에서는 창문 안이 잘 보이지 않을 정도였기 때문에 유인물을 창문 밖으로 던지는 정우의 모습도 밖에서는 물론 볼 수가 없었다.

순간적이었지만 정우는 가슴속으로 뭉클하는 감동이 일어났다. 그러나 해냈다는 성취감과 함께 긴장감이 더욱 크게 다가왔다. 순식간에 수거되어 버리는 유인물과 함께 방금 정우를 스치며 계단을 올라간 사복형사들에 대한 긴장감이었다. 어쨌든 다음 계획에 마음이 급한 정우는 빠른 걸음으로 계단을 올라갔다.

그러나 정우가 복도 계단을 채 다 오르기도 전에 사복형사들은 벌써 용두산공원으로 통하는 구름다리 입구를 막고 서 있었다.

'당황해서는 안 된다.'

정우는 계단을 오르는 걸음을 멈추지 않고 태연하게 발걸음을 옮겨야 했다. 정우는 마침 계단을 오르며 용두산공원으로 데이트를 즐기려 가는 남녀일행 속으로 묻혀들어 갔다. 같은 또래의 젊은 남녀들이 즐겁게 이야기를 나누며 무리지어 지나가는 것을 사복형사들은 눈을 번득이며 바라보고 있었다. 정우는 그렇게 무사히 빠져나왔다. 그리고 정우와 석구는 사전에 모이기로 한 장소에서 만났다. 영호가 보이지 않았다.

"5분까지만 기다리자."

정우는 시계를 보며 초조해하는 석구에게 말했다. 시위 장소에서 만나기로 한 장소까지의 거리를 계산하여 7시 50분에 만나기로 한 약속이었다. 만약 7시 55분까지 영호가 오지 않는다면 영호는 계엄군에게 잡혀 간 것이 분명하다고 보아야 했다. 7시 50분 약속은 무슨 일이 있어도 지켜야 하는 약속이었기 때문이다.

학생운동이나 사회민주화운동과 관련해서 은밀한 조직활동을 할 경우 수사기관의 미행이 일상적으로 진행되고 있었다. 그러한 미행을 따돌리기 위해서도 그렇지만, 긴급한 상황에서는 1~2분의 시간 차이가 체포를 모면할 정도로 사복형사들과 학생들의 관계는 한 치의 실수도 용납될 수 없는 긴장된 것이었다. 이러한 상황에서 5분은 꽤 긴 시간이었다. 결국 영호는 나타나지 않았다.

"빨리 자리를 피하자."

정우와 석구는 급하게 약속장소를 벗어났다. 약속시간 5분을 기다리며 정우는 영호가 최소한 5분 정도는 버텨 줄 것이라는 믿음을 갖고 있었다. 계엄군의 무지막지한 폭력에 아무리 초죽음을 당한다고 하더라도, 영호의 기개로 보아, 정우와 만나기로 한 약속장소를 쉽게 불지는 않을 것이라는 믿음이었다. 물론 계엄군은 세 군데서 동시에 뿌려진 유인물에서 영호와 함께 모의한 공범이 있을 것이라는 것쯤은 잘 알 것이고 상상도 할 수 없는 폭력이 가해질 것이지만 지금 정우로서는 영호의 투지를 믿을 수밖에 없었다.

정우는 시위계획을 계속해서 진행하기 어렵다는 판단을 하고 석구와 함께 급하게 남포동 거리를 벗어났다. 그리고 정우와 석구는 각자 집으로 돌아가 대충 짐을 챙겨 도망 길에 나섰다. 이러한 과정이 채 1시간도 걸리지 않았다.

나중에 들은 이야기지만, 정우와 석구 모두의 집에 정우와 석구가 집을 나가자마자 계엄군이 피투성이가 된 영호를 데리고 들이닥쳤다고 하였다.

그 후 정우는 넉 달 정도를 숨어 지내다가 9월 초에 계엄군에게 잡혔다. 그 사이 영호는 이미 군사재판을 받고 서울 고등군법으로 압송된 상태였고, 석구도 중간에 계엄군에 잡혀 조사를 받은 상태였다. 정우에 관한 조사내용은 이미 다 파악이 되어 있었던 것이다.

감시의 눈빛

"콰당탕!"

현관문이 부서질 듯이 닫히며 소리를 내었다.

"네 이놈들, 차라리 나를 잡아가라!"

오늘도 정우의 어머니 김 여사는 이 경감과 실랑이를 하다가 이 경감을 쫓아내듯이 돌려보내고 현관의 철문을 세차게 닫으며 돌아섰다. 일상적으로 되풀이되는 일이었지만 정우의 어머니 김 여사로서는 이렇게라도 해야 아들이 살아 돌아올 수 있겠다는 믿음이 생겼기 때문이다. 김 여사는 아들의 소식이 끊긴 지 몇 달이 지나는 동안 경찰의 집요한 감시를 받아왔다. 집 주위에는 항상 형사들이 지키고 있었다. 김 여사가 시장을 가거나 개인적인 볼 일을 보기 위해 집 밖을 나서면 어느 틈에 형사들이 따라 붙었다. 처음에는 아들의 일을 무마하기 위해 아는 사람을 통해 선처를 부탁해 보기도 하고, 경찰서를 찾아가 사정을 해 보기도 하였다.

"어디서 빨갱이 새끼가 설쳐!"

찾아갔던 경찰서의 경찰책임자는 대뜸 소리를 지르며 김 여사를 본 척도 안 하고 자기 집무실로 들어가 버렸다. 선처를 바라는 김 여사의 생각은 아무 쓸모없는 일이었다.

"아줌마, 당신 아들은 끝났어."

사무실에 있던 다른 경찰관이 김 여사를 바라보며 싸늘하게 말했다. 정말 소름끼치는 말이었다.

"당신 아들이 어디 있는지 빨리 알려 주기나 하소."

"우리도 모르는데……."

김 여사가 주눅이 들어 말끝을 흐리며 말하자 담당형사인 듯한 경찰관이 책상을 손가락으로 두드리며 거만하게 말했다.

"거, 자꾸 거짓말하면 아줌마도 범인은닉죄로 잡아 가둘 수 있소."

경찰의 이 말이 결국 김 여사의 심통을 건드리고 말았다. 김 여사는 머리끝까지 화가 치밀어 올랐다. 그렇지 않아도 아들이 연락이 끊긴 지 몇 달이 지나도록 소식도 없어 하루도 편히 잠을 자지 못하고 있었던 김 여사였다. 아들이 죽었는지 살았는지도 모른 채, 서슬 퍼런 계엄군과 경찰들의 감시망 속에 숨소리조차 죽이며 주변 이웃들에게 하소연도 못 하고 지내던 김 여사였다.

그런데 방금 자신을 아무것도 모르는 무식한 아낙네 취급을 하면서 말도 안 되는 소리로 겁을 주며 경멸하는 듯한 경찰의 태도에 김 여사는 도저히 참을 수 없는 모멸감을 느꼈던 것이다.

"뭐야? 경찰이면 다야? 아들이 죽었는지 살았는지 소식도 모르는 부모한테 거짓말을 한다고? 당신은 자식도 없어?"

김 여사가 방금 말한 경찰에게 달려들어 멱살을 움켜잡으려고 하며 악을 쓰고 말했다. 그동안 꾹꾹 눌러 참았던 분노를 한꺼번에 쏟아내는 김 여사의 두 눈에 불길이 일었다.

"어어? 이 아줌마가 미쳤나?"

경찰이 김 여사의 손을 밀치며 뒤로 물러났다. 의자에 앉아 있던 경찰은 김 여사의 손길을 피하기는 했으나 뒤에 있던 책상을 밀쳐 쓰러뜨리며 사무실이 난장판이 되어 버렸다. 순식간에 일어난 일이었다. 주위에 있던 경찰들이 몰려들고 김 여사는 땅바닥에 주저앉아 '아이고 아이고' 하며 울음보를 터트려 버렸다.

"자자, 정우 어머니 그만하고 일어나세요."

조금 전까지 뒤편 책상에 무관심한 듯 앉아 있던 사복경찰 한 명이 김 여사에게 다가오며 아는 척을 했다. 김 여사를 부축하여 일으키며 사복경찰은 사무실 귀퉁이에 있는 소파로 김 여사를 데리고 갔다.

"제 명함입니다. 대학생 담당입니다"며 친절하게 말을 걸었다.

김 여사는 길게 숨을 내쉬며 일단 마음을 진정시켰다. 그리고 흐트러진 머리를 손으로 매만지고 옷깃을 여미며 명함을 받아 들었다. 그때까지도 흥분이 가시지 않았는지 명함을 받아드는 김 여사의 손길이 가늘게 떨리고 있었다.

"혹시 정우가 연락을 하거나 의논하실 게 있으면 연락을 주세요."

제법 예의를 갖추고 나지막하게 말하는 태도에 김 여사는 명함을 바라보았다.

"이 경감입니다."

사복경찰은 아무런 말이 없는 김 여사를 흘깃 바라보며 자신을 소개했다. 김 여사는 눈물자국이 번진 얼굴을 휴지로 대충 닦으며 사복경찰의 얼굴을 뚫어져라 바라보았다. 순간적으로 일어난 생각이지만, 김 여사는 '이놈이 내 아들의 생사를 쥐고 있다'는 생각에 만약 무슨 일이 일어나면 이 사람을 기억해야 한다는 생각이 퍼뜩 떠올랐기 때문이다. 사복경찰은 김 여사의 눈길을 슬쩍 피하며 소파에서 일어섰다.

 이 경감은 아까부터 김 여사를 유심히 관찰하고 있었다. 이 경감은 김 여사가 자신의 아들을 숨겨 놓고 일부러 경찰서에 와서 떼를 쓸 사람으로 보이지는 않았다. 대학생을 자녀로 둔 일반적인 부모와 다를 바 없는 수수한 외모였고, 소식이 없는 아들에 대한 안타까움을 호소하는 듯한 눈빛에는 부모의 심정이 절절히 묻어났기 때문이다.

 그러나 한편으로 조리 있는 말투나 흐트러짐이 없는 행동거지로 볼 때 함부로 대해서는 안 되겠다는 경계심이 일어났다. 조금 전 동료 경찰관이 실수한 말투 때문에 곤욕을 치르는 것을 보고는 이 경감의 이러한 생각은 더욱 확고해졌다.

 더구나 뚫어져라 이 경감을 바라보는 김 여사의 눈빛은 이 경감이 이 여인을 통해 아들의 소재를 알아낼 수 없다는 것을 말해 주는 것이었다. 한 치의 흐트러짐도 없는 김 여사였다. 자신의 아들 때문에 주눅이 든 듯 상대방에게 자세를 굽히지만 언제라도 자신의 권리가 침해당한다면 그것을 추호도 용납하지 않을 것이라는 생각이 들었다.

이날 이후로 김 여사가 경찰서를 찾을 때는 이 경감이 맞이해 주었다. 다른 경찰들은 김 여사를 아예 상대도 해 주지 않았다. 그리고 김 여사와 경찰 간의 숨바꼭질이 시작되었다. 김 여사는 하루에 시장을 두세 번 보러 가기도 하고, 없는 일도 만들어 동 사무소와 우체국, 전화국을 둘러보기도 하였다. 그동안 경찰들 의 감시에 주눅이 들어 피하거나 숨을 생각만 하였던 김 여사였 다. 그러나 그날 이후, 경찰을 통해서는 아들의 생사나 소식을 전혀 알 수 없을 것이라는 판단과 함께 김 여사 자신까지 죄인 취급을 받으며 비굴하게 살 수 없다는 생각을 하였기 때문이다.

그러나 친척집이나 아들이 알 만한 장소에는 절대로 가지 않 았다. 혹시라도 아들이 그곳에 머물고 있거나 들릴 수도 있다고 생각했기 때문이다. 경찰이 아들을 찾으면 찾을수록 아들은 잡 히지 않았다는 것이고, 오히려 아들이 안전하다는 것을 말해 주 는 것이라고 김 여사는 생각했다. 김 여사는, '죽었는지 살았는 지 아무런 소식도 없는 아들이지만, 경찰이 찾고 있는 한, 아들 은 아직 경찰에 잡히지 않고 살아 있다는 것을 증명하는 것이다' 라고 생각하며 더욱 분주하게 움직였다.

그리고 거꾸로 경찰의 행동을 관찰하였다. 경찰이 김 여사를 감시하는 것이 아니라 김 여사가 경찰을 감시하는 모양새가 된 셈이다. 김 여사는 경찰이 집요하게 자신을 따라다니면 다닐수 록 아들이 안전하다는 확신을 하게 되었던 것이다.

이러한 와중에도 이 경감은 거의 매일 김 여사의 집을 방문하 였다. 정말 끈질긴 사람이었다.

"아직 연락이 없습니까?"

걱정하는 듯이 말하면서도 싸늘한 눈빛으로 주위를 두리번거리는 이 경감의 행동에 이력이 난 듯 김 여사는 딴전을 부리며 말했다.

"그러네요."

건성으로 대답하는 김 여사의 말투에 괜한 트집이 묻어 나왔다.

그러던 어느 날, 둘째 아들 정철이가 저녁 늦게 집으로 오다가 집 앞 골목길에서 경찰에게 연행되어 가는 사건이 일어났다.

사복경찰이 집 주위에 잠복하고 있다가 김 여사의 집으로 들어가는 둘째 아들 정철을 정우로 잘못 알고 연행했던 것이다. 정철은 맏아들 정우와 한 해 터울로 태어난 연년생으로 정우와 얼굴이 많이 닮았다. 마침 저녁 늦게 집으로 돌아오는 정철을 어둠 속에서 발견한 사복경찰이 정우로 오인하면서 거칠게 연행하였고 그 과정에서 정철을 구타하고 옷이 찢어지는 일이 일어났던 것이다.

뒤늦게 이 사실을 알고 경찰서로 달려간 김 여사의 앞에는 둘째 아들이 만신창이가 되어 경찰서 안 구석 나무의자에 앉아 있었다. 이날 이후로 김 여사는 집 주위에 어슬렁거리는 사복경찰만 보면 달려들어 쫓아내었다. 집으로 찾아오는 이 경감과는 매일같이 싸우며 아예 집 안으로 한 걸음도 들여놓지 못하게 했다.

조사가 끝나다

정우는 대충 날짜를 맞추어 진술서 작성을 끝냈다.

"이 자식이 아직 정신을 못 차렸구먼."

오전 수사관이 정우의 진술서를 보고는 소리를 빽 질렀다.

"일어섯!"

정우는 벌떡 일어났다.

"야 인마, 니가 주동자야! 이것 말고 다른 내용을 써야 할 것 아냐? 너 북한 간첩한테서 돈 받았지?"

"아닙니다."

왼쪽 뺨으로 수사관의 주먹이 '퍽' 하고 지나갔다. 정우의 입 안이 얼얼해지며 마비감이 왔다. 수사관의 손길이 멈추지 않았다. 정우가 양손으로 얼굴을 감싸 안고 나서도 한참을 지나 수사관은 때리기를 멈추었다.

"다시 써!"

수사관이 정우가 쓴 진술서를 찢어 버리고 나가 버렸다. 정우는 한동안 멍하게 앉아 있었다. 이미 조사가 다 되어 있는 진술서를 보고 그대로 쓴 것인데 다시 쓰라니. 뭘 더 쓰라는 말인가. 순진한 정우는 수사관이 내민 A4용지가 베껴 쓰라는 것이 아니라 '네가 한 일은 다 알고 있다'는 수사관의 엄포라는 것을 뒤늦게 알아차렸다.

사실 정우의 진술은 별 의미가 없었다. 조사과정은 형식적이었고 조사를 빌미로 정우의 기세를 꺾어 놓으려는 수사관들의 의도가 있었던 것이다.

입안에서 피 냄새가 역하게 풍겨 나왔다. 정우는 철제책상 위에 놓여 있는 휴지로 피가 묻은 침을 뱉어내고 입가를 닦아 내었다.

수사관 중에는 유달리 정우에게 가혹한 수사관이 한 명 있었다. 그 수사관의 눈빛은 마주치기조차 싫을 정도로 정말 싸늘하였다. 얼굴은 햇볕에 그을린 듯 짙은 갈색에 가까웠고, 피부는 곰보처럼 울퉁불퉁했다. 무표정한 얼굴에 인정머리라고는 찾아볼 수 없는 얼굴이었다.

"야 인마, 너 김대중 끄나풀이지?"

표준말이기는 하나 사투리를 약간 섞은 듯한 어긋지 말투에 찬바람이 쌩하고 불 정도의 차가운 톤으로 목소리를 낮추며 정우를 닦달하였다. 정우의 얼굴 가까이 수사관이 입을 대고 말할 때는 역한 입 냄새가 풍겨와 정우를 더욱 주눅 들게 하였다.

"가슴 펴고 바로 섯!"

책상을 사이에 두고 마주 앉아 있던 수사관이 정우를 째려보며 말했다. 정우가 일어서서 가슴을 펴고 똑바로 서자, 그 수사관이 정우 바로 앞으로 다가왔다.

"한번 맞아 볼래? 이게 불치병 주먹이야."

수사관은 정우의 바로 앞에서 주먹으로 정우의 가슴을 퉁퉁 쳤다. 꽉 쥔 주먹의 정권 앞으로 튀어나온 지골마디가 정우의 가슴뼈를 파고들었으나 별로 아프지는 않았다. 계속해서 정우의 가슴을 북처럼 두드리는데 퉁퉁하는 소리가 정우의 가슴을 울리며 일어났다.

"별로 안 아프지?"

싱긋이 웃으며 가슴을 두드리는 수사관의 주먹이 멈추지를 않았다.

"인마, 이 주먹을 계속 맞으면 너는 폐병에 걸려 죽게 돼."

수사관의 말에 정우는 두려움이 일어났다. 정우의 얼굴이 돌처럼 굳어져 버렸다. 이러한 정우를 바라보는 수사관의 얼굴에 회심의 미소가 일어났다.

정우는 수사관의 주먹질에 상체를 앞뒤로 흔들며 가슴을 울리는 북소리를 아프게 들었다. 정말 그랬다. 수사관의 말은 거짓말이 아니었다. 가슴을 울리며 가해지는 주먹질은 정우의 숨소리와 엇박자를 타며 계속되었고, 주먹질이 계속될수록 정우의 숨이 막혀 왔다. 정우가 숨을 들이마시려고 하면 주먹이 가슴을 때리며 숨쉬기를 방해하였고, 숨을 내쉬려고 할 때도 주먹질이 가해지며 숨쉬기를 방해했다. 주먹질은 아프지 않았지만 가슴속 깊은 곳으로부터 일어나는 묵직한 통증은 정우의 가슴속 폐부 안쪽으로 피가 흘러내리는 듯한 통증을 가져다주었다.

이러한 주먹이 연속해서 가해질 경우, 폐의 운동을 방해할 것이고 그것은 폐의 기능을 약화시키면서 결국은 폐에 이상을 줄 것이 뻔한 일이었다. 폐에 병이 들 수밖에 없겠다는 생각이 들자 정우는 공포심이 일어났다. 정우의 생각을 알아차렸는지 한참을 때리던 수사관은 주먹질을 멈추고 정우의 얼굴을 경멸하듯 흘깃 바라보며 방을 나가 버렸다.

지난 일주일 동안 정우는 이러한 과정을 반복하였다. 매번 진술서를 고쳐 쓰고 다시 찢고 구타가 반복되었다. 그렇게 일주일이 지나고 나서야 조사가 마무리되었다.

조사가 끝난 날, 정우는 허탈한 심정이 되어 의자에 앉아 있었다. 정우가 진술서에 지장을 찍자 수사관은 정우의 진술서를 들고 밖으로 나가 버렸다.

가느다란 오후 햇살이 천정 아래 철망이 쳐진 구멍 틈새로 비쳐 들었다. 정우가 조사를 받고 있는 지하실은 위 천정 부분의 50센티미터 정도가 지표면 위로 솟아 있었다. 건물 바깥마당에서 보면 지하실인데 땅표면에서 50센티미터 정도를 띄워 놓아 빛이 지하실로 흘러 들어가도록 해 놓았던 것이다.

간혹 정우가 혼자 있을 때면 바깥세상의 소음이 들려왔다. 도로를 달리는 자동차 소리부터 길을 걸어가는 사람들의 발자국 소리와 아이들이 뛰어가며 지르는 소리도 들렸다. 바로 옆방에서 들리는 듯 가까웠다. 그렇게 자유로운 바깥세상을 지척에 두고서도 정우는 꼼짝없이 갇힌 신세가 되어 있었다. 어떤 자유도 없이 밀폐된 공간에서 정우는 전혀 예측할 수 없는 앞날에 두려움을 가지며 세상과 단절되어 있었던 것이다.

아무도 모른다는 것에 정우는 무서움을 느꼈다. 바깥세상이 지척인데, 아무도 정우가 이 좁은 지하실에 갇혀 있다는 것을 모른다는 것이 정말 무서웠다. 아무도 정우를 도와줄 수 없었다. 정우가 도움을 청할 수 있는 사람이 아무도 없었다. 정우는 완벽하게 혼자가 되어 버린 느낌이 들었다.

매일같이 정우에게 수갑을 채우는 군인들과 조서를 작성하며 폭력과 폭언을 일삼는 군수사관들 말고는 아무도 없었다.

"이 새끼, 너는 쥐도 새도 모르게 죽을 수 있어."

수사관의 말이 빈말이 아니었다. 세상과 완벽하게 차단된 정우의 처지로서는 얼마든지 일어날 수 있는 일이었다. 정우는 오금이 저린 듯 양손과 발을 오므렸다. 등골을 타고 소름이 돋았다.

멍하게 앉아 있는 정우의 눈 속으로 작은 물체 하나가 떨어졌다. 천정 부근 틈새 사이로 노랗게 물든 버드나무 잎사귀 하나가 날아들었다. 정우가 계엄군에게 체포된 후 처음으로 만져 보는 바깥세상이었다. 어디를 가나 갇힌 자의 물건 말고는 접할 수 없는 상황에서 버드나무 잎사귀 하나가 정우에게 날아들었던 것이다. 피폐할 대로 피폐한 정우의 마음속을 휘감고 입가에 작은 미소가 흘러나왔다. 피멍이 든 입술을 뚫고 나오는 미소라고 해 봤자 일그러진 미소겠지만 정우의 마음을 작은 버드나무 잎사귀 하나가 움직였다.

정우는 순간이지만 스쳐 가듯 희망을 품어 보았다. 세상과 소통할 수 있을 것이라는 희망, 무사히 살아서 나갈 수 있을 것이라는 희망, 언젠가는 저들 폭력집단을 처단하고 정우의 정당성을 회복하고 현재의 아픔을 치유할 수 있을 것이라는 희망을 품어 보았다.

비스듬하게 비쳐드는 바깥 햇살이 지하실의 공기를 뚫고 빗살처럼 지하실벽 쪽으로 스며들었다. 정우는 손을 뻗어 노랗게 물든 버드나무 잎을 햇살에 비쳐 보았다. 투명하게 투영되는 잎사귀 무늬를 따라 햇살이 샛노랗게 빛을 발하였다. 시간이 정지된 듯하였다. 그러다가 갑자기 햇살이 순식간에 사라져 버렸다. 지하실 공기가 어두침침해졌다. 저녁 햇살이 지하실 틈새에서 사라져 버린 것이다. 잠시였지만 꿈결처럼 다가온 희망이었다. 그 희망으로 정우의 마음속에 가냘프지만 결코 포기할 수 없는 삶에 대한 의지가 꿈틀거렸다.

정우는 어제 진술서에 지장을 찍고 15P 영창으로 저녁 늦게 돌아왔다. 오늘은 삼일공사로 불려가지 않았다. 정말 조사가 다 끝난 모양이다. 그러나 정우의 엉덩잇살은 아직 아물지 않았다. 엉덩이가 터진 곳에 피딱지가 덕지덕지 붙어 있어 아직 바로 앉지도 못하고 무릎을 꿇고 엎드린 자세로 있어야 했다. 그래도 더는 삼일공사로 불려가지 않게 된 정우는 편안한 마음으로 15P 영창에서 여유를 갖게 되었다.

다행히 15P 영창에서는 정우를 일반 수감자들과 달리 열외로 대접했다. K 헌병도 정우에게는 아무런 해를 가하지 않았다. 계엄포고령 위반이지만 대학생 신분으로 일반 잡범이 아니라 정치범으로 대우해 주었기 때문이다. 담요도 두 개 겹쳐 깔아 무릎을 받혀 주고 정우 옆에 있는 일반 수감자가 간간이 부축을 해 주는 등 수발을 해 주었다. 때때로 어디서 구했는지 비스켓류의 과자까지 챙겨 주는 옆 사람은 정우에게는 정말 고마운 사람이었다. 매일같이 매를 맞고 들어오는 정우를 보고 다른 수감자들은 애처로움과 함께 말없이 격려하는 마음을 갖고 있었던 모양이다.

영창 안에 대학생은 정우 혼자였다. 5·17 전국비상계엄령확대 이후 체포된 대부분의 정치범들은 8월경까지 군사재판을 받고 고등군법이나 일반 교도소로 이감을 간 상태였기 때문이다. 재야인사와 대학생들에 대한 정치적 탄압이 한차례 휩쓸고 지나간 다음에 일반 국민을 대상으로 한 단속은 더욱 심해지고 있었다. 전두환은 얼마 전 8월 4일 계엄포고 13호를 발표하면서 불량배 일제검거라는 명목으로 전 국민을 공포 속으로 몰아넣고 있었다.

일반 국민에 대한 탄압은 그야말로 무소불위의 권력을 휘둘렀다. 잡범이라는 말 속에서도 나타나듯이 말 그대로 잡범이었다. 잡혀 온 사람들 중에는 이유도 모르고 잡혀 온 사람들이 많았다. 길을 가다가 불심검문에 걸려 문신 때문에 잡혀 온 경우는 이유라도 알지만, 술집에서 술을 마시다가 그냥 끌려온 사람들은 아무런 영문도 모른 채 어리둥절해하는 상태였다.

가족들과 연락도 할 수 없었다. 아마도 가족들은 실종신고를 하고 있을 것이다. 일단 한번 체포되면 순순히 석방되는 일은 거의 없었다. 죄가 없더라도 최소한 삼청교육대까지 끌려가 몇 달 동안 순화교육을 거쳐야만 석방될 수 있었다.

이런 수감자들 중에도 중범죄를 저지르고 잡혀 온 사람들이 있었다. 강도짓을 하거나 살인을 저질렀던 사람들이다. 20평 영창 안 30여 명의 수감자들 사이에서도 이들은 극명하게 대비되었다. 이들 중 군인 신분의 수감자들도 있었다. 대부분 상관을 총으로 쏘아 죽인 경우들이었다. 이들의 계급이 소위나 중위 등 장교들이라 하더라도 영창 안에서는 수감번호가 이름이었다. K 헌병은 하사인데도 이들에게 반말을 했다. 물론 모든 수감자들에게도 반말이었지만, 군인 장교 수감자들도 이러한 K 헌병의 말투를 당연한 듯이 받아들이는 것 같았다. 민간인에게는 고등 군법회의로의 항소심이 허용되었지만 비상계엄령하에서의 군인은 1심 군사재판이 끝이었다. 1심형이 확정되자마자 형이 집행되었다.

휴식

야간근무 담당은 B 헌병이었다. 근무교대는 저녁 식사 후에 하였다. B 헌병은 K 헌병과는 달리 조금 인간적인 면이 있었다. B 헌병은 자신에 대한 호칭을 'B 하사'로 부르게 하였다. 영창 수감자들은 'B 하사님'이라는 극존칭을 사용하면서 조금은 부드러운 분위기에 젖어들기도 하였다. 이러한 분위기는 K 헌병에게도 이어져 '하사님'이나 '담당님' 등의 호칭이 혼재되어 불렸지만 자연스럽게 의사소통이 이루어졌다.

15P 영창 안에서 저녁을 먹고 나면 햇살이 철문 창살 사이로 비스듬하게 비켜 가는 것이 보였다. 바깥은 아직 낮이지만 쇠창살에 묻혀 있는 영창은 어둠이 서서히 깃들어 왔다. 영철은 조금 전 비틀거리며 일어나 저녁 식사를 하고 제자리에 꼿꼿하게 앉아 있었다.

B 헌병이 한 시간 정도 자유 시간을 주었다.

"노래 일 발 장전!"

B 헌병이 소리를 지르자마자 뒷자리에 앉아 있던 중년 신사가 기다렸다는 듯이 흘러간 옛 노래를 구수하게 부르기 시작했다. 굵직한 저음의 듣기 좋은 목소리였다. 모두 신나게 박수를 치며

중년 신사의 노래를 따라 불렀다. 15P 영창은 조금 전까지의 분위기와는 완전히 딴판이 되었다.

그러나 이들이 부르는 노랫소리는 정말 필사적이었다. 노래한 곡을 다 부르고 나면 세상이 마치 끝나 버릴지도 모른다는 생각을 하는 것처럼, 다들 필사적으로 노래를 불렀다. 악을 쓰며 고래고래 소리를 질렀다. B 헌병은 영창 구석 의자에 무표정하게 앉아 눈을 지그시 감고 팔짱을 끼었다 풀었다 하면서 이러한 분위기를 즐기는 듯하였다.

수감자들은 어깨를 들썩이기도 하고 손뼉을 치기도 하면서 영창 안 분위기는 고조되었다. 그러나 그뿐이었다. 즐거운 모습이 아니었다. 노래를 하지만 소리를 지를 뿐이었다. 소리를 지르지만 악을 썼다. 악을 쓰는 얼굴에 표정이 없었다. 대오를 맞춰 앉아서 모두가 박수를 치고 흥겨워하지만 무미건조하다고나 할까, 무언가 와자지껄하지만 알맹이가 빠진 듯한 분위기였다. 희로애락이 어우러지고 사람의 땀 냄새가 묻어나는 분위기가 아니었다. 건성으로, 하지만 이렇게라도 하지 않으면 미쳐 버릴 것 같은 심정으로 누군가에게 악을 쓰는 것 같았다.

한참이 지나자 B 헌병이 앞자리에 앉아 있는 30대 후반쯤 되어 보이는 사내를 불렀다.

"야, 57번! 한 곡 뽑아."

그 사내의 얼굴과 머리 모습이 특이하였다. 스님처럼 삭발을 하였는데, 정수리가 불룩하게 솟아 있어 머리 위에 머리가 하나 더 달려 있는 것처럼 보였다. 얼굴도 길쭉하고 코는 뭉툭하게 솟아 있었다. 최근 유행하는 만화에 나오는 도사처럼 생겼는데 무표정한 얼굴이지만 그 얼굴을 보는 사람들에게는 왠지 웃음을 자아내게 하는 얼굴이었다.

사내가 어기적거리며 일어나서는 주먹 쥔 손을 마이크처럼 앞으로 내밀었다.

"용두산아~ 용두산아~"

마치 확성기에서 울려 나오는 소리처럼 우렁찬 목소리였다. 그때까지 정우는 와자지껄한 15P 영창 안의 소란을 곁눈질하며 무덤덤하게 앉아 있었다. 정우는 그 소란스러움이 약간 불만스러웠다. 흘러간 옛 노래도 그렇고, 박수를 치며 어깨를 들썩이는 몸짓이 갇힌 자의 처절한 몸부림처럼 보여 더더욱 싫었다.

그러다가 사내의 큰 목소리에 고개를 들었다. 저렇게 큰 목소리는 처음 듣는 것이었다. 구성지게 터져 나오는 사내의 목소리는 영창 안을 공명 상태로 만들고도 남을 정도였다. 사내의 목소리가 영창 안을 휘감아 돌자 모두가 조용해졌다. 노랫말을 따라 간간이 숨이 넘어갈 듯 끊어지면서 꺾이는 사내의 목소리가 사람의 애간장을 다 녹이는 듯하였다. 정우는 속으로 '이렇게 노래를 잘 부르는 사람도 있구나' 라며 새삼스럽게 그 사내를 올려다보았다.

B 헌병은 사내의 노래를 끝으로 영창 안 인원점검을 하고 자리 정돈을 하였다. 각자가 앉아 있던 마룻바닥을 걸레로 닦고 담요를 네모 반듯하게 정리하게 하였다. 조금 있으면 상급자에게 점호를 받고 순화방송을 듣고 취침에 들어가기 때문이다. 그러

나 정우는 자리 정돈을 하지 않아도 되었다. 담요 두 장을 깔고
엉거주춤하게 두 무릎을 구부린 상태로 있는 정우를 B 헌병은
그대로 두었다. 엉덩이가 터져 아직 앉지도 못하고 나중에 엎드
린 자세로 누워 자야 했기 때문이다.

깊은 밤 울음소리

　얼마나 지났을까. 정우가 깜빡 잠이 들었던 모양이다. 퀴퀴한 담요 냄새가 영창 안을 가득 메우고 있었다. 희미한 백열등 불빛이 영창 안을 감돌았다.

　"끄으으~"

　숨을 죽이며 쥐어짜는 듯한 소리가 정우의 귓전을 스치며 흩어졌다. 잠결인 듯 정우는 몸을 뒤척이다가 다시 잠을 청했다.

　"끅, 끄으~"

　이번에는 확연하게 정우의 귀를 때리는 소리였다. 들릴 듯 말 듯 가냘픈 소리지만 숨이 넘어갈 듯한 사람의 목소리였다. 정우가 가만히 눈을 떠 보지만 수감자들의 숨소리만 들렸다.

　저 멀리 마룻바닥 끝 구석에는 B 헌병이 의자에 앉아 졸고 있는 모습이 희미하게 보였다. 순간적으로 서늘한 기운이 정우의 목덜미를 맴돌며 지나갔다. 정우는 엎드린 채 살며시 영창 안을 둘러보았다. 희미한 백열등 불빛이 꺼질 것처럼 잦아들었다가 부스스 빛을 발하고 있었다. 정우의 눈에 비치는 영창 안이 끝도 없이 넓어 보였다. 정우는 커다란 운동장만 한 대강당 귀퉁이에 홀로 누워 있는 느낌이 들었다. 다른 수감자들은 멀찌감치 떨어져 군데군데 담요를 덮고 누워 자고 있었다.

"끄으으~, 끅끅."

울음소리였다. 쥐어짜는 듯한 울음소리가 분명했다. 울음을 참다가 참다가, 결국 참지 못하고 토해내는 소리를, 다시 한 번 목울대를 거머쥐고 참아 보려다 끝내 참지 못하고, 숨을 죽이며 내는 울음소리였다. 듣는 사람이 숨이 막힐 지경이었다.

"흐윽, 흐으, 흐으."

이제는 분명하게 들렸다. 정우는 가만히 일어나 주위를 둘러보았다. 아무런 움직임도 없었다. 모두가 조용하였다. 순간 백열등이 부스스 빛을 죽이며 영창 안을 깜빡 어둠으로 몰아넣었다. 정우의 눈앞에 희미한 물체가 살랑 흔들리다가 순간적으로 사라졌다. 영창 안 구석 쇠창살이 붙어 있는 벽면 모서리 천정 부근이었다. 정우가 눈을 크게 뜨고 다시 한 번 쳐다보았다. 희미하게 잦아드는 백열등 아래 천정 구석에는 아무것도 없었다.

정우는 마음속으로 '내가 잘못 보았나?' 라고 중얼거리며 다시 자리에 누웠다. 잠을 청하는 정우의 몸이 묵직하게 마룻바닥을 짓눌렀다. 온몸이 나른해지면서 정우의 정신이 몽롱해졌다. 정우는 무언가 자신을 짓누르는 기운 속에 또다시 들려오는 듯한 가느다란 울음소리가 귓전을 맴도는 가운데 깊은 잠 속으로 빠져들었다.

이날 이후로 정우는 깊은 밤, 선잠을 자는 듯 꿈속을 헤매는 듯 정신을 놓칠 때면 15P 영창 안 울음소리를 비몽사몽 간에 듣게 되었다.

정우는 일주일 동안의 조사를 마치고 난 다음부터 약 한 달 동안 15P 영창에 대기상태로 있게 되었다. 정우의 군사재판이 열리기까지 한 달 정도 기간이 걸리는 모양이었다. 조금씩 정우의 엉덩이가 아물고 비스듬하게나마 앉아 있게 되면서 정우는 옆자리에 있는 다른 수감자들과 말을 트게 되었다.

"그래도 지금은 많이 나아진 거야."

정우의 옆자리에서 정우를 부축하며 도와주던 사람이 말했다.

"여기 있는 사람은 사람이 아니야."

"개돼지보다 못하지."

뒤에서 옆 사람의 이야기를 듣던 나이 많은 사람이 한마디 거들었다. 정우의 옆에 있는 사람은 30대 정도의 나이에 바짝 야윈 사람이었다. 얼굴만 보면 시커멓게 그을린 듯하면서도 붉은 기가 돌아 한국 사람처럼 보이지 않을 정도였다.

"처음에 15P 운동장을 지나오는 데만 반나절이 걸렸어."

정우는 '무슨 이야긴가?'라는 생각을 하며 옆 사람의 이야기에 귀를 기울였다.

영창에서 가장 자유로운 시간은 저녁식사를 마치고 난 직후 잠깐 쉬는 시간이었다. 식사 후 뒷마무리 청소와 근무자의 교대 시간이 겹치면서 잠깐 동안의 여유가 있었다. 이 시간에 수감자들은 마룻바닥에 정자세를 취하고는 있지만 서로 간에 이야기를 주고받거나 조금씩 자리를 오고가며 하루 동안 미뤄 놓았던 자

신들의 일을 바쁘게 처리하였다. 정우도 모처럼 이들의 움직임
에 동화되며 여유를 가지게 되었다.

"운동장 입구에서부터 몽둥이로 때리는데……."

"아, 그게 어디 때리는 겐가? 죽이겠다는 거지."

"죽도록 맞다가 운동장 가운데로 엉금엉금 기어서 모이면 거
기서 또 때리는 거야."

"발길질과 주먹에 코피가 터지는 건 예사고, 부러진 이빨을 줍
다가 또 터지고……."

조용조용 말하는 옆 사람과 뒷자리 나이 많은 사람의 목소리
가 떨리며 들렸다.

양정 15P 헌병대는 부산 시내 중심가인 서면을 바로 옆에 두고
있는 양정동 도로변에 있었다. 15P 입구에는 커다란 철판 문이
시내도로변으로 나 있었다. 그 문을 열고 약간 경사진 길을 오르
면 커다란 운동장이 있는데 이 운동장을 지나 오른쪽 끝자락에
15P 영창이 있었다. 15P 막사 입구 오르막 끝에서 운동장을 지나
15P 영창까지의 거리가 50미터쯤 되는데 이 길을 지나기가 그렇
게 힘들었던 모양이다.

"다 왔다 싶으면 다시 온 데로 굴리는 거야."

"땅바닥을 기어서 왔제."

"그렇게 서너 번을 왔다 갔다 하면 반나절이 다 지나가 버려."

"한꺼번에 수십 명이 엉켜서 매를 맞다 보면 너 죽고 나 죽자
는 심정으로 달려들고 싶은 맘이 생기기도 해."

"제길, 뒤에서 총부리를 들이대고 있는데 그게 가능하기나 한

감?"

"말이 그렇다는 게지."

옆 사람과 뒷사람은 나이 차이가 많이 나는 것 같은데 그것이 문제가 되지 않는 모양이었다. 말투가 서로 반말인데도 별로 어색해하지 않았다.

"물고문에는 장사 없제."

"아니 그쪽이 물고문까지 당했는가?"

"재수가 없었제."

"웬 재수?"

"아, 하필 내가 살던 동네에 대학생이 있었는데 그 학생이 데모를 하다가 도망을 간 모양이야."

뒷자리 나이 많은 사람이 치를 떨며 덧붙여 말했다.

"내가 그 학생을 숨겨 주었다는 거야. 고향 떠나온 지 십 년도 넘었는데 말이야."

그러면서 정우 옆 사람에게 갑자기 생각난 듯 질문을 했다.

"그럼 댁은 무슨 죄로 잡혀 온 건가?"

"술 먹다 나랏님 욕을 좀 했지."

결국 뒷자리 나이 많은 사람은 주소지가 같은 수배 중인 대학생 때문에 추궁을 당하게 되었고 물고문을 당했다는 거였다. 자신의 무용담처럼 늘어놓는 물고문의 내용은 이러했다.

물고문을 하기 위해서는 사람을 꽁꽁 묶어야 해. 손목과 발목을 묶고 무릎을 굽혀 묶인 손목 안쪽으로 끼우면 양팔 사이로 무르팍이 톡 튀어나오지? 그 튀어나온 무릎 안쪽에 경찰봉을 끼워서 들어 올리면 꼼짝달싹도 할 수 없는 통닭 신세가 되는 거야.

무릎 안쪽으로 끼인 경찰봉 때문에 다리 안쪽 근육이 밀리며 온몸의 하중을 받아 고통은 이루 말할 수가 없는 것이지. 거기다가 경찰봉 양끝을 책상 사이에 걸쳐 놓고 매달린 사람을 그네처럼 흔들거나 빙빙 돌리면 정신이 하나도 없어. 그러는 중에 통닭처럼 매달려 있는 모습은 머리가 거꾸로 서면서 하늘로 향해 입과 코가 벌어져 있는 상태이기 때문에 얼굴에 젖은 수건을 덮어 씌우고 물을 부으면 항우장사라고 해도 버티기가 힘들어.

젖은 물수건 때문에 공기가 통하지 않는 상태에서 물을 부으면 '꺽꺽' 거리며 숨을 들이마시듯이 그 물은 고스란히 목구멍 기도로 들어가시. 그 고통은 죽음 그 자체야. 숨을 쉬지 못한다는 것만 해도 죽을 고통인데 거기다가 공기 대신 물을 들이마시게 되면 급기야 폐가 난도질당하는 느낌이 들면서 토하게 되지. 차라리 토하면서 정신을 잃어버리는 것이 살아나는 방법이 되는 거야.

정우는 뒷자리 나이 많은 사람의 이야기를 들으며 자신이 그동안 당했던 폭행은 그래도 나은 편이라는 생각이 들었다. 아마도 뒤늦게 잡힌 것이 다행이었던 셈이다.

"그래서 어떻게 되었나?"

"알면 벌써 불었지. 죽다가 살아났제."

두 사람의 이야기를 들으며, 이러한 사람들이 당하는 고통에 대해서 아무것도 할 수 없는 현실이 정우의 가슴을 아프게 찔렀다. 물론 정우 자신의 몸뚱이 하나 간수하기도 힘들지만 말이다.

정우의 옆으로는 수감자들이 앉아 있는데, 항상 맨 앞줄에 무표정하게 앉아 있는 군인 한 명이 있었다.

"저 사람은 사형수야."

옆에 있는 사람이 속삭이듯이 정우의 귀에 대고 말했다.

"신병인데, 훈련소를 마치고 부대로 배치되자마자 자기 상관을 쏴 죽였대."

영창 마룻바닥 맨 앞줄 정중앙에 앉아 있는 군인의 눈망울은 초점이 없었다. 무표정한 얼굴에 멍한 눈망울은 이미 혼을 놓친 사람처럼 보였다.

"얼마 전 사형선고를 받고 이감을 왔는데 얼마 못 갈 거야."

단정 짓듯이 말하는 옆 사람의 말투가 떨리며 들렸다.

군사재판은 형선고를 받으면 관할 사령관의 형확정서가 내려왔다. 일종의 형집행 명령서였다. 비상계엄하에서의 군사재판은 단심으로 끝나지만 사형의 경우는 상급심까지 진행되었다. 그렇다면 저 군인은 꽤 오랫동안 영창에 갇혀 있었을 것이라는 생각에 정우는 관심을 가지고 바라보았다. 상급심까지 마친 사형수 군인이 왜 이곳 15P 영창으로 이감을 왔는지 정우로서는 알 수 없는 일이었지만 말이다.

물론 사형집행을 위해서는 국방부장관이나 법무부장관의 승인이 있어야 할 테지만 지금 이 영창에서 그런 것까지 고려해서 판단하거나 예단할 상황은 아니었다. 그렇다고 무슨 특별한 정보가 있는 것도 아니기에 그냥 두려운 마음에 비밀스럽게 주고받는 수감자들 사이의 이야기일 뿐이었다. 그러나 전두환 군사정권이 자신의 권력을 유지하기 위한 방편으로 무슨 일이든지 저지를 수 있다는 것을 전제한다면 이들의 속삭임이 결코 허투루 하는 이야기는 아닐 것이라는 생각이 들었다.

속삭이듯 작은 소리로 말하는 옆 사람의 목소리에 두려움이 묻어 있었다. 죽음에 대한 공포라기보다는 죽이는 자에 대한 공포랄까, 자신도 죽임을 당하지나 않을까 하는 두려움이 정우에게 느껴졌다.

"나쁜 놈들!"

숨을 죽이며 쉿소리 같은 목소리로 말하는 옆 사람의 입술이 씰룩거렸다. 갑자스런 욕지거리에, '누구를 욕하는 거지?' 하며 정우는 주위를 둘러보았다.

"저렇게 젊은 사람을 재판도 제대로 하지 않고 총살하는 법이 어디 있는가?"

조금 전에 말했던 '나쁜 놈들' 이라는 욕지거리는 사형수 군인에게 하는 말이 아니었던 모양이다.

"사람을 죽였다고 해도 이유가 있을 거 아냐?"

분노의 목소리였다. 정우에게 속삭이듯 말하는 옆 사람의 목소리가 정우의 가슴을 때렸다. 두려움 속에 억눌려 있는 분노의 감정이 정우에게 느껴졌다. 그러나 불가항력의 상황에서, 도저히 어찌할 수 없는 무력감이 옆 사람의 분노를 삭이며 정우의 이

70

성을 자극했다.

불가항력, 무력감이라는 단어가 이성이라는 단어와 이렇게 절묘하게 결합할 수 있다는 것이 신기할 정도였다. 정우는 옆의 사내는 분노라도 느끼며 자신의 생각을 표현하는데, 자신은 그 분노조차 이성으로 삭이며 벙어리가 되어 가는 것에 절망감을 느꼈다.

그 절망감 속에 정우는 새삼스럽게 앞에 앉은 군인을 다시 바라보았다. 짧은 스포츠머리를 하고 앉아 있는 군인의 등허리가 꼿꼿하였다. 초점을 잃은 듯한 눈망울이지만 꼿꼿하게 앉아 있는 모습이 당당해 보였다. 조금 전 혼을 놓친 사람처럼 보였던 군인의 모습이 아니었다. 최소한의 인간의 자존감이라고 할까, 상대가 나를 힘으로 제압한다고 하더라도 나 자신에 대한 나의 존중은 아무도 방해하거나 침범할 수 없다는 자존감이 느껴졌다. 이 순간에 저 군인에게서 그 자존감이 느껴지는 것은 왜일까.

B 하사의 침묵

　B 하사는 귓가를 스치듯 지나가는 서늘한 기운에 선잠을 깨며 눈을 떴다. 영창 마룻바닥 중앙에 영철이 일어나 멍하게 앉아 있었다.

　서너 달 전에, B 하사는 15P 영창으로 근무지를 배정받았다. B 하사는 15P 영창 근무가 처음이었다. 그리고 얼마 지나지 않아 영철이 15P 영창으로 잡혀 왔는데 성격이 매우 싹싹한 아이였다.

　"안녕하세요?"

　B 하사를 처음 만난 날 영철은 B 하사에게 밝은 목소리로 인사를 하였다.

　"어? 그래."

　B 하사는 영철의 인사를 받고 엉겁결에 답례를 하였다. 영철은 소년티를 막 벗어난 것처럼 어려 보였다. B 하사는 저렇게 어린 애가 왜 이곳으로 잡혀 왔을까라는 생각을 하면서도 죄수에 대한 감성적인 접촉은 금지하고 있기 때문에 더 이상의 관심을 보이지 않았다. 영철은 15P 영창 안에서 가장 나이가 어리고 붙임성이 있어 다른 수감자들에게 귀여움을 받았다. B 하사도 이런 영철을

가만히 지켜보며 눈에 보이지 않는 배려를 해 주곤 했다.

"영철아, 바닥 청소해야지."

"예-옛!"

B 하사의 말에 영철은 앉아 있던 마룻바닥에서 용수철처럼 튀어 일어나며 영창복도 구석에 있는 청소도구를 챙겨 달려나왔다.

영창의 마룻바닥과 벽을 사이에 두고 B 하사가 왔다 갔다 하는 시멘트 복도는 항상 먼지와 흙이 뒤범벅이 되어 있어 매일매일 청소를 해야 했다. B 하사는 이곳 청소를 영철에게 맡겼다. 마룻바닥에 꼿꼿하게 앉아 있어야 하는 저녁시간은 영창 수감자들에게 힘든 시간이었다. 등허리를 꼿꼿하게 세우고 두세 시간 동안 앉아 있다 보면 골반 엉치뼈 위로 허리가 뻐근하게 아파왔다. 이때쯤 B 하사는 영철을 불러 복도 바닥 청소를 시켰던 것이다. 영철은 이 시간이 되면 신이 났다. 좁은 영창 안이지만 복도를 왔다 갔다 하며 다른 수감자들과 소곤거리며 이야기도 하고 자신은 운동 삼아 허리를 펴며 청소를 할 수 있었기 때문이다. B 하사는 이런 영철을 못 본 척하며 영창 구석 의자에 앉아 책을 읽곤 하였다.

"흐으, 흑."

영철의 울음소리가 가늘게 들려왔다.

막 선잠을 깬 B 하사는 어질한 느낌이 들어 의자에 앉은 채로 영철을 바라보았다. 흐릿한 백열등 불빛이 앉아 있는 영철의 머리 바로 위에서 아래로 비추고 있었다. 그 백열등 불빛에 영철의 까만 머리털이 반사되며 더욱 짙은 검은색으로 빛을 내었다. 숙인 고개를 타고 흐르는 불빛은 목으로 내려와 어깨 부위에서 커다란 그늘을 만들며 영철의 어깨 아래 몸뚱이를 시커멓게 가리고 있었다. 고요했다. 적막감이 감도는 영창 안 구석에서 B 하사는 이러한 영철의 모습이 왠지 멀리 느껴졌다. 아득히 멀리 영철이 가만히 앉아 있는 것처럼 보였다. B 하사는 귀를 기울이며 영철의 울음소리를 다시 듣고자 하였다.

"......"

울음소리가 들리지 않았다.

'내가 잘못 들었나?' B 하사는 의자에서 일어나 영철에게 다가갔다. 고개를 숙이고 있는 영철은 B 하사가 자신의 옆에까지 다가와 서 있는 것을 아는지 모르는지 앉은 채로 잠이 든 듯 가만히 있었다.

"자리에 누워!"

B 하사가 나지막하지만 위엄 있게 말했다. 하지만 영철은 잠을 자는 듯 가만히 앉아 있었다. B 하사가 손에 들고 있던 지휘봉으로 영철의 턱을 추켜올렸다.

"흐읍!"

B 하사가 속으로 살짝 놀라며 영철을 바라보았다. 영철의 두 눈이 눈물로 범벅이 되어 있었다. 벌겋게 달아오른 영철의 두 눈은 초점이 없어진 듯 멍하니 B 하사를 쳐다보았다. 영철은 아무 말이 없었다. 그리고는 영철은 스르르 자리에 누웠다.

"흐흑, 무서워."

들릴 듯 말 듯 영철은 흐느끼며 온몸을 떨었다. 영철의 흐느낌을 바라보며 B 하사는 며칠 전에 일어난 일을 떠올렸다.

수감자 중 중년 남자가 있었다.

"야, 이 새끼들아! 나 아무 죄도 없어! 집에 보내달란 말이야!"

저녁식사를 마치고 잠시 쉬면서 근무교대를 하는 사이, 중년 남자가 큰소리로 외치며 영창철문 쪽으로 쏜살같이 달려나왔다.

"쿠당탕!"

중년 남자가 영창철문 창살을 두 손으로 힘껏 밀치며 영창 밖으로 달려나갔다. 잠시 근무교대를 하는 사이, 제지할 틈도 없이 열려 있던 영창철문을 밀치고 중년 남자가 뛰어나가고 말았던 것이다.

"어? 저 새끼 잡아!"

K 하사가 소리를 지르며 중년 남자를 뒤쫓았다.

"삐익—"

K 하사의 비상호각소리가 15P 막사 운동장을 날카롭게 울려 퍼졌다.

"탕탕!"

총성이 울렸다. 15P 영창을 지키고 있던 담장 벽 경비 망루에서 울리는 총소리였다. 운동장 중간쯤으로 달려나가던 중년 남자가 앞으로 고꾸라지며 쓰러졌다. 쓰러진 중년 남자는 가슴과 다리에 총상을 입고 그대로 혼절하였다.

중년 남자는 항상 영창 안 중앙 마룻바닥에 꼿꼿하게 앉아 조용하게 지내던 사람이었다. 그 중년 남자 바로 옆이 영철의 자리였다. 영철은 15P 영창에 잡혀 들어올 때부터 의지할 데 없는 자신의 처지를 측은해하며 감싸 주는 중년 남자가 마음에 들었다. 이것저것 이야기도 나누며 만난 지 며칠도 안 되어 서로 마음이 통했는지 피붙이처럼 가깝게 지냈다. 그러나 중년 남자는 영철이 더 이상 가까이 할 수 있는 여지를 만들어 주지는 않았다. 간간이 깊은 한숨을 쉬며 바깥 사회에 있는 자신의 아들을 걱정하며 멍하게 정신을 놓을 때면, 바로 옆에 영철이 있다는 사실조차 잊어버린 듯, 영철에게는 중년 남자가 낯설게 느껴졌다.

"잘 지내야 할 텐데."

한숨을 쉬며 중년 남자는 혼잣말을 하곤 하였다.

간혹 자신의 이야기를 조금씩 풀어놓은 것을 종합해 보면, 어려운 가정형편에 영철이 또래의 아들이 한 명 있었고, 부인과는 이혼한 상태에서 아들과 생활해 왔다고 하였다. 중년 남자는 공사판을 전전하며 그날그날 힘든 생활을 해 왔다고 했다. 그러다가 중년 남자가 잡혀 온 날은, 자신이 다니던 공사판에서 낮술을 조금 하고 취한 정신에 그동안의 감정이 폭발하여 주변 동료들과 패싸움을 벌이는 바람에, 그 길로 경찰에 연행되어 15P 영창으로 잡혀 왔다는 것이다. 그날 이후로 중년 남자는 아들의 소식을 몰랐다. 물론 아들도 자신의 아버지가 어디로 잡혀갔는지 모를 것이다. 이러한 상황이 중년 남자를 못 견디게 했던 것이다. 영철 또한 중년 남자에게는 자신의 아들을 반추하는 정도에서 애틋한 마음을 달래는 정도였을 것이다.

총소리가 나자마자 영철은 영창 철문 창살 앞으로 달려나왔다. 창살 사이로 쓰러진 중년 남자를 바라본 영철은 한동안 말이 없었다. 중년 남자는 분주하게 움직이는 15P 영창의 헌병들에 의해 어디론가 실려가 버렸다. 중년 남자가 쓰러졌던 곳에는 피가 흥건하게 젖어 있었다. 아마도 거의 생명을 잃을 정도의 상처를 입었을 것이다. 영철은 중년 남자가 실려 간 이후, 말이 없어졌다.

15P 영창은 더욱 고요해졌다. 반면에 K 하사의 영창 규율은 더욱 무서워졌다. B 하사 역시 깐깐한 규율을 적용하며 15P 영창의 분위기는 한동안 긴장감이 감돌았다.

"부스럭."

B 하사는 중년 남자의 사건이 일어난 이후, 영철이 밤마다 이상한 행동을 보이는 것에 신경이 쓰였다. 오늘도 영철은 비몽사몽인 듯 자리에서 일어나 앉았다.

"으흐흐흑, 흑."

분명히 울음소리였지만, 들릴 듯 말 듯 희미한 소리였다. B 하사는 귀를 기울여 보지만 더 이상 울음소리는 들려오지 않았다.

"흐으, 흐으."

그리고 다시 들릴 듯한 울음소리! B 하사가 도저히 참을 수 없어 영철에게 다가가면 영철은 앉은 채로 잠을 자고 있었다.

'이것이 무슨 조화인가?'

B 하사는 밤마다 반복되는 영철의 이상한 행동과 그로부터 일어나는 듯한 자신의 환청 사이에서 등골이 오싹하는 긴장감을 느꼈다. B 하사는 15P 영창으로 근무지를 배정받은 첫날부터 15P 영창을 감싸고도는 이상한 분위기를 느꼈다. 영창 안은 음습하였다. 때때로, 깊은 밤 숨소리조차 들리지 않을 정도의 적막감이 감도는 순간이 있었다. 그럴 경우 영창 안에는 마룻바닥이 꺼질 듯한 무거운 기운이 감돌았다.

하기야 15P 영창이 정상적인 공간일 수는 없었다. 사회에서 가장 소외된 자들만이 모이는 곳, 그것도 인생의 마지막 종착점이라고 할 수 있는 극단적인 상황 속으로, 자신의 의지와는 무관하게 타인에 의해 강제되는 공간이 이곳 영창이었다. 그 공간 속에 사람들이 갇혀 있었고, 그 사람들은 죄수였다. 그 죄수들이 잡혀온 이유는 갖가지였지만 영창에 갇히는 순간, 모든 죄수들은 똑같이 취급되었다. 정해진 규율 범위 내에서만 죄수들은 사람으로 취급되었다. 그것도 최소한의 조건 내에서만 말이다.

허기를 해소할 정도의 음식과, 타인에게 불쾌감을 주지 않을 정도의 청결 속에 죄수들의 얼굴은 누렇게 변해 갔다. 더군다나 깊은 밤 흐릿한 백열등 불빛에 비친 수감자들의 자는 모습은 섬뜩한 분위기를 만들어 내곤 하였다. 숨소리조차 들리지 않을 정도로 적막한 밤이면 15P 영창 안 수감자들의 자는 모습은 시체들이 누워 있는 느낌이 들 정도였다.

B 하사의 이런 느낌은 그동안 15P 영창에서 일어난 일들로 인해 더욱 증폭되었다.

"아마 십여 명은 죽어 나갔지?"

"웬걸, 그보다 많을 걸."

"사람 목숨이 파리 목숨이야."

"그러게 말이야."

15P 헌병대 동료들 사이에서 간혹 나누는 이야기들 속에 B 하사는 15P 영창이 죽음의 공간이라는 것을 알게 되었다. 영창에서 죽어 나가는 사람은 자살이 많았다.

어느 날 만신창이가 된 60대 노인이 잡혀 왔다고 했다. 정신을 놓친 듯 횡설수설하기도 하고, 온몸은 멍이 들고 옷도 찢어진 상태였다. 그 노인은 "내가 죽어야지. 암 죽어야지" 하고 혼자서 중얼거리며 영창 마룻바닥 구석에 쪼그리고 앉아 움직일 줄을 몰랐다. 그렇게 꼬박 밤을 지새우고 이른 새벽, 그 노인은 영창 천정에 목을 맨 채 숨져 있었다는 것이다.

이상한 것은 그 노인이 천정으로 어떻게 올라가 목을 매었는지, 목을 맨 줄을 어떻게 만들었는지, 노인이 목을 매기까지 걸리는 시간이 그렇게 짧지만은 않았을 것인데 그 좁은 영창 안에서 어떻게 아무도 몰랐는지 등 아무것도 설명할 수 없다는 것이었다.

물론 목을 맨 줄은 윗옷과 속옷가지를 엉성하게 묶은 것이었고, 영창 안 천정에는 둥그런 쇠기둥이 박혀 있어, 쇠기둥을 잡을 힘만 있다면 양손으로 잡고 거꾸로 미끄럼을 타듯이 올라가면 가능한 일이기는 했다. 그러나 60대 노인이 그러한 일을 하기에는 무리라는 것은 누구라도 알 수 있는 일이었다.

이런 일이 있고 난 후부터 15P 영창 안에서는 귀신이 있다는 수군거림이 일어났다. 죽음의 귀신이 있어 스스로 죽고자 하는 사람에게는 귀신이 도와준다는 말이 나돌았다. B 하사는 최근 영철의 행동에 더욱 긴장을 하였다. 말도 안 되는 수군거림이지만 B 하사는 자신도 모르는 사이에 점점 15P 영창의 묘한 분위기에 젖어드는 느낌을 지울 수가 없었다. 얼마 전 일어난 중년 남자의 행동과 그날 이후 영철의 이상한 행동이 이전부터 이어져 오는 15P 영창의 음습한 분위기와 전혀 무관할 수만은 없다는 생각이, B 하사의 머리를 더욱 무겁게 짓눌러 왔다.

　'이 세상에는 예기치 못한 일들이 일어나기도 하지. 뻔히 알면서도 당하거나 말리지 못하고 바라만 볼 수밖에 없는 일들이 일어나기도 해. 특히 15P 영창처럼 수없이 많은 사람들이 거쳐 가면서 남기는 애환은 알게 모르게 주위 사람들을 그 애환 속으로 젖어들게 하겠지. 15P 영창 안의 음습한 분위기 역시 이러한 상황과 무관하지 않을 것이고.'

　15P 영창의 밤이 반복될수록 B 하사는 15P 영창의 묘한 분위기에 젖어들었다. 그럴수록 B 하사는 긴장감을 늦출 수가 없었다.

　"취침!"

　B 하사의 밤은 매우 길었다.

　"으흐흑, 흑."

　그리고 울음소리는 반복되었다. 그러나 이제 그 울음소리는 영철의 울음소리가 아니었다. B 하사는 영창의 구석진 곳에서 밤이면 더욱 넓게 보이는 영창의 마룻바닥을 바라보며 오히려 무언가를 기다리는 버릇이 생겼다.

"스르르."

밤이 깊어 가고 백열등 불빛이 뿌옇게 변해 가면 스산한 기운
이 일어났다.

"하아, 하아."

숨이 막힌 듯 힘겹게 내쉬는 숨소리가 들려왔다.

"부스럭."

어김없이 영철이 일어나 앉았다. B 하사는 가만히 귀를 기울
였다.

"흑흑."

울음소리였다. 그러나 이 울음소리는 영철의 울음소리가 아니
었다. B 하사는 지난번 영철의 눈물로 범벅이 된 얼굴을 본 이후
로, 영철은 소리 내어 울지 않는다는 것을 알았다. 영철은 소리
내어 우는 것이 아니라, 어딘가에서 들려오는 그 울음소리에, 주
체할 수조차 없을 정도로 눈물을 흘리고 있었던 것이다.

지독한 슬픔이었다. 누구도 위로할 수 없는 슬픈 얼굴, 살아 있
는 한 절대로 떨쳐낼 수 없을 것 같은 슬픈 얼굴이었다. B 하사는
이러한 영철을 바라보며 가슴속을 울럭하며 지나가는 찌릿한 느
낌이 들었다.

B 하사는 눈을 감았다. 긴 기다림과 그 기다림 끝에 들려오는
울음소리 사이에서 B 하사는 처음에는 혼란스러웠다. 울음소리
는 B 하사의 환청일 수도 있었고 실제 밤마다 일어나 앉는 영철
의 울음소리일 수도 있었다. 그러나 B 하사는 이제 더 이상 이러

한 의문을 가지지 않게 되었다. 밤이 반복되면서 B 하사는 자신이 모르는 무언가 다른 것이 15P 영창 안을 떠돈다는 느낌이 들었다. 자기가 주관하는 것이 아니라 무언가 다른 것이 있어서 영창을 움직인다는 생각 같은 것이다.

그러나 이러한 느낌은 누구에게도 이야기할 수 있는 것이 아니었다. 특히 동료 헌병들에게는 씨알도 먹히지 않을 일이었다. B 하사는 점점 말이 없어졌다.

죽은 자와 산 자

　정우는 오랜만에 깊은 잠을 잔 듯 가뿐한 몸으로 아침에 잠을 깨었다. 그것도 잠시, 영창 안이 잠깐 술렁했다. 그리고는 아무도 말이 없었다. 어제저녁까지 앉아 있던 군인의 자리가 비어 있었던 것이다. 정우의 가슴이 철렁하며 서늘하게 가라앉았다.

　영창 안이 조용해졌다. 아니 조용해졌다기보다 무언가에 짓눌린 듯한 강요된 침묵이랄까, 그것도 남에 의해서가 아니라 스스로가 자신을 짓누르는 침묵, 가학이었다. 참혹한 가학 속에 스스로를 가두어 버린 자들이 집단화되어 앉아 숨소리조차 내지 않았다. 갇힌 자들의 지독한 몸부림이 정우의 살갗을 파고들어 소름이 돋게 하였다. 아무것도 할 수 없는 상황 속에 무언가를 하지 않고는 안 되겠다는 생각이 일어날 때, 사람은 미쳐 버린다고 했다.

　아마도 새벽에 군인에 대한 총살형이 집행되었는가 보다. 아니면 군인이 다른 장소로 이감을 갔을 수도 있으나, 그동안의 정황으로 보아 이곳 15P 영창 수감자들에게 그 군인이 보이지 않는다는 것은 사형집행을 의미하는 것이었다.

　"씨발, 어제저녁에 고깃국이 나오더니만."

정우의 옆에 있는 사람이 혼자 중얼거렸다. 보통 사형을 당하기 전날 수형자를 위로하기 위하여 고깃국을 제공한다는 소문이 있는데, 옆 사람이 이러한 소문을 떠올린 모양이다. 마침 어제저녁에 희멀건 국이었지만 고깃덩이가 두세 점 국물 위에 둥둥 떠 있었던 기억이 되살아났다. 정우와 영창 수감자들은 오랜만에 그 국물을 맛있게 먹었다.

평소에 15P 영창 안에서는 사형집행장소가 어디인가를 놓고 수군대곤 하였다. 15P 막사 어딘가에 사형집행장소가 있다는 말도 있고, 다른 곳으로 호송해서 집행한다는 소문도 있었지만 실제 장소는 아무도 몰랐다. 물론 K 하사나 B 하사에게 물어볼 수도 없고 물어본다고 하더라도 알려 줄 리가 만무하였다.

"엉엉!"

영창 구석에서 침묵을 깨고 울음소리가 들렸다. 영철이었다. 영철은 절도범으로 잡혀 왔다고 했는데 나이는 18세 정도로 본인도 자신의 나이를 잘 몰랐다. 어릴 때부터 길거리를 헤매며 절도 행각을 일삼다가 교도소를 들락거렸던 모양이다.

"흐윽, 흑흑"

영철은 울음을 멈출 수가 없었다. 자신도 모르게 계속되는 가슴속의 흐느낌은 하염없는 눈물을 만들어 내었다. 영철은 겁이 났다. 서늘해지는 등줄기를 따라 소름이 돋았다. 영철은 그 소름을 느끼며 으스스하게 전해져 오는 차가운 기운에 추위를 타듯 온몸을 떨었다.

"엄니, 나 무서워. 정말 죽을 것 같아."

혼잣말처럼 중얼거리는 영철의 목소리가 애처로웠다. 막힌 숨을 억지로 내뱉듯 하악거리며 영철은 고개를 숙였다. 자신의 가슴을 부여잡으며 영철은 고통스러워했다. 영철은 그런 와중에서도 무언가를 바라보는 듯 숙인 고개를 옆으로 젖히며 초점 없는 눈길을 흘깃했다. 눈빛이 날카로웠다. 순간적으로 지나가는 영철의 눈빛이 허공으로 흩어졌다. 영철은 죽음을 보는 듯했다. 그 죽음은 15P 영창을 거쳐 간 사람들의 것일 수도 있었고 영철 자신일 수도 있었다. 영철의 흐느낌이 한동안 계속되었다.

K 하사도 오늘은 영철을 내버려 두었다. 영철의 울음이 죽음에 대한 두려움이라는 것과 그 두려움은 인간의 본능으로, 괜한 트집을 잡아 보아야 아무런 소용이 없다는 것을 K 하사는 잘 알고 있었다.

한편, K 하사는 이런 상황을 접할 때마다 순간적이지만 지겨움을 느꼈다. 그 지겨움은 K 하사에게는 견디기 힘들 정도로 긴 시간을 요구하는 것이기도 하였다. 그러나 실제 영철의 흐느낌은 오래가지 않았다. 이른 아침시간 두려움에 떠는 영철의 흐느낌은 기상을 해서 식사를 준비하기 직전까지일 수밖에 없었다. 그럼에도 K 하사에게는 그 시간이 견디기 힘들 정도로 긴 시간이었다. 자신이 통제하지 못하는 상황을 K 하사는 용납하기가 어려웠다. 15P 영창에서의 K 하사의 존재는 절대적인 지위를 갖는 거였고, 그것은 15P 영창 안에서 어느 누구도 부정할 수 없는 것이었다. 그러므로 15P 영창 안에서 일어나는 모든 상황은 K

하사의 주관하에 이루어져야 하는 것이다. 그러나 지금처럼 계속되는 영철의 울음소리는 K 하사의 의지와는 무관한 것이었다. 영철의 울음은 K 하사도 어찌할 수 없는 것이었다.

영창 수감자들의 일상은 단순하였다. 아침식사를 하고 15P 막사 운동장에서 잠시 운동 삼아 담요를 털고 점심식사를 하고 오후에 다시 운동을 하고 저녁식사를 했다. 매일매일 K 하사가 자기 마음대로 운동 순서를 짜기 때문에 수감자들은 자기 운동시간만 모를 뿐이었다. 오늘은 하루 종일 누구도 말이 없었다. 그저 정해진 규칙대로 기계적으로 움직일 뿐이었다. 정말 음산한 하루였다.

정우는 뒤늦게 알았지만, 군사재판이 열리는 날 저녁이면 영창 안은 간혹 적막감이 돌 정도로 조용할 때가 있었다. 재판을 마친 수감자들은 며칠 내로 어디론가 이감을 갔다. 그중에서 군인들의 경우 10여 일 정도가 지나면 확정서가 전달되는데, 군사재판을 관할하는 지역사령관의 형확정서였다. 군인의 경우 마지막 재판이 되는 셈이었다.

민간인은 군법이라고 하더라도 3심까지 허용되었다. 그러나 대부분의 경우 계엄포고령에 의해 삼청교육대까지 마쳐야 석방이 되었다. 이 기간이 약 10개월 정도였다. 일단 연행이 되면 아무리 죄가 없다고 강변을 하여도, 심사나 재판과정에 2개월여가 걸리고 그후 삼청교육대로 넘어가면 8개월 동안 순화교육과 강제노역 등을 거치는 데 10개월이라는 시간이 걸리는 거였다.

이 시기에 이렇게 연행된 사람들이 약 6만여 명에 달하였고 이 중 3천여 명이 구속되었고 4만여 명이 삼청교육대로 넘겨졌다. 이후 정부공식통계에서도 이들 중 3천여 명이 불구가 되거나 사망을 하였다고 발표하고 있었다. 1980년! 국민주권이 상실된 시기! 박정희가 죽고 나서 최규하 국무총리가 대통령 직무대행 역할을 하고 있었지만 국민이 뽑은 대통령이 아니었다. 전두환 보안사령관이 실질적으로 정부권력을 장악한 상태에서 최규하 대통령 직무대행은 꼭두각시일 뿐이라는 것은 일반 국민도 잘 알고 있었다. 최규하 대통령을 강제로 퇴임시키고 유신헌법을 그대로 적용한 체육관 선거를 통해 대통령에 당선된 전두환은 일사천리로 자신의 야욕을 실현해 나갔다. 군인들이 무소불위의 권력을 휘두르는 나라에서 국민의 권리는 없었다.

그날 밤 정우는 소름끼치는 울음소리를 듣게 되었다. 깊은 밤, 나지막한 울음소리가 정우의 귓속을 파고들었다.

"으흐흐흑."

나른한 잠결 속으로 빠져들락 말락 할 찰나, 정우의 온몸을 더듬듯이 울려오는 울음소리에 정우는 정신이 번쩍 들었다.

"끄으으윽, 흑흑."

어디서 나는 소릴까? 정우는 가만히 고개를 들어 주위를 살펴보았다. 아무런 기척도 없었다. B 하사는 영창 구석 의자에 비스듬히 앉아 두 다리를 마룻바닥으로 올려 꼬아 졸고 있었다. 희미한 백열등 불빛이 밤안개처럼 영창 안을 어둡게 비추고 있었다.

"흐으으, 흑흑."

이제는 의심할 여지도 없이, 정우의 귀를 때리는 울음소리가 지척에서 들렸다. 아니, 울음소리가 들리는 것이 아니었다. 정우가 울음소리를 듣는 것이 아니라 울음소리가 정우의 귀를 끌어당기듯 정우의 정신을 어디론가 데려가는 듯하였다.

깊은 땅속에서 울려오는 듯 울음소리는 스산한 여운을 이어갔다. 그 여운은 애절한 울음소리를 길게 늘어뜨리며 끊어질 듯 계속되었다. 그 울음소리를 따라 정우의 마음이 서서히 달아올랐다. 따뜻한 기운이 정우의 몸속으로 밀려 올라오며 긴장이 풀어지는 듯하였다.

"끅끅!"

순간, 정우는 가슴이 울컥 막히는 느낌이 들었다. 자신도 모르게 목이 미어지고 두 눈에 안개가 낀 듯 눈물이 번져 나왔다. 슬픈 울음소리, 슬프지 않은 울음소리가 어디 있겠느냐마는 이처럼 슬픈 울음소리를 정우는 들어본 적이 없었다. 울컥 막힌 정우의 가슴이 갈기갈기 찢어지는 듯했다. 이보다 더한 슬픔이 없을 것 같은, 사람의 애간장을 모두 녹여 버릴 것 같은 울음소리가 계속해서 이어졌다.

애틋한 사랑의 정을 나눈 한 여인의 마지막 숨결을 가슴에 안고 떠나 보내는 사내의 애절한 울음보다 더한, 눈에 넣어도 아프지 않을 핏덩어리 혈육을 어이없게 잃어버린 부모의 피울음보다 더한 울음소리가 끊일 듯 말 듯 이어졌다. 그 슬픈 울음소리 사이로 가느다란 숨소리가 환청처럼 들려왔다.

'살려주오. 살려주오.'

환각인 듯, 들릴 듯 말 듯 들려오는 낮은 곡소리였다.

'이내 목숨 좀 살려주오.'

정우의 애간장을 다 녹여 버릴 것 같았다.

'젊디젊은 이내 청춘 원통해서 못 가겠소.'

정우는 가슴이 아프게 끓어올랐다. 아파서 가슴이 터져 버릴 것 같았다.

'애고 애고 우리 엄니 불쌍해서 어쩔거나. '

숨을 못 쉴 정도였다.

'못난 아들 저승길에 우리 엄니 인사도 못 드리고'

간신히 어깨를 추슬러 숨을 내쉬는 정우의 숨소리가 가팔랐다.

'먼저 가오. 먼저 가오. 먼-저 가오. 먼저 가-오.'

한숨소리처럼 잦아드는 가느다란 울음소리가 서서히 멀어져 갔다.

정우의 얼굴이 눈물로 범벅이 되었다. 그 눈물 속으로 15P 영창 천정이 스르르 기울어졌다. 피멍이 든 듯 아픈 가슴을 부여잡고 옆으로 쓰러져 눕는 정우의 눈길에 영창 안 수감자들의 눈길이 마주쳤다. 눈물 빛으로 물든 눈들이 번들거리고 있었다.

아무도 잠들어 있지 않았다!

죽은 자의 울음소리!

너무나 익숙한 듯, 다른 수감자들은 허공으로 누군가를 배웅하듯 눈빛들을 보내고 있었다. 아마도 오늘 새벽 총살을 당한 군인의 영혼을 배웅하려는 것처럼, 온 세상을 다 품은 듯한 온화한 눈빛들을 보내고 있었다.

그 밤 이후로 15P 영창은 정우에게 전혀 다른 모습이 되었다. 한동안 정우는 멍한 나날을 보냈다. 식욕도 떨어지고 매사가 귀찮아져 담요 위를 떠나지 않았다. 그러다가 영창 안 시멘트 복도를 왔다 갔다 하며 K 하사에게 제지당하기도 하고, 영창 마룻바닥을 더듬어 가며 걸레질을 하기도 하였다.

정우는 영창의 비밀을 알게 되고부터 꿈과 현실의 경계가 없어져 버렸다. 한 번 없어진 경계는 정우의 모든 경계선을 파괴해 나갔다. 낮과 밤의 경계를 무너뜨리고 삶과 죽음의 경계도 없애 버렸다.

정우에게 주어지는 모든 현실이 꿈이었고, 정우가 꾸는 모든 꿈은 현실이었다. 15P 영창 안 모든 수감자들은 이미 잘 알고 있었던 것이다. 정우는 그들과 함께 하는 모든 시간이 새로웠다. 갇힌 자와 가두는 자, 죽임을 당하는 자와 죽이는 자, 죽은 자와 살아 있는 자의 경계선이 무너진 정우에게 남은 것은 오직 자유였다.

훨훨 날아가고 싶은 자유의지는 정우의 마음을 더욱 자유롭게 했다.

'내가 미쳐 가고 있는 건가?'

혼잣말처럼 내뱉는 정우의 입술 주위로 주름이 졌다. 정우가 부쩍 야위었다. 현실인 듯 비현실인 듯 구분이 없는 일상이 흘러가고 정우는 조금씩 자신의 주변을 돌아보게 되었다. 비쩍 마른 육신과는 달리 정우의 정신은 오히려 더욱 맑아졌다. 달라진 정우의 눈빛 속으로 15P 영창 안 백열등이 빨갛게 타올랐다. 환하게 영창 안을 비추는 전등의 불빛이 태양빛처럼 밝게 빛났다. 그 붉은빛을 따라, 지금까지는 느끼지 못했던 따스함이 다가왔다.

"그래도 살아서 나가야지."

그동안 정우의 달라진 모습을 걱정하던 옆의 사내가 말했다.

"잘못하면 정신을 놓치네."

"언감, 살아나간다고 하여도 제정신으로 살 수 있는 사람이 몇이나 될꼬?"

"이 양반이?"

"내 말이 틀렸는감?"

나지막한 목소리로 주고받는 옆의 사내와 뒷자리 나이 많은 사람의 말투가 정우에게는 오히려 다정하게 들렸다.

정우는 알게 되었다. 15P 영창 안은 죽은 자들의 공간이었다. 옆의 사내와 뒷자리 나이 많은 사람도 이런 사실을 잘 알고 있었다. 정우는 죽음이 두려웠다. 특히 계엄군에게 체포된 이후부터 죽음에 대한 공포는 늘 정우를 따라다녔다.

그러나 그 공포는 살아 있는 자의 공포였다. 그 죽음에 대한 공포가 15P 영창 안 죽은 자들의 공간에서는 아무 쓸모가 없었다. 죽은 자에게 죽음의 공포는 없기 때문이었다. 15P 영창 안 죽은 자들의 공간 속에 갇힌 산 자들은 죽은 자들이었다. 그러므로 살아 있는 자가 죽은 자와 함께 할 때 죽음에 대한 공포는 사라져 버리는 것이었다. 정우를 비추는 붉은 백열등, 정우가 느끼는 따스함은 산 자의 것이 아니었다.

'이미 죽었다.'

정우도 생명의 줄을 놓친 지 오래되었던 것이다. 그 죽은 자들 속에서 정우는 오히려 편안했다.

그렇게 시간이 흘러갔다. 그리고는 어느 날 영철이 며칠 동안 시름시름 앓다가 갑자기 죽어 버렸다.

"으으."

죽음을 맞이하는 날에도 영철은 얼굴을 찡그리고 아파하면서 영창 안 시멘트 복도를 왔다 갔다 하였다. 수감자들의 심부름을 하면서 말이다. 그리고 저녁 햇살이 질 무렵 영철은 영창 마룻바닥 위로 비스듬히 쓰러졌다. 영철은 쓰러진 그대로 숨을 거두었다. 그냥 아파하는 것 외에 특별한 증상이 없었기 때문에 주변 수감자들도 황당해할 정도로 영철은 급작스럽게 죽어 버렸다.

죽음 직전 잠시 바라본 영철의 모습이 오히려 편안해 보였다. 힘든 세상의 짐을 내려놓은 영철의 눈망울이 그토록 맑을 수가 없었다.

지난번 중년 남자의 사건 이후 K 하사는 영철을 가혹할 정도로 심하게 다루었다.

"다리 올리지 못해?"

영창 마룻바닥 아래 시멘트 복도에 영철을 거꾸로 세워 놓고 K 하사는 고함을 지르곤 했다. 영철은 겁먹은 얼굴로 K 하사의 지시에 고분고분 따랐다. K 하사는 이러한 영철의 태도가 더욱 화를 돋우는 것인지, 아니면 그냥 만만한 상대이기 때문인지는 몰라도 틈만 나면 영철을 괴롭혔다.

그러나 K 하사가 아무리 영철을 괴롭힌다고 하여도 이미 무언가 변해 버린 15P 영창은 K 하사의 절대적인 권위를 세워 줄 어떠한 여지도 없었다. K 하사의 절대적인 권위는 살아 있는 자들에게서만 통용되기 때문이었다. 영철이 역시 이미 죽은 자였다.

15P 영창 안에서 일어나는 사건들에 대해서 영철은 그 어떠한 결과도 알 수 없었다. 총에 맞고 쓰러진 중년 남자가 죽었는지 살았는지, 갑자기 사라진 짧은 머리의 군인이 사형을 당했는지 안 당했는지, 15P 영창 안에서 영철과 잠시라도 함께 했던 사람들이 어디로 사라져 갔는지 등등 영철에게 15P 영창은 블랙홀과 같은 알 수 없는 공간이었다. 그러므로 영철은 어둡고 긴 터널 속에 자신이 홀로 서 있다는 느낌 속에 자신이 살아 있는 생명체라는 생각이 들지 않았다. 그저 어둠의 공간 속에 무감각하게 떠도는 듯한 자신을 바라볼 뿐이었다, 그러한 영철에게 K 하사의 얼차려는 아무런 타격도 되지 않았다. 그럴수록 K 하사는 영철에 대해 얼차려 강도를 더욱 높여 갔다.

"투둥, 퉁퉁!"

특히 K 하사는 영철의 머리에 몽둥이세례를 집중적으로 하였다. 조금만 마음에 들지 않아도 K 하사는 영철의 머리를 난타하였다. 결국 그것이 원인이 된 것인지는 몰라도 영철은 시름시름 아파하다가 죽은 것이다.

영철은 그렇게 맞아 죽었다.

옆의 사내는 무슨 죄를 지었는지 무기징역을 선고받았다. 정우는 옆의 사내와 많은 이야기를 나눈 것 같았으나, 정작 자신에 관한 이야기는 들은 기억이 별로 없었다. 술 먹고 싸움질하다가 잡혀들어 왔다는 정도의, 그냥 지나가는 말 정도였다. 무기징역형을 선고받을 정도의 죄가 무엇인지에 대해서는 들은 바가 없었다. 왜 잡혀 왔는지, 죄목이 무엇인지, 물어보지는 않았지만 정우는 그 사내가 측은한 생각이 들었다. 옆의 사내는 얼마 있지 않아 다른 교도소로 이감을 갔다.

정우도 군사재판을 받았다. 정우는 15P 영창에 갇힌 지 처음으로 재판을 받는 군사법정에서 뒷자리에 앉아 계신 부모님 얼굴을 뵈었다. 재판은 순식간에 끝이 났다.

재판정은 중앙에 중령계급장을 달고 군복을 입은 재판장이 앉아 있고 양옆으로 2명씩 장교복장을 한 군인들이 앉아서 재판장을 보조하는 모양새를 갖추고 있었다. 역시 군인인 중위계급장을 단 군 검찰관이 정우를 기소하자 역시 군인인 법무관이 몇 마디 변호를 하는 것으로 재판은 마무리되었다. 정우는 잘 들리지도 않는 그들의 말들이 하나도 기억나지 않았다. 자기들끼리 중얼중얼거리더니 재판장이 선고를 하고 나가 버렸다. 정우는 징역 1년을 선고받았다. 정말 허무한 법정이었다. 불과 10분도 되지 않는 짧은 시간에 정우에 대한 심판이 내려졌다.

제2관구 계엄보통군법회의 공소장(기소)

다음과 같이 공소를 제기합니다.

죄명 : 계엄법위반

적용법조 : 계엄법 제15조 포고문 제10호 제2의 마

첨부 : 구속영장 1통, 구속기간연장결정 1통, 수용증명서 1통

공소사실

피고인은 부산대학생으로 있는 자인 바,

1980. 5. 17을 기하여 전국에 비상계엄이 확대 선포되고 계엄사령관의 포고문 제10호 제2의 마항에 의하여 유언비어 날조 유포가 금지되어 있음에도 불구하고,

1980. 5. 18. 16:00시경 부산시 동래구 장전2동 소재 피고인 집에서 김0(기소) 와 같이 "부산대학교 성전 포고문에 즈음하여"라는 제하의 "당국은 5·18 반동조치로서 계엄확대 강화 및 민주인사 구속 등 실로 목불인견적 탄압을 가하는 바" "현 정권음모와 반민주적 태도는 조국의 통일과 민주화를 열망하는 우리 부대인에게 촌보라도 양보될 수 없다" "또다시 유신망령이 해골을 굴리며 나오는 이때" 등의 내용이 담긴 유인물 500매를 등사판에 인쇄한 후 동월 19. 19:30경 부산시 중구 남포동 소재 미화당백화점 3층 창문에서 그중 약 50매를 창문을 통하여 뿌림으로써 유언비어를 날조 유포한 것이다.

그리고 10일 후 정우에게 전달된 확인서는 '판결요지 : 징역 1

년 미통 45일, 제2관사 계엄보통군법회의 관할관 소장 김00' 라는 한 장짜리 종이였다. 정우는 판결문을 받아 본 즉시 항소를 했다. 그러나 정우가 이러한 재판에 기대를 갖는 것은 아니었다. 어차피 정우에게 군사법정은 무의미한 것이었다. 정우는 오직 거부할 뿐이었다. 아무리 막강한 권력의 힘이 가해진다고 해도 자기 자신에 대한 자존감은 스스로 지켜 나가는 것이라고 정우는 생각했다.

정우는 이렇게 지키는 자존감을 이미 보았다. 짧은 머리의 사형수 군인이 무지막지한 폭력에 대항하여 자신의 의지를 실현할 수 있는 어떠한 여지도 없는 15P 영창 공간 속에서도 최소한의 인간적 자존감을 보여 줄 수 있었던 것은 스스로 거부할 수 있었기 때문이라고 정우는 생각했다.

그 자존감으로 정우는 다시 인간이고자 했다. 그 자존감으로 정우는 죽은 자에서 다시 살아나고자 했다. 15P 영창 안 죽음의 공간 속에서 죽은 자였던 정우가 거부할 수 있다는 것, 그것은 새로운 생명으로 거듭나는 것이었다. 그것은 또한 지금까지의 정우 자신에 대한 거부이기도 했다. 군홧발에 짓밟히며 들짐승처럼 앓는 소리를 내면서 널브러져 있었던 나약한 정우였다. 머리부터 발끝까지 몽둥이세례를 받으며 뼈 마디마디를 들쑤시는 폭력에도 비명조차 지르지 못하고 온몸을 내맡겼던 정우였다.

그러한 정우가 이제 자신까지 거부하며 인간성을 되찾고자 하는 것, 그것은 새로운 투쟁을 모색하는 것이기도 하였다. 투쟁은 국경을 맞댄 국가 간의 전쟁이나, 어느 사회를 양분하는 계급 간의 거창한 투쟁전선에서만 일어나는 것이 아니다. 15P 영창 안 좁은 공간에서도 투쟁은 항상 일어났다. 잠도 오지 않는데 취침 시간에 맞추어 억지 잠을 자야 하는 것도 투쟁이었고, 차가운 짬밥을 먹으며 깍두기 한 조각과 허여멀건 된장국으로 배고픔을 채우는 것도 투쟁이었다. 15P 영창 안 K 하사의 날카로운 시선을 피하며 오줌보가 터지도록 참는 것도 투쟁이었다. 사소한 일상에서부터 투쟁은 일어나고 있었던 것이다.

정우는 그러한 투쟁으로 자신의 생명을 되살리고자 했다. 그것은 일상을 되찾는 것이었다. 그 일상은 특별한 것이 아니었다. 지금까지 관심조차 두지 않았던 일들이었지만, 살아남고자 하는 순간, 그 일상은 정우의 가슴을 따뜻하게 채우기 시작했다. 그 일상으로 담요를 털며 잠시 바라본 15P 헌병대 하늘이 맑았다. 그 일상으로 짧은 시간 운동을 하며 흙을 밟는 정우의 굳은 발바닥 속으로 새살이 돋듯 시원한 바람이 일어났다. 그 일상으로 정우의 가슴이 조금씩 뛰기 시작했다.

며칠 후 정우는 15P 영창 운동장으로 포승줄에 묶여 나섰다. 부산교도소로 이감을 가기 위해 나서는 길이었다. 창문이 철망으로 둘러쳐진 호송버스가 15P 막사 운동장 끝에 와 있었다.

늦은 가을 하늘이 눈이 부시게 파랗게 올려다보였다. 살랑 스치는 가을바람에 정우는 잠시 눈을 감았다. 정우의 코끝으로 새로운 바람이 스치듯 지나갔다. 잠시 15P 영창을 뒤돌아보던 정우는 아무도 타지 않는 호송버스에 혼자 올라탔다. 어색한 국방색 군복을 입고 있는 교도관 한 명이 정우를 옆에서 호위하듯 자리에 앉혔다. 정우는 그렇게 15P 영창을 떠났다.

2부

살아남은 자

이감

　정우가 영등포구치소로 이감을 온 때는 추운 겨울이었다. 구치소 마당이 온통 얼음과 눈투성이었다. 정우는 이번 겨울이 유난히 추운 겨울이라고 말하는 소리는 들었지만, 오히려 하얀 눈을 보며 마음이 들떠 있었다. 부산은 눈이 잘 오지 않아서 겨울에 눈이 덮인 하얀 세상을 보기 어려웠기 때문에, 하얀 눈을 보는 정우의 마음은 오히려 즐겁기까지 했다.

　"복도 옆으로, 일렬종대로 붙어 섯!"

　교도관이 짧게 외쳤다.

　정우는 오늘 새벽 부산교도소에서 서울 영등포구치소로 이감을 왔다. 교도소에서는 말이 새벽이지 한밤중에 재소자를 깨워 이감을 시켰다. 정우도 새벽 1시경에 교도관이 감방 문을 열고 정우를 호출하는 소리에 잠을 깨고 부랴부랴 짐을 챙겨 나온 것이다.

　몇 달 전 정우는 양정동 15P 영창에서 부산교도소로 이감을 하면서 일반 잡범방에 수감이 되었다. 정우가 수감된 방은 일명 폭력방이었다. 그 방에는 강도나 폭행치상, 강간죄를 저지르고 1심에서 징역형을 선고받고 2심 재판을 기다리는 사람들이 수감되어 있었다. 사회에서는 깡패라고 부르는 사람들이었다. 약 4평 정도 되는 방에 12명이 함께 생활하였는데, 정우는 이감을 온 날 번개 앞에서 신입 신고식을 하였다. 번개는 그 방의 방장이었다. 나이는 40대쯤 되어 보였는데 다부진 몸매에 주름이 약간 진 얼굴은 위압적이었다. 온천장에서 제법 힘깨나 쓰는 조직깡패의 두목이라는 소문이 감방 안에 퍼져 있었다.

"어이, 나이가 몇 살인고?"

정우의 옆으로 벽 쪽에 기대어 앉아 있던 사람이 물었다.

정우는 머뭇하다가 "아직 생일이 안 지나서 만으로는 스물한 살입니더" 하고 버릇처럼 말했다. 버릇이라는 것은 그동안 조사를 받으면서 나이를 물을 때마다 생일을 기준으로 나이를 계산해서 대답을 해야 했기 때문에 습관이 된 셈법이었다.

"완전 꽃띠구만."

그 옆의 사내가 한마디 했다.

"뭐하다 잡혀 왔누?"

번개가 물었다.

"데모하다가 잡혀 왔습니더."

감방 안이 조용해졌다. 폭력방에 정치범이 들어왔으니, 그들은 무언가 앞뒤가 맞지 않는다고 생각을 한 모양이다.

그리고는 정우의 신고식이 간단하게 끝났다. 정우가 대학생이고 데모를 하다가 잡혀 왔다는 것을 알고서 번개는 자기가 앉은 자리 옆에 정우를 앉히고 그날로 부방장으로 임명하였다.

4평 정도 넓이의 감방 안 구조는 거의 정사각형에 가까웠다. 복도와 연결되는 출입구 철문이 하나 있고 그 철문을 마주보고 반대편으로 화장실과 쇠창살 창문이 어른 키 높이로 달려 있었다. 철문은 가로세로 20센티미터 정도 되는 구멍이 아래위로 2개 뚫려 있는데 아래쪽은 식사시간에 음식물을 넣어 주거나 우편물 등을 넣어 줄 때 사용했다.

정우가 수감된 감방은 여러 명이 함께 생활하기 때문에 복도 쪽으로 난 벽 전체를 철창으로 만들어 훤하게 트여 있었지만, 독방의 경우 철창이 없이 철문 자체가 벽이었기 때문에 위쪽은 감시용 구멍으로 활용되었다.

교도관이 복도를 지나면 교도관의 눈높이에 딱 맞추어 뚫려 있어 그 구멍을 통해 감방 안을 훤하게 들여다볼 수 있었다. 그 작은 구멍도 쇠창살을 두 개 박아 놓았다.

이 쇠창살이 때로는 매우 유용하게 사용되기도 하였다. 두 손으로 쇠창살을 잡으면 운동하기에 아주 좋았기 때문이다. 쇠창살을 잡고 문에 달라붙어 허리운동이나 다리운동을 할 수 있는 사람은 고참들이었다.

철문과 화장실은 일직선으로 마주보고 배치되어 있었다. 독방이 아닌데도 교도관은 그 철문 구멍을 통하여 때때로 감방 안을 들여다보기도 했다. 자신의 모습을 철문 뒤에 숨기고 몰래 들여다보면서 감방 재소자들의 일상을 감시하기에는 딱 좋은 구멍이었기 때문이다. 이 경우 화장실이 일직선으로 배치되어 있기 때문에 화장실까지 훤하게 들여다볼 수 있었다. 화장실문은 투명한 비닐로 가려져 있어 밖에서도 화장실 안이 다 보였다. 볼 일을 볼 경우 몸 아래를 가리기 위해 수건을 걸어 놓는데 빵봉지의 비닐을 꼬아 만든 실에 걸쳐 놓아 아랫부분이 보이지 않게 하고 있었다.

그 비닐로 만든 실은 빵을 먹고 남은 비닐봉지로 만드는 거였다. 비닐봉지를 종이처럼 한 장으로 얇게 펴서 길게 둘둘 말아 그 한쪽 끝을 잡고 다른 쪽 끝을 힘껏 당기면 비닐봉지가 쭉 늘어났다. 그러면 비닐이 늘어나는 대로 둘둘 말아 나가면서 계속 당기면 매우 질기고 단단한 실이 만들어졌다. 그 비닐 실은 사용용도가 매우 많았다. 빨랫감을 걸어 놓는 줄로도 사용하였고 먹을거리를 자르는 칼로도 사용하였다. 가느다란 줄을 팽팽하게 당겨 과일이나 버터를 자르면 칼로 벤 듯이 깨끗하게 잘려 나왔다. 교도소에서 지급하는 물건 외에는 사용을 하지 못하게 하는 감방이지만 이 정도는 담당 교도관도 눈을 감아 주었다.

감방 안에서 가장 좋은 자리는 당연히 화장실과 가장 멀리 떨어진 곳이었다. 그 자리는 화장실과 대각선으로 위치한 구석진 곳에 있는 방장 자리였다. 감방 안에서 방장의 권위는 절대적이었다. 방장의 말 한마디가 곧 법이었다.

감방 안의 질서는 엄격하였다. 각자가 맡은 역할이 있어 매일 또는 매시간 자기에게 주어진 역할을 어김없이 수행해야 했다. 식사당번, 화장실 청소, 아침저녁으로 담요를 개고 펴는 일, 방 청소, 사물정리 등 모두 역할이 정해져 있었다. 그중에서도 식사당번은 가장 고참들이 하고 화장실 청소는 갓 들어온 신입에게 시켰다. 부방장이 된 정우는 이 모든 것으로부터 해방이 된 것이다.

"인자부터 니가 내 공부 좀 시켜 주라."

번개 방장이 부방장이 된 정우한테 하는 첫 마디 말이었다.

"마 그렇다고 겁먹을 거 없다. 이놈의 세상이 어떻게 돌아가는지 내 그걸 쪼매 알고 싶어 그란다. 역사라는 거 안 있나. 중고등학생 가르치는 역사책 말이다. 니는 대학물을 먹었으니까 잘 알거 아이가."

비스듬하게 앉아 정우를 곁눈질하며 말하는 번개 방장의 말이 더듬더듬 이어졌다. 요약하자면 역사공부를 시켜 달라는 말이었다. 그런데 그것이 공부는 공부인데 정확하게 말하면 배우고 익히는 방식의 학습을 하는 공부가 아니었다. 이리저리 둘러대며 말하는 번개 방장의 최종 결론은 이야기를 해 달라는 거였다. 정사로서의 역사책이 아니라 야사에 나오는 옛날이야기 같은 것이었다.

처음에 정우는 번개 방장이 정말로 공부를 시켜 달라는 것으로 생각하고 당황스러운 마음에 걱정까지 하며 진지하게 이야기를 들었다. 그러다가 번개 방장의 말뜻을 알고서는 정우 자신이 놀림감이 된 것 같은 기분이 들었다. 그러나 번개 방장의 태도는 진지하였다. 정우를 최대한 존중하며 말하는 번개 방장의 말투에는 진정성이 묻어났다. 아마도 깡패두목으로 거칠게 살아온 번개 방장이 할 수 있는 최선의 표현방법이, 깡패답지 않게 에둘러 표현한답시고 그랬던 것 같았다.

그날로 정우는 번개 방장뿐만 아니라 폭력방의 이야기꾼, 만담가가 되었다. 정우에게는 쉬운 일이었다. 역사를 길게 잡을 것도 없이 20세기 초반부터의 근현대사만 들추어도 무궁무진한 이야깃거리가 있었다. 특별히 정우가 공부를 많이 해서 아는 것은 아니다. 어느 정도의 역사적 사실만 알고 그 사실로부터 만들어진 역사인식을 거꾸로 뒤집으면 매우 재미있는 이야기가 되는 것이다. 거꾸로 읽는 역사랄까, 그동안 알고 있었던 역사적 사실이 전혀 반대의 논리로 재해석되는 정우의 이야기에 폭력방은 열기로 가득 찼다. 이야기를 들으며 번개 방장은 강하게 반발하기도 하고 때로는 흥분하기도 하면서 점차 정우의 이야기에 동화되어 갔다.

이야기의 주제는 일제 강점기부터 최근까지 들쑥날쑥하며 앞뒤도 없이 흥미 위주로 진행되었다.

당시 문학평론가 구중서 선생이 비판한 박목월 시인의 「나그네」라는 시에서 언급한 "술익는 마을마다 타는 저녁놀"이라는 시구가 일제 강점기 먹을 양식도 없는데 술을 빚을 마을이 어디 있겠느냐는 대목과 "강나루 건너서 밀밭 길을"에서 그 시점이 늦은 봄 보릿고개라는 것을 알 수 있는데 굶주림에 허덕이면서 술을 빚는다는 것이 말이 되느냐는 대목에서는 모두가 동의하며 고개를 끄떡였다.

그러나 리영희 선생의 『전환시대의 논리』 시사평론집에서 인용한 베트남 전쟁의 베트콩과 중국 공산당 모택동에 대한 이야기는 고개를 갸웃거렸다. 특히 번개 방장은 강하게 반발하였다. 베트콩이나 모택동은 빨갱이들인데 그들을 그렇게 미화해도 되느냐는 것이다. 정우가 이에 대해 답변을 할 수 있는 말은 없었다.

대부분의 인간은 자신이 직접 경험하거나 자신에게 주어진 사실이 진실이라는 확신이 설 때 그것을 자신의 의식으로 정립하는 경우가 많기 때문에, 다른 사람이 어떠한 논리를 편다고 할지라도 특별한 경우가 아니라면 동의를 얻어 내기가 어렵기 때문이다. 물론 경험이나 확신조차도 믿을 수 없는 경우가 많지만 말이다.

그럼에도 정우의 이야기는 재미가 있었고 번개 방장도 자신의 생각과 다른 내용에 대해서는 겉으로 말 간섭을 하면서도 속으로는 정우의 이야기에 내심 귀를 기울였다. 정우의 이야기는 재미와 더불어 논리 정연하였고 번개 방장 자신이 처한 현실만 돌아보더라도 자신의 잘못에 비해 그 대가로 치러지는 형벌은 너무 과하다는 생각을 하고 있었기 때문이었다. 특히 정우가 인간의 모든 행동은 사회적 산물이라고 말했을 때에는 번개 방장의 귀가 뻥 뚫렸다.

"그럼 절도범은 죄가 없는 감? 사회적 산물인깨롱?"

농담 반 진담 반 번개 방장이 시비를 걸었다.

"왜 죄가 없어요, 있지."

옆에서 묘한 억양으로 억지를 부리듯이 누군가가 거들었다.

정우 역시 '피식' 웃으며 대답할 필요성을 느끼지 않았다. 이미 정우가 이야기하고자 하는 내용은 농익을 정도로 서로 간에 스며들어 있었고 번개 방장을 비롯한 폭력방의 수감자들은 정우의 이야기에 장단을 맞추기만 하면 되었기 때문이다. 계속해서 이어지는 정우의 이야기는 폭력방 수감자들의 무료한 오후나 저녁시간을 때우기에는 안성맞춤이었다.

부방장의 역할은 그게 다였다. 방장을 보좌하는 역할은 별게 없었다. 방장과 대화를 나누는 것이었고 그것은 정우의 이야기로써 해결되었다. 정우의 이야기와 함께 번개 방장은 많은 것을 물어보았다. 의외로 번개 방장은 현 시국에 대해 관심이 많았다. 전두환 보안사령관이 어떻게 대통령이 되었는지, 앞으로 이 나라가 어떻게 될 것인지, 대학생들이 왜 데모를 하는지 등 번개 방장은 매우 큰 관심을 가지고 정우에게 물어보았다.

이러한 질문들에 대해서 정우가 대답할 수 있는 내용은 별로 없었다. 이전에는 정우가 목숨을 내걸 정도로 소중했던 모든 생각들이 이곳에서는 쓰일 데가 별로 없었다. 그 생각들이 잘못되었거나 의미가 없다는 것이 아니라 새롭게 접한 현실에서는 새로운 해답을 찾아야만 했기 때문이다. 그것을 찾지 않으면 이전의 생각들은 아무 쓸모가 없다고 정우는 생각하였다.

그토록 소중하게 지키거나 지켜 주고자 했던 인간의 존엄성은 몽둥이 한 대에 온데간데없이 사라져 버렸다. 스스로 지키고자 했던 인격과 자존심은 주먹질과 욕설 속에 똥개보다도 못

한 비굴함으로 변해 버렸던 현실이 정우에게 고통스럽게 다가
왔다.

"모두 옷을 벗는다, 실시!"
정우가 15P 영창을 떠나 부산교도소에 첫발을 내딛는 순간,
죽 늘어선 사람들을 향해 교도관이 소리를 질렀다. 정우가 호송
차에서 내려 감방 건물 속 복도로 들어서자 이미 다른 곳에서 끌
려온 10여 명 정도의 사람들이 서먹하게 서 있었다.
"야 인마, 빤쓰도 벗어!"
정우를 포함해서 대부분이 팬티와 러닝을 입고 엉거주춤하게
서 있자 교도관이 회초리를 휘두르고 발길질을 해 대며 고함을
질렀다.
"똑바로 섯!"
완전 나체가 된 사람들을 하나하나 훑어보며 교도관이 지나
갔다.
"이 자식은 뭔 털이 이리 많아?"
교도관이 들고 있던 회초리 끝으로 중간에 서 있는 남자의 성
기 위를 헤집었다. 무성한 털 속에 무언가를 숨기지나 않았을까
라는 의심으로 하는 교도관의 행동이었지만 장난기가 섞인 것이
었다. 그 남자가 느꼈을 법한 수치심은 안중에도 없어 보였다.
"뒤로 돌아!"
모두가 뒤로 돌았다.
"허리 굽히고 똥구멍 벌려!"

정우의 머릿속으로 수만 가지 생각이 지나갔다. 허리를 숙일까 말까, 똥구멍을 벌릴까 말까, 차라리 반대편 벽으로 돌진해서 15P 영창에서 죽은 영철이가 했던 것처럼 머리를 박아 버릴까 등 정우의 머리를 스쳐 가는 생각들과는 달리 정우의 벌거벗은 몸뚱이는 교도관의 구령에 맞추어 움직이고 있었다.

솔직히 정우는 두려운 생각이 앞섰다. 이미 15P 영창에서 2개월여를 지내면서 정우는 스스로의 인격을 포기할 수밖에 없었다. 15P 영창과 일명 망미동 삼일공사로 간판을 내걸고 있는 부산지구 계엄합동수사단을 오가며 무자비하게 구타를 당하고 항의조차 할 수 없는 상황에서 정우가 할 수 있는 것은 그러한 현실을 받아들이는 것 말고는 없었다.

설사 인간이 스스로 선택할 수 있는 마지막 수단인 자살을 하고자 하는 마음을 가질지라도 그 죽음조차 선택할 수 없을 정도로, 한순간도 정우는 감시의 눈망울에서 벗어나지 못하였다. 혼자이면서도 혼자가 아닌 정우의 일상은 치욕이었고 부끄러움이었다. 그러다가 점차 체념으로 스스로를 포기해 버린 정우였다.

"똥구멍에 숨긴 게 있으면 미리 말해!"

상체를 숙인 상태에서 엉덩이를 치켜들어 양손으로 항문을 벌리고 있는 정우를 스쳐 지나가며 교도관이 말했다. 간혹 항문 속에 마약류를 숨겨 들어오는 재소자가 있다고 하지만 지금처럼 실시하는 항문검사는 다분히 고의적인 측면이 강했다. 수감자들에게 극도의 수치심을 갖게 하지만, 도저히 거부할 수 없는 상황을 만듦으로써 교도소의 권위와 명령체계를 확고히 하고자 하는 의도가 숨어 있는 것이다.

"신체검사 이상 무!"

신체검사를 마친 교도관이 나뭇잎 3개짜리 견장을 단 상급자에게 보고를 했다,

"각 방 배치!"

상급자가 짧게 말하고는 돌아가 버렸다. 신체검사는 그게 다였다.

"모두 오리걸음 실시!"

교도관이 신체검사를 마치고 푸른 죄수복으로 갈아입은 재소자들을 향해 매서운 눈초리를 보내며 소리를 질렀다. 정확하게 11명이 쭈그리고 앉은 자세로 깍지 낀 양손을 머리에 이고 오리걸음으로 걸었다. 복도 끝이 아득하게 멀었다.

"구령 실시! 앞쪽 열 오리, 뒷열 꽥꽥!"

정우는 맨 뒤에서 오리걸음을 하며 '꽥꽥' 하고 구령을 붙였다. 비쩍 마른 몸매지만 엉덩이를 뒤뚱거리며 걷는 정우는 영락없는 오리였다. 그 기분은 참으로 더러웠다. 차라리 오리가 되어 버렸으면 좋겠다는 생각을 하며 정우는 스스로에 대한 치욕감으로 고개를 숙이며 남몰래 얼굴을 붉혔다. 부산교도소로 이감 온 첫날을 정우는 이렇게 보낸 것이다.

삼청교육

"철컥! 철컥!"

이튿날 아침 식사를 마치자마자 복도 끝에서부터 철문을 따는 자물통 소리가 요란하게 들렸다.

"순화교육 대상자 집합!"

교도관의 날선 듯한 고함소리가 감방 복도를 쩌렁쩌렁 울렸다. 정우는 영문도 모르고 감방 재소자와 함께 줄을 맞추어 교도관을 따라 나섰다. 아마 새로 들어온 재소자들을 대상으로 교육을 시키는 모양인데, 사전 설명도 없이 복도가 떠나갈 듯 수번을 불러 댔다. 정우도 자신의 번호를 듣고 따라 나섰다.

어제 정우가 오리걸음으로 들어온 반대편 복도를 따라 철문을 나서자 교도소 운동장이 나왔다. 이미 100여 명의 재소자들이 줄을 서 있고 빨간 모자를 쓴 교도관 10여 명이 몽둥이를 들고 서 있었다.

"4명씩 횡렬 종대!"

앞에 선 빨간 모자 교도관이 외마디 소리를 지르며 무차별적으로 몽둥이를 휘둘렀다. 모두가 후다닥 열을 맞추었다.

"체조 준비!"

일종의 준비운동으로 실시하는 피티체조를 시작했다. 준비운동이라고 하지만 피티체조는 고문과 마찬가지였다. 100여 명이 하나같이 움직여야 하고 만약 몸동작 하나 구령소리 하나라도 틀리면 모두가 기합을 받았다. 그것을 수도 없이 반복하다 보면 온몸의 근육이 마비가 되면서 팔다리가 마치 바윗덩어리에 눌린 것처럼 꼼짝도 할 수 없을 정도로 굳어 버렸다.

"동작 그만!"

모두가 한계상황에 도달할 때쯤, 빨간 모자가 소리쳤다.

"봉체조 준비!"

피티체조를 끝내자마자 쉴 틈도 주지 않고 4명씩 조를 맞추어 각 열 앞에 놓인 전봇대 굵기의 나무기둥을 들라고 하였다. 나무기둥은 양팔로 감싸 안아야 할 정도의 굵기였다. 5미터 정도 되는 길이의 나무기둥은 어른 4명이 함께 들기에도 버거웠다. 정우의 조도 나무기둥을 기를 쓰고 들어 올렸다.

"구령에 맞추어 봉체조 실시!"

대열의 앞에 선 빨간 모자가 구령을 붙이고 나머지 빨간 모자는 정우가 서 있는 대열 속의 구석구석을 돌면서 몽둥이질과 발길질을 해 댔다. 정우는 정신없이 구령에 맞추어 나무 봉을 들어 올렸다가 왼쪽 어깨로 내리고 다시 들었다가는 오른쪽 어깨로 내리는 동작을 반복했다. 구령에 맞추지 못하거나 봉을 놓친 조는 한쪽 구석으로 내몰려, 빨간 모자들이 얼차려와 함께 몽둥이로 개 패듯이 패고 있었다.

한마디로 정신이 하나도 없을 정도였다. 결국은 일사불란한 대오를 맞추지 못한다는 구실을 잡아 모두에게 얼차려가 내려졌다. 봉을 내려놓고 땅바닥에 드러눕자 마자 앞뒤 굴리기를 실시했다. 제대로 따라하지 못하는 사람에게는 가차 없이 몽둥이세례가 가해졌다. 정우는 땅바닥에서 흙먼지를 뒤집어쓰고 앞뒤 굴리기를 하였다. 다행히 정우의 조는 별도의 얼차려를 당하지는 않았다.

2시간 정도 진행된 순화교육을 마치고 정우는 폭력사동으로 돌아왔는데 온몸이 땀과 흙먼지로 엉망이 된 재소자들을 교도관이 복도 끝에 있는 세면장으로 한꺼번에 몰아넣었다. 교도관이 벌거벗은 몸뚱이 위로 물 호스로 물을 뿌려 댔다. 물 호스로 물을 몇 번 뿌리는 동안 서둘러 몸을 씻지 않으면 세면시간이 끝나버렸다. 그러면 땀조차 제대로 씻지 못하고 감방으로 들어가야 했다.

정우는 비누칠을 할 틈도 없이 대충 땀과 흙먼지만 닦아 내었다. 그러나 그 짧은 순간에도 동작 빠르게 비누칠을 하고 머리까지 감는 사람도 있었다. 비누를 쥔 손을 놀려 머리를 감는 동작이 마치 원동기가 돌아가는 듯했다. 더구나 불과 대여섯 번 좌우로 왔다 갔다 하며 뿌려지는 물 호수 세례까지 계산한 듯 비누의 양을 정확하게 조절하고 마무리하는 동작은 놀라울 정도였다.

쌀쌀한 가을 날씨지만 땀으로 범벅이 된 몸의 열기를 식히자 온몸이 시원했다. 정우는 매일 오전 중에 교도소 순화교육을 1개월 동안 받았다. 일명 삼청교육을 교도소에서 받았던 것이다. 정우의 양 어깨는 피멍이 들고 살갗이 벗겨져 벌겋게 달아올랐다.

114

물론 팔꿈치와 무릎도 성한 데가 없었다.

교육시간 내내 외치는 구호는 '정신개조!'였다. 네 박자로 외치는 구호 소리에 몸동작을 맞추다 보면 아무 생각이 없어졌다. 오직 틀리지 않아야 한다는 생각, 몸동작이 늦지 않아야 한다는 생각만이 머릿속을 뱅뱅 맴돌 뿐이었다.

그나마 다행스러운 것은 함께 하지 않으면 맞아 죽는다는 생각 속에 끈적하게 묻어나는 동질의식이었다. 그동안 정우가 맞닥뜨린 현실은 누구도 대신할 수 없는 것이었다. 망미동 계엄합동수사단 지하 밀폐된 공간에서 온몸이 피투성이가 되어 나뒹굴었던 정우는 혼자였다. 15P 영창 철창 안 수십 명의 수감자들 속에서도 정우는 혼자였다. 4평짜리 좁은 감방에 12명이나 되는 사람들과 몸을 부대끼며 잠을 자고, 밥 한 끼 물 한 모금조차 혼자서는 먹을 수 없는 집단생활이었지만 정우는 혼자였다. 홀로 남겨진 정우에게 함께 할 수 있는 것은 아무것도 없었다. 그 외로움 속에 정우 스스로 자신의 존재감을 잃은 지 오래였다.

그런데 뜻밖의 일이 일어났다. 교도소에서 삼청교육을 받으면서 당하는 그 고통의 동질감 속에 정우의 피가 끓어올랐던 것이다.

도저히 견딜 수 없을 것 같은 고통 속에, 내가 빠지면 이 봉을 들어 올릴 수 없겠다는 생각, 저 사람이 함께 하지 않으면 이 봉을 들어 올릴 수 없겠다는 생각, 다리가 부들부들 떨리고 손가락 마디마디가 경련을 일으키며 힘줄이 늘어나는 것 같은 통증 속에 온몸이 땀에 젖어드는 순간, 정우는 오히려 힘찬 기합을 넣었다. 그것은 함께 살고자 하는 소리였다. 그것은 또한 인간성이 극단적으로 말살되는 상황에서 일어나는 최소한의 인간적 유대감을 통해 스스로의 존재감을 자각하는 것이기도 했다.

"동작 그만!"

'삐빗' 하는 호각소리와 함께 빨간 모자가 날카롭게 외치면서 대열 속으로 파고들었다. 중년 사내가 쓰러져 있었다. 몸집이 뚱뚱한 편이라서 동작이 둔한 것인지 며칠 전부터 심한 얼차려를 계속 받았던 작달막한 키의 중년 사내였다. 정우가 흘깃 보니 호흡이 없었다. 이미 숨이 끊어진 상태로 보였다. 빨간 모자가 대수롭지 않은 듯 교도경비대를 부르니까, 수도 없이 반복해 왔던 일인 양 교도경비대는 중년 사내를 들것에 싣고 운동장 밖으로 바쁘게 빠져나가 버렸다.

"봉 제조 준비!"

빨간 모자는 아무 일도 없었던 것처럼 소리를 질렀다.

그날 밤 정우는 번개로부터 많은 이야기를 들었다. 지금은 그래도 나은 편이라고 하였다. 처음 삼청교육, 일명 순화교육을 받은 사람들 중에는 수십 명이 맞아 죽었다는 소문이 있을 정도로 심한 교육을 시켰다고 했다. 교육이 아니라 사람을 죽이거나 병신으로 만들기 위한 수단으로 순화교육을 실시하는 것처럼 보였다고 하였다. 번개 자신도 그러한 교육을 견디어 낸 사람이라며 머리에 난 상처를 보여 주었다. 몽둥이에 맞아 찢어진 상처라는데 정수리부터 이마까지 허옇게 살점이 파인 채 길게 자국이 나 있었다.

"지독한 놈들이야."

빨간 모자들을 상기시키며 번개가 말했다.

"교도관들은 어깨에 견장을 달아 자신들의 계급이라도 표시하고 있는데 저놈들은 그게 없어."

번개의 말은 건조했으나 화가 난 듯했다.

교도관의 직급과 역할을 대충 파악해 보면,

'재소자들끼리 통하는 은어로 교도관들의 계급장을 나뭇잎과 말똥으로 구분하기도 하는데 잎이 2개인 교도관은 담당으로 불리며 각 사동을 지키거나 재소자들의 각종 운동, 편지, 사물반입 반출, 면회 등을 주로 맡고 있다. 이들을 지휘하는 잎사귀 3개는 부장으로 불리고 한 관구 전체를 책임지고 있다. 말똥은 무궁화 모양인데, 말똥 1개가 주임으로 교도소에서는 엄청난 힘을 갖고 있다. 아침저녁으로 주임이 교도소 각 사동을 순시할 때면, 담당 교도관들의 구령소리가 온 사동을 쩌렁쩌렁 울릴 정도이다. 말 똥 2개가 계장인데 주로 교회사 등으로 불리며 재소자 교육이나 의료 등을 맡고, 말똥 3개인 과장은 그야말로 교도소에서는 절대 권력을 상징한다. 물론 소장이 최고 권력자이지만 교도소에 수 감된 재소자들에게 이들이 갖는 위상은 엄청났다. 특히 보안과 장은 무서운 존재다. 재소자들의 생사여탈권을 쥐고 있다고 보면 딱 맞다.'

이렇게 나누어지는 교도관의 서열 속에서도 빨간 모자는 계급이 없었다. 해병대나 공수부대 등의 군인신분인지, 아니면 다른 특수훈련을 받은 특별한 신분인지는 모르지만 그들의 행동에는 거리낌이 없었다.

"저놈들에게 대들었다가는 꼼짝없이 먹방에 갇혀."

번개가 치를 떨며 말했다.

"하모, 반 죽음이제!"

옆에서 고참 하나가 거들었다.

"우리 번개 방장이 산 증인 아이가."

비스듬히 누워 있던 다른 사람이 한마디 더 거들었다.

"내 세상에 태어나서 저렇게 앞뒤가 없는 놈들은 만나 본 적이 없다. 시작도 없고 끝도 없는 놈들 아이가. 이리 말해서 이리했는데 저리하라 카고, 저리 말해서 저리했는데 이리하라 카고. 그 정도면 그래도 괜찮다. 알아듣지도 못하는 말을 해 놓고는 지 말 안 듣는다고 말마다 욕이고 몽둥이를 들고 설쳐 대니 죽을 맛 아이가."

"일부러 그라는 거 모르고 있었나?"

"와 모릅니꺼. 이왕 말이 나왔으니 화풀이 하는 거지예."

"그래도 조심하거라. 살아서 나가야 할 거 아이가."

번개의 말이 갑자기 서늘해졌다. 그러면서도 서로 주고받는 이야기 속에, 정우는 번개가 자신의 이야기를 하고 싶어 한다는 것을 알았다. 그래도 번개 하면 알아 주는 깡패두목이라는 것을 교도소 내 다른 조직폭력배들은 다 알고 있었다. 그러한 번개가 수도 없이 교도소를 들락거렸다고 하더라도 갑자기 변화한 상황들을 제대로 받아들이기가 어려웠을 것이다. 당연히 반항을 했

을 거고 번개는 꼼짝없이 시범 케이스로 징벌을 받았을 것이다,

"니 통닭구이라는 거 들어봤나?" 하며 정우에게 번개가 슬쩍 웃으며 말했다. 비스듬히 누워 있던 옆의 사내가 자리에서 일어나 앉았다.

"아이고 행님, 그만 하소!"

옆의 사내가 정색을 했다.

"내가 일주일을 그리 지냈다. 통닭구이가 돼서 먹방에서 개밥 먹고."

번개의 눈이 번뜩였다. 언뜻 스치며 마주친 번개의 눈 속으로 살기가 섬뜩하게 지나갔다.

통닭구이는 말 그대로 사람을 통닭을 구울 때처럼 만드는 것이었다. 정우도 얼마 후 통닭구이를 당한 사람을 보게 되었는데, 바라보기만 해도 그 고통을 느낄 수 있을 정도로 악랄하였다. 양손을 목 뒤, 등 쪽으로 넘겨 포승줄로 묶고서는 머리가 양팔의 팔꿈치 아래로 숙여지게끔 하여 팔꿈치 사이를 또 포승줄로 묶었다. 그리고는 두 무릎을 가슴팍까지 굽혀 웅크리게 하고서는 발목과 두 무릎을 포승줄로 묶고, 두 무릎과 팔꿈치를 묶은 줄을 연결하고, 목뒤로 넘겨 묶인 양손과 웅크려 묶인 발목을 등 뒤로 연결하여 묶어 버리는데 그야말로 꼼짝달싹도 못 하게 사람을 묶어 버리는 것이었다. 어떻게 이렇게 사람을 묶는 방법을 생각해 내었는지 기가 막힐 정도였다.

이 상태에서 사람이 할 수 있는 것은 소리를 지르는 것뿐이었

다. 그러나 그 소리도 제대로 낼 수가 없었다. 소리를 질러 보면 알겠지만 소리를 크게 지르기 위해서는 목을 길게 빼거나 뒤로 젖혀야 한다. 그런데 목을 양손이 묶인 팔꿈치 아래로 제압당해 가슴팍 쪽으로 숙인 상태에서는 큰 소리도 지를 수가 없었다. 정확한 발음도 힘들기 때문에 '우우' 하는 웅얼거림 정도의 소리밖에는 낼 수가 없는 것이다.

이 상태로 한 시간은커녕 십 분도 견디기 힘들 것이라는 생각을 정우는 하였다. 번개는 이 상태로 일주일을 견디었다고 했다. 정우의 생각으로는 불가능한 일이었다. 더구나 먹방이라면 대낮에도 빛줄기 하나 들어오지 않는 캄캄한 징벌방을 말하는데, 일주일 동안 묶인 채로 칠흑 같은 먹방에 방치되어 있었다면, 그것은 사람이 아니라 짐승도 견디기 힘들었을 것이다. 거의 반죽음이라고 생각하면 될 것이다. 거기다가 소변과 대변을 묶인 상태 그대로 해결해야 한다고 상상한다면 더 이상의 언급이 무의미했다.

여기에 개밥이 등장하였다. 굶어 죽지 않게 하기 위해 밥을 가져다주는데, 밥그릇을 먹방 바닥에 두고 가면, 묶여 웅크려진 몸을 움직여 밥그릇 위로 입을 가져가 개처럼 밥을 핥아 먹어야 하는 거였다. 손과 발은 물론이고 온몸이 묶인 상태에서 가장 자유로운 것은 입술과 턱이기 때문이었다. 이것이 개밥이었다.

감방의 고민

"충–성!"

"충성! 충성!"

감방사동 복도 끝에서부터 담당 교도관들의 경례 소리가 점점 가까이 다가왔다. 저녁시간 점호였다.

"철컥! 철컥!"

각 방의 문을 반쯤 따는 소리였다. 감방 철문은 T자처럼 생긴 열쇠를 두 번 돌려야 열리는데, 한 번만 돌리면 아직 문은 잠겨 있지만 문을 쉽게 열 수 있게 되는 것이다.

주임이 순시를 할 때, 문제가 있는 방이나 불시에 점검을 해 보고 싶은 방이 있을 때, 바로 문을 열 수 있도록 자물통을 미리 따 놓는 것이다. 문 따는 소리가 지나가면 곧바로 주임의 번뜩이는 눈빛이 지나갔다. 그리고 뒤이어 '딸각! 딸각!' 하고 문을 잠그는 소리가 지나갔다.

교도소 내 모든 창문과 문은 철로 되어 있었다. 문을 열고 닫는 소리나 쇠창살에 부딪혀 나는 소리는 모두가 쇳소리였다. 교도소 내에서는 아무리 멀어도 이 쇳소리가 복도의 벽이나 쇠창살을 타고 교도소 전체로 울려 퍼졌다. 교도소를 오랫동안 다닌 번개 같은 사람은 이 소리만 듣고도 교도소 내에 무슨 일이 일어나 는지를 정확하게 알아차렸다. 소리의 크기나 소리가 나는 시간 에 따라서 어느 사동에서 누가 이감을 가는지, 새로 신입이 들어 오는지, 면회를 가는지 등 교도소에서 나는 쇳소리는 매우 중요 한 정보를 제공해 주는 것이었다.

점호가 끝나면 각 방 재소자들은 순화방송을 들었다. 모두가 열을 맞추어 앉은 자세에서 차렷 자세를 취하고 1시간 정도 앉아 있어야 했다. 주로 불교방송이나 기독교 예배방송, 클래식음악 을 들려주었다.

다른 한편으로는 이 시간이 담당 교도관과 각 방장들 간의 의 사소통 시간이기도 했다. 담당은 천천히 복도를 거닐며 철창을 사이에 두고 고참이나 방장들과 많은 이야기를 나누었다. 재판 과정에서 예상되는 문제들에 대한 이야기부터 각 개인의 가정사 이야기까지 상당히 깊이 있는 이야기가 오갔다.

하루를 마감하기 직전 저녁시간에 조용한 음악소리나 설교 방송이 나오는 가운데 나지막하게 이어지는 이들의 이야기는 색다른 분위기를 만들어 내었다. 가둔 자와 갇힌 자임에도 서 로가 갖는 공감대는 의외로 높아 보였다. 담당 교도관의 근무 시간은 일주일을 교대로 바뀌었다. 담당이 야근을 일주일 동안 하면 다음 주는 주간근무를 했다. 주야가 일주일을 주기로 바 뀌는 것이다. 야간근무인 담당이 아침에 퇴근할 때, 때때로 재 소자들의 애로사항을 해결해 주기도 하였다. 재소자 중 가족과 연락이 안 되거나 면회를 오지 않는 가족들에게 담당이 연락을

해 주기도 하고, 재판과정에서 필요한 서류를 준비해 주기도
하였다. 정우가 알고 있는 상식으로는 이해가 안 되지만 이들
을 통해 정우는 세상의 이면을 조금씩 알게 되는 것 같다는 생
각을 하였다.

그러면서도 낮 동안에 벌어지는 긴박한 대립관계가 밤 동안에
느슨한 유대감으로 변화하는 것을 바라보는 정우의 마음은 복잡
하였다. 사람에 대한 이해랄까, 세상사에 대한 이해랄까, 정우는
자신이 평소에 가지고 있던 상식이 조금씩 무너지고 있다는 것
을 느꼈다. 지금까지 정우에게 선과 악은 분명했다. 동지와 적도
분명했다. 옳은 것은 옳은 것이고 틀린 것은 틀린 것이었다. 그
러나 지금 정우에게 이러한 구분이 애매해져 버렸다. 무엇이 선
이고 무엇이 악인지, 누가 동지고 누가 적인지 구분이 애매해져
버린 것이다.

'동정심의 발로인가?'

정우는 혼잣말처럼 되뇌어 보았다. 은연중에 정우는 재소자
들을 동지로 규정하고 교도관들을 적으로 규정하고 있었다.
그러므로 당연히 재소자는 선이고 교도관은 악이었다. 그러나
일반사회에서 본다면 재소자는 사회에서 범죄를 저지르고 교
도소에 갇힌 자들이었다. 교도관은 이러한 범죄자들을 교화하
기 위한 임무를 맡은 사람이었고, 누가 선이고 누가 악이겠는
가? 그렇게 어려운 질문이 아님에도 정우는 답을 내리지 못했
다. 물론 정우는 이들 재소자들을 옹호할 생각은 추호도 없지
만 말이다. 특히 살인이나 강도, 강간 등 강력범죄를 저지른 자

들에 대해서는 죄의 대가를 치러야 한다고 생각하는 편이었다. 그럼에도 정우가 느끼는 이들과의 인간적 유대감은 본능적이었다.

아마도 교도소 내에서 거대한 권력에 의해 자행되는 인격말살을 보면서 정우는 본능적으로 최소한의 인간적 대우를 요구하게 된 모양이다. 결국 인간적 대우가 없는 순화교육은 아무런 효과를 갖지 못한다는 거였다. 아무리 심오한 논리를 들이대고 현학적인 말로 사람의 마음을 흔들어도 따뜻한 말 한마디, 애정 어린 충고나 손길 하나보다도 못하다는 말이다. 통닭구이를 당한 번개가 스치듯 감추는 살기 띤 눈빛을 결코 거두어들이지 않을 것임을 너무도 잘 알게 된 정우였다.

한편으로 정우의 머릿속엔 만만치 않은 개념이 하나 정립되었다. 민중에 대한 생각이었다.

'역사를 발전시키고자 하는 사람, 그 역사의 주인이 민중이라면 그 민중은 누구인가?' 라는 생각이 정우에게는 항상 따라다녔다.

'가장 소외받고 먹고살기 어려운 사람들이 민중이다' 라고 쉽게 생각할 수도 있는 문제였다.

그런데 이들이 '과연 역사의 주인으로서의 민중인가? 이들은 어디에 있는가?' 라는 의문에 부딪히면 답을 찾기가 어려웠다. 학생운동을 하면서도 항상 정우의 뇌리를 짓누르던 의문이었다. 노동자 계급을 이야기하고 농민과 도시빈민을 이야기하면서도 이러한 개념은 공허하기만 할 뿐, 정우는 도저히 이해가 되지 않았다.

정우의 부모님은 농사를 지었다. 정우의 아버지의 아버지, 또 그 아버지 때부터도 농민이었다. 정우도 고등학교를 마칠 때까지 방학이나 바쁜 농사철에는 농사일을 거들었다.

그렇다면 정우가 민중인가? 정우는 자신이 민중이라고 한 번도 생각해 본 적이 없었다. 오히려 정우는 민중을 가르치고 깨우치게 해야 할 대상으로 보고 그 일에 자신의 역할을 부여하고자 하였다.

그 민중이 어디에 있는가? 정우는 그 해답을 찾지 못하였다. 그러한 정우가 부산교도소에서 번개 방장을 만나고 고참 수감자들의 이야기를 들으면서 그 해답을 조금이나마 정리한 것이다.

"행님, 뭔 할 말 있습니꺼?"

아까부터 번개 방장의 눈치를 살피던 고참 하나가 조심스럽게 말을 끄집어내었다. 저녁점호를 끝내고 조용한 음악이 흘러나오고 있는 감방 안의 분위기는 어느 시골 사랑방 같은 분위기가 되기도 하였다. 두세 명이 모여 앉아 장기나 바둑을 두기도 하고 한쪽에서는 벽에 등을 기댄 채 소설책을 읽는 모습이 영락없는 사랑방이었다. 장기판이나 바둑판은 종이로 만들고 장기알과 바둑알은 밥알로 만들었는데 얼마나 똑같이 만들었는지 색깔까지 똑같은 바둑돌이었고 장기알이었다.

그 분위기 속에 번개 방장이 평소와는 달리 말문을 닫고 있는 것이 신경이 쓰였던 모양이다. 더구나 그동안 자신의 이야기라고는 전혀 한 적이 없는 번개 방장이 자신이 당했던 통닭구이에 대해 직접 언급한 것은 매우 이례적인 일이었다. 깡패의 세계에서 나약한 모습이나 누군가에 의해 제압당한 패자의 모습을 보이는 것은 치욕적인 일이었다. 번개 방장이 당한 통닭구이는 바로 그러한 일이었다.

"사람이 맞아 죽지는 말아야제."

"……."

평소와는 다른 번개 방장의 말투가 모두의 말문을 닫게 하였다.

"버러지도 밟으면 꿈틀한다 아이가."

"……."

"맞아 죽을 바에야 내 손으로 목을 따야제. ……그기 사람이다."

"……."

다들 꿀 먹은 벙어리가 되었다. 정우는 무언가 무서운 생각이 들었다. 비록 번개에 의해 부방장이 되었지만 감방이라고는 처음인 정우가 감옥을 제 집 드나들 듯이 드나드는 이들의 세계를 알 수는 없는 일이었다. 겉으로 보이는 모습과는 달리 정우로서는 도저히 알 수 없는 암흑가의 철칙이 있는 것처럼 보였다. 자신의 영역을 침범당하거나, 자신들만의 철칙에 위배되는 치욕을 당했을 때 이들에게 자신의 목숨 따위는 아무것도 아닌 것처럼 보였다.

"내 먼저 잘란다."

번개 방장이 감방 구석 담요 위로 등을 눕히며 말했다. 취침시간이 되기도 전에 담요를 깔고 감방 벽 쪽으로 돌아눕는 번개 방장의 등짝이 서늘했다.

"철컥!"

다음날 꼭두새벽에 철문을 따는 소리가 들렸다.

"배정우 전방!"

정우가 갑자기 독방으로 옮겨졌다. 그동안 감방이 부족해 일반 범죄자와 정치범을 함께 수용하다가 어느 정도 법적 절차가 마무리되고 수감자 수가 줄어들면서 감방의 여유가 생겼던 모양이다. 정우는 번개 방장과 그동안 함께 지내며 정이 들었던 폭력 수감자들에게 일일이 인사를 하고 독방으로 짐을 옮겼다.

그리고 얼마 후 정우에게 번개가 죽었다는 소식이 들려왔다. 번개의 죽음 소식에 정우는 머리가 텅 비는 느낌을 받았다. 그러나 번개가 죽었다는 것 이상의 다른 내용은 아무것도 없었다.

왜 죽었는지, 언제 죽었는지, 어떻게 죽었는지조차 아무도 몰랐다. 더구나 누가 번개의 사망 소식을 전했는지조차 모를 정도로 번개의 죽음소식은 급작스런 거였다. 결국 번개가 죽었다는 소문만 무성할 뿐이었다. 정우 역시 이러한 소문 외에 번개에 대한 어떠한 내용도 알 수가 없었다.

또 다른 내용으로 번개가 무기징역이 확정되어 다른 교도소로 이감을 갔다는 소문까지 겹치면서 번개에 대한 소문은 어떤 것도 정확한 것이 없게 되어 버렸다. 하지만 그러한 소문을 확인하는 과정에서 번개가 사라지기 직전에 어떤 사건이 있었다는 것을 정우는 알게 되었다.

"놔라! 씨팔놈들아!"

저녁 식사 시간도 훨씬 지난 시간에 복도가 소란스러웠다.

"쿠당탕!"

번개가 교도관들에게 양쪽 다리를 잡힌 채 시멘트 복도 바닥 위로 질질 끌려 사동으로 들어왔다. 번개는 오전에 항소심 선고 재판을 받기 위해 법정으로 출두했다. 1심에서 무기징역형을 선고 받고 항소를 했는데 검사 역시 선고 결과에 불복해 항소를 했고 2주 전 항소재판 심리가 끝나는 날 검사는 1심 구형대로 또다시 사형을 구형하였다. 그리고 항소심 역시 1심과 마찬가지로 무기징역을 선고했던 것이다.

대부분의 재판은 2심 선고 결과로 끝이 났다. 대법원까지 3심 제도가 있으나 대법원에서는 형량을 따지는 것이 아니라 서류상으로 1, 2심에서 법률상으로 중대한 잘못이 있었는지만 따지기 때문에 번개의 무기징역은 거의 확정적이었다.

번개는 억울했다. 자신이 깡패이긴 하지만 이번처럼 황당한 경우는 처음이었다. 번개가 잡혀 온 이유는 간단했다. 범죄조직 결성으로 사회를 불안하게 한 죄였다. 감방을 수도 없이 들락거렸지만, 이번에는 잡혀 들어오기 직전까지 조용하게 아무런 말썽 없이 잘 지냈던 번개였다. 어느 날 갑자기 들이닥친 사복형사들에 의해 자신의 집에서 연행된 번개는 수사과정에서 깡패조직의 수괴가 되어 있었다. 아무리 부인해도 소용이 없었다. 비상계엄령이 선포되면서 범죄조직에 대한 일제소탕령이 내려졌고 번개와 같은 전과자들은 계엄당국의 포고령을 충족시키기에 매우 좋은 상대였기 때문이다.

항소심 선고를 받는 순간 번개는 법원 뒷문으로 돌진했다. 그러나 교도관들의 벽을 뚫고 도망을 갈 수는 없었다. 법원 지하에 있는 피고인 대기소로 끌려온 번개는 죽지 않을 만큼 두들겨 맞았다. 물론 번개는 계속해서 저항을 하였고, 이러한 번개의 행동은 어쩌면 의도적인 것이었다. 이 시기 무기징역형은 사실 죽음과 같다고 번개는 생각했다. 계엄포고령하에서 정부당국이 추진하고 있는 깡패 소탕령으로 볼 때, 어차피 감옥에서 견디지 못하고 맞아 죽을 것이 뻔하다는 판단이었다. 이왕 목숨을 버릴 바에야 빨리 끝장을 내자는 것이었고 성공하면 살아나가는 것이고 실패하더라도 추가 범죄로 덤터기를 써 사형을 당하든지 추가징역형을 살든지 죄 없이 억울하게 징역을 산다는 생각은 지울 수가 있다는 계산이었다.

그리고 번개는 사동 내 징벌방에 일주일 정도 갇혀 있다가 어딘가로 끌려나갔다. 이후로 번개를 본 사람은 아무도 없었다. 그리고 번개가 죽었다는 소문이 돌았다. 지금까지의 이야기 역시 번개가 징벌방에 갇혀 있는 동안에 여기저기서 흘러나온 이야기들을 종합한 것에 불과했다. 이러한 이야기의 사실 확인은 불가능했다.

'나만 모르는 것인가?'

독방 뒤 조그만 구멍을 통해 하늘을 바라보며 정우가 중얼거렸다.

'그들만의 일인가?'

정우는 번개가 한 행동이 사실이든 아니든 이해하기가 힘들었다. 한편으로 지은 죄도 없이 고통을 당하며 감옥살이를 하느니 없는 죄를 만들어서라도 징역을 살겠다는 번개의 행동을 떠올린 순간, 정우는 정신이 번쩍 들 정도의 충격을 받았다.

'나와 무엇이 다른가?'

아까부터 정우는 마음속으로 계속 질문만 던지고 있었다. 최근 정우는 자신을 남과 비교하는 습관이 생겼다. 특히 너무나 이질적인 조건과 사고방식으로 살아온 번개라든지 고참 수감자들과 정우 자신을 비교하면서 공통점을 발견하고자 애를 썼다.

'그냥, 사람인 게지.'

정우는 부질없다는 생각으로 하늘을 바라보았다. 인간사는 알 수 없는 일이었다. 그중에서도 사회의 가장 소외된 곳인 감옥에서 벌어지는 인간사는 정말 알 수 없는 일이었다. 그렇다고 정우가 그러한 인간사를 정말 알고자 했던 것도 아니었다. 알 수 없는 일을 알고자 하는 것만큼 어리석은 일은 없기 때문이다.

오히려 정우는 그렇게 알고자 하는 마음속에 남겨지는 흔적을 갖고자 했던 것 같다. 회환이랄까, 번개가 처했던 사정이나 말로다 할 수 없었을 고민을 더 알고 싶어 하지 못했다는 후회가 밀려와 정우의 마음을 애틋하게 하였다.

그러면서 정우는 조그마한 움직임을 보았다. 그것이 실효성이 있든 없든 자기 자신의 결정에 의해 이루어지는 행동을 보았던 것이다. 어처구니없을 정도로 미련한 것이지만 번개다운 방식으로 저질러 버린 행동은 정우에게 잔잔한 가슴울림을 주었다. 정우는 저항을 보았다고 생각했다. 거부할 수 있다는 것, 정우에게 민중은 그렇게 다가왔다.

가장 소외된 자들, 최소한의 인간적 대우조차 받지 못하고 억압상태에 놓여 있거나 생계수단조차 주어지지 못하고 방치된 사람을 극빈층이라고 한다. 그들을 사회적 최저점으로 본다면, 이들을 그 최저점 이상으로 끌어 올리는 일, 그 일이 민중을 위한 일이고 그 일로 인해 되살아나는 사회적 저항의식이 민중을 만드는 것 아니겠는가?

그랬다. 민중은 존재하는 것이 아니라 만들어지는 것이었다. 스스로가 자신의 권익을 위해 저항할 때 민중이 되는 것이었다. 그 저항은 도저히 참을 수 없을 때 일어났다. 참고 견디기를 반복하고도 도저히 참을 수 없을 때가 바로 저항이 일어나는 때라는 말이다. 이후 정우는 이러한 저항을 수도 없이 목격하게 되고 자신도 그러한 저항 속에 자신의 권리를 조금씩 획득해 나갔다.

번개가 사라진 이후, 정우는 많은 생각을 하게 되면서도 때때로는 무료한 시간을 보내게 되는 경우가 많아졌다. 그리고 그 시간은 정우에게 무언가 다른 것을 요구하였다. 그것은 정우가 그동안 의도적으로 회피해 왔던 글쓰기였다. 정우는 학생운동을 시작하면서부터 글쓰기에 대해 거부감을 가졌다.

'글쓰기는 지식인의 지적유희에 불과한 것이다. 실천하지 않는 지식인의 나약한 모습일 뿐이다.'

정우는 자신만이 아니라 후배들에게까지 이러한 생각을 강요하며 거부해 왔던 일이었다. 정우 혼자가 아니라 주변 동료와 후배들에게까지 공공연하게 강요했던 이러한 정우의 생각은 절대로 변할 수 없는 것이었다.

그러나 지금 정우에게 주어진 무료한 시간은 이러한 정우의 생각을 한꺼번에 뒤집어 버렸다. 오히려 글을 쓰고자 하는 욕구가 너무나 강렬하여 정우는 잠까지 설치며 머릿속으로 글을 다듬고 있을 정도였다. 어느 순간 정우는 독방에 홀로 남겨진 자기 자신을 바라볼 때가 있었다. 특히 늦은 오후, 이른 저녁 식사까지 끝난 감방 속에서의 고요함은 시간이 멈춘 듯 정우의 존재감조차 느껴지지 않게 하였다. 그 고요함 속에 정우는 아무것도 할 수 없는 자신을 견딜 수가 없었다.

이러한 생각은 '아무것도 할 수 없는 것이 아니라 아무것도 하지 않는 것이 아닌가' 라는 의문점으로 정우를 이끌어 내었다.

'그래, 글을 쓰자. 무엇이든 기록을 하자.'

정우는 그동안의 생각의 끝을 그토록 거부했던 글쓰기로 마무리 지었다. 그러나 이러한 정우의 생각은 그러한 결론과 함께 곧바로 장애에 부딪혔다. 감방 안에서는 글을 쓸 수 있는 수단이 아무것도 없었다. 종이도 없고 연필도 없었다. 감방 안에서 글을 쓴다는 것이 원천적으로 불가능했다. 정우는 허탈했다. 간혹 들리는 소문으로는 교도소 내에서 지필을 허락받는 경우가 있기는 하다고 하였다. 그러나 그것은 제법 이름깨나 있는 거물급 정치범에게 해당되는 것이었고 그것도 재판이 모두 끝난 기결수에 한해서 가능한 일이었다.

이러한 상황은 정우를 더욱더 견딜 수 없게 하였다. 자유롭게 글을 쓸 수 있었던 바깥세상에서는 글쓰기를 거부하다가 막상 글을 쓰고자 하는 이 순간에는 글을 쓸 수가 없었다.

거기에 더하여 짧은 시간이지만 번개와 함께 했던 순간들이 정우의 가슴을 먹먹하게 적시며 살아남은 자의 임무를 다하라는 메시지를 전달하는 것인 양 정우의 머릿속을 온통 채우기 시작했다. 이러한 메시지는 점점 확대되었다. 양정 15P 영창에서 부산교도소로 오기까지 하루하루가 너무나 생생하게 떠올랐다. 영철의 맑은 눈동자, 죽은 군인의 뒷모습, 중년 남자의 핏자국, 목맨 노인의 낡은 옷차림 등 이제 더는 손을 놓고 있을 수가 없었다. 방법을 찾아야 했다.

이렇게 글쓰기는 정우에게 다가왔다. 처음에는 무료했던 시간이었다. 그러나 그 무료함이 글을 꼭 써야만 하는 의무감으로 바뀌는 순간, 정우는 바빠졌다. 그리고 치밀해졌다. 현재 정우에게 주어진 글쓰기 수단은 머리뿐이기 때문이었다. 글 하나하나를 처음부터 끝까지 모두 기억해 두는 수밖에 없었다. 정우는 가능한 한 글을 단순화하여 기록으로 만들어 나갔다. 그리고 그 글들을 잊지 않기 위하여 매일 반복하여 외우며 기억하기 시작했다. 매일 이러한 기억들이 늘어갔다.

그리고 얼마 지나지 않아 정우는 새로운 방법을 찾아내었다. 독방 뒤쪽 화장실 창문턱에서 거의 다 낡은 문틀에 박혀 있는 작은 녹슨 못을 발견하였는데, 녹슨 못의 길이는 2센티미터 정도로 가운데 부분이 굽어 ㄱ 자 모양으로 되어 있었다. 정우는 그 녹슨 못의 끝을 화장실의 시멘트 바닥에 갖다 대고 뾰족하게 갈았다. 녹이 슬어 짙은 갈색인 못의 끝은 송곳처럼 날카롭게 날이 서며 은백색의 속살을 드러내었다.

정우는 이제부터 이 녹슨 못으로 글을 쓸 참이었다. 정우는 감방에 반입된 자신의 책 중에 책갈피가 두꺼운 책을 골라내었다. 날카로운 못의 끝을 종이가 찢어지지 않을 정도로 조금 무디게 갈무리를 하고서 종이에 갖다 대었다. 꾹꾹 눌러 글을 쓰자 책갈피의 여백에 글 자국이 만들어졌다. 종이를 비스듬하게 기울여 보자 글들이 나타났다. 글을 쓸 수가 있게 된 것이다. 정우는 그동안 기억해 두었던 글들을 책갈피 속여백에 적어 나갔다. 책갈피의 여백은 물론이고 글과 글 사이마다, 글의 줄 사이마다 빈틈없이 써 나갔다. 책속에 책이 하나 더 만들어졌다.

이러한 행동을 통해 정우는 자신이 실천을 하는 것이라고 여겼다. 단순한 글쓰기가 아니라 실천으로서의 글쓰기는 감방 속에서 이루어져야 한다고 생각했다. 모든 실천을 다하고서 적들에게 포로가 되어 갇힌 순간 아무것도 할 수 없는 곳에서 이루어지는 글쓰기만이 실천이라는 생각이었다. 정우에게 글쓰기는 그만큼 지독한 자아와 갈등 속에 이루어지는 것이었다.

그러나 이러한 정우의 글쓰기는 오래가지 못하였다. 재판일정에 따라 항소심이 열리는 군사고등법원이 있는 서울로 이감을 가야 했기 때문이다. 다행히 정우가 가지고 있던 책들은 가족에게 반출이 가능했지만 글쓰기의 도구인 작은 못은 가지고 갈 수가 없었다. 온몸을 훑으며 검사를 하는 교도관의 눈길은 도저히 피할 수 없는 검열대였기 때문이다.

정우는 차가운 새벽 공기에 몸을 움츠리며 이송버스에 올랐다. 꼭두새벽, 정우는 이감을 가는 버스 속에서 글쓰기의 마침표를 찍었던 글 하나를 가만히 떠올려 보았다. 정우의 입가에 작은 미소가 번졌다.

1980년 봄의 범죄심리학

우스운 일입니다
범죄심리학인데요
논문을 쓴다나 봐요
사회악의 근원을 캐내고
정의사회 구현을 위한 것이라는데
믿기지가 않아요
양성범죄가 있답니다
음성범죄도 있고요
그러니까
감정적 노출성 폭력성은

양성범죄이고

계획적 은폐성 지능적인 것은

음성범죄래요

양성범죄보다는 음성범죄가

더 큰 문제가 되겠지요

여기서부터 우스워요

설문지를 나누어 주고는

내용에 따라 기록하랍니다

문신이 있나요

있으면 몇 개

문신의 형태는

새긴 목적은

자상(刺傷)이 있나요

있으면 몇 개

무엇으로 그랬나요

칼 유리 기타

목적은

성기(性器)에 이물질을 삽입했나요

인공적인 변형은

목적은

이상한 일이어요

문신이 있으면요

자상이 있으면요

성기를 크게 했으면요

범죄심리학이 나체연구학인가요

나무는 왜 심어요

땅은 왜 파요

품종개량은 왜 해요

좋아요

거기까지는 이해해요

총을 만드는 것은 문제가 없나요

공장폐수는요

원자력은요

이해도 못 할 내용으로 사람을 속이는

요상한 법은요

제도는요

좀 더 구체적으로 말할래요

범 · 죄 · 자라고 하는데요

판사는요

검사는요

형사는요

경찰서장은요

사장은요 재벌들 말이어요

군수는요

도지사는요

장관은요

정치인은요 제일 거짓말 잘하는 사람들요

박사는요

우스워 죽겠어요

동지들을 만나다

"14방!"

교도관이 짧게 말하며 정우를 철문 앞에 멈추게 하였다. 정우가 영등포구치소에서 생활하게 될 감방에 도착하기까지 꼬박 하루가 걸린 셈이었다. 부산에서 새벽에 출발하여 서울로 올라오는 길에 호송차는 청송교도소에 들러 재소자 몇 명을 내려 주고 올라왔다. 영등포구치소에 도착하자 다시 신원조회를 하고 본인확인 순서를 기다리고 몇 가지 주의사항을 전달받고 하는 시간이 꽤 걸렸다. 늦은 오후가 되어서야 정우에게 방 배정이 되고 담당 교도관이 정우를 데리고 감방으로 내려온 것이다.

정우는 영등포구치소 내 복도를 걸어 내려오면서 유난히 시끄럽다는 생각을 하였다. 그야말로 와자지껄한 시장바닥 한가운데에 있는 느낌이었다. 복도를 왕래하는 재소자들이 혼자서 이 방 저 방을 기웃거리거나 물건을 주고받고 하였다. 부산교도소에서는 상상도 할 수 없는 풍경이었다.

"안녕하시오!"

철문 안에서 누가 인사를 하였다. 교도관이 문을 열자 방 안에 있던 사람들이 정우를 반갑게 맞이했다. 방 안에는 네 사람이 있었다. 그중에서 가장 나이가 많은 사람이 반갑게 악수를 청하며 정우를 자리에 앉혔다.

"오원진이오."

"배정웁니다."

"자자, 비호하고 병열이, 재규도 인사하고 옆방에도 인사를 해야지."

정우는 생면부지의 얼굴들이지만 교도소에 갇힌 후 처음으로 인간적인 대화를 나누면서 부드러운 눈길을 주고받았다. 이들은 충남대학교 학생들이었다. 정우와 똑같이 계엄포고령위반으로 구속되어 1심 군사재판을 받고 고등군법으로 항소하여 영등포구치소로 이감되어 지내고 있었다. 이들은 영등포구치소로 이감 온 지 서너 달이 되었다고 했다.

5 · 17 전국비상계엄령확대 후 구속된 대부분의 대학생들은 2심 재판을 받고 청송교도소나 전국 각지의 교도소로 이감이 된 상태였다. 현재 남아 있는 사람들은 재판 기일이 늦어지면서 학생으로는 거의 마지막 수감자들이었다. 영등포구치소에서 터줏대감 노릇을 하고 있었다.

터줏대감이라고 한 것은, 군사재판은 매우 빠르게 진행되고 있어서 서너 달을 한 곳에 있기가 힘들었기 때문이다. 대부분 2개월 정도가 지나면 재판이 끝나고 석방되거나 징역형을 선고받고 이감을 갔다. 정우가 이곳 영등포구치소까지 세 번째 이감을 오는 데 3개월밖에 걸리지 않았을 정도로 군사재판은 빠르게 진행되었다.

그러므로 여기 있는 충남대학교 학생들은 고참 중의 고참인 셈이었고 그에 걸맞게 영등포구치소 내 사정을 훤하게 알고 있었다. 교도관들과도 잘 아는 사이가 되어서 구치소 내 터줏대감 노릇을 톡톡히 하고 있었다. 더욱이 영등포구치소는 전국에서 고등군법회의로 2심 재판을 받기 위해 항소한 사람들은 모두 모이는 곳이었다. 수감자들 중 수십 명 많게는 백여 명 이상의 운동권 학생들이 함께 생활하는 장소가 되다 보니 자연스럽게 공동행동을 하게 되었고 교도소 내 각종 억압적인 규제에 대해 투쟁하면서 다른 교도소보다는 자유로운 생활을 하고 있었다. 정우가 아까 감방 사동으로 들어오면서 느낀 자유로움과 시끌벅적함도 바로 이러한 투쟁의 결과였던 것이다.

정우는 우선 학생운동을 하다가 계엄포고령위반으로 구속된 사람들이 함께 모여 있는 것이 좋았다. 약 4평 정도의 방에 4명씩 배정되어 있었고 낮 동안에는 감방철문도 요구할 경우 개방되어 사동 내에서는 자유롭게 내방할 수 있었다. 정우가 갇힌 사동에는 3개 방에 대학생 4명씩이 각각 배정되어 12명이 생활하고 있었다. 거기에 정우가 추가되어 정우가 갇혀 있는 감방에는 5명이 생활하게 된 것이다. 물론 일반 재소자들이 4평 감방에 12명이 생활하는 것에 비하면 5명이 생활하기에는 충분한 크기였다.

"만나서 반갑습니다."

정우가 인사를 하자 모두가 정우를 잘 알고 있었다. 부산에서 먼저 구속되어 재판을 받고 영등포구치소로 이감을 왔던 사람들이 정우에 대한 이야기를 많이 하였고, 이맘때쯤 이감을 올 것이니 잘 보살펴 달라는 부탁까지 한 상태였다. 정우는 이곳에서 부산에서 먼저 구속된 영호의 소식을 들었다. 영등포구치소도 부산교도소와 다를 바 없이 순화교육, 소위 삼청교육을 실시했다고 하였다. 영호가 순화교육을 거부하고 구치소 내 투쟁을 주도하다가 교도관들에게 구타를 당하고 징벌방에 갇히기도 했다는 것이다.

본래부터 영호의 반항기질은 대단하였다. 불의를 보면 참지 못하고 자신에게 가해지는 폭압에 대해서는 더더욱 참지 못하는 성미였다. 당연히 자신을 제압하는 교도관들과도 난투전을 벌였을 것이고 이러한 과정에서 코뼈가 내려앉는 중상을 입었다고 했다. 그러한 사건을 계기로 다른 사람들이 함께 투쟁에 나서면서 영등포구치소 내 대학생들은 순화교육을 받지 않게 되었다고 하였다. 영호는 마침 정우가 영등포구치소로 이감오기 며칠 전에 2심 재판을 받고 군대에 강제징집되는 조건으로 석방된 상태였다.

인사가 끝나고 정우는 방 안을 둘러보았다. 감방 바닥에는 짚으로 새끼줄을 꼬아 엮은 멍석을 깔아 놓고 있었다. 서울이 춥긴추운 모양이었다. 나무로 된 마룻바닥 위에 짚으로라도 덮어 놓으니 바닥으로부터 올라오는 한기가 차단되고 방 내의 온기를 어느 정도 머물게 하는 것 같았다.

원진 형은 두툼한 한복을 입고 있었다. 정우가 원진 형이라고 부르는 이유는 나이가 많았기 때문이다. 원진 형은 군대를 갔다

온 복학생이었다. 나이는 28살이었고 정우에게는 대선배였던 셈이다. 다른 사람들은 대학 4학년이거나 3학년으로 정우와 비슷한 또래였다.

옆방에 인사는 내일 하기로 하였다. 이미 오후시간을 넘겨 교도관에게 문을 열어 달라고 하기에는 부담이 되었던 모양이다. 감방 뒤쪽 창문을 통해 서로 인사만 하였다. 얼굴은 보지 못하고 창문을 통해 목소리로만 서로 인사를 하거나 이야기를 하는데 이것을 감방에서는 통방이라고 하였다. 옆방에는 공주사대와 충북대 학생들이 있었다. 비슷한 사회의식을 갖고 전두환에 맞서 싸우다가 구속된, 같은 대학생 신분이라는 점 때문에 쉽게 친해지는 것인지, 정우는 첫날부터 원진 형과는 형아우하는 사이가 되고 비호와 병열, 재규와는 친구가 되었다.

"배 군아!"

원진 형이 정우를 부르는 소리였다.

"그동안 어떻게 지냈는지 이야기 좀 혀 봐."

충청도 억양이 정겨웠다. 원진 형 목소리는 약간 고음이면서 부드러운 느낌을 주었다. 그날 밤 정우는 많은 이야기를 하였다. 오랜만에 마음에서 우러나오는 말을 할 수 있었다. 그동안 정우는 벙어리 아닌 벙어리로 지냈다. 그동안 정우는 자신이 행동한 일에 대해 마음을 터놓고 이야기할 수 있는 조건을 가지지 못했던 것이다. 지난해 일어났던 부마항쟁부터 부산대학교 내 서클 활동 등에 대한 이야기를 들으면서 부산지역에서도 나름대로 조직화된 학생운동이 진행되고 있다는 점에 원진 형은 매우 반가

위하였다. 원진 형은 충남대 학생운동의 대부격이 되는 모양이었다. 당연히 전국상황에도 관심이 많았고 전국적인 활동에 어느 정도 깊숙한 관계를 가지고 있는 것 같았다. 정우가 알고 있는 부산지역 활동가 선배들의 이름을 대부분 잘 알고 있었다.

"자, 이제 그만 자자."

원진 형이 두툼한 이불을 덮어 주었다. 정우는 처음으로 솜이불을 덮어 보았다. 지금까지는 교도소에서 지급되는 초록색 담요를 깔고 덮고 했는데 정우는 그 담요가 매우 싫었다. 먼지도 많이 나지만 살갗에 닿는 촉감이 꺼칠꺼칠해서 왠지 기분이 좋지 않았다. 오랜만에 멍석 위에 담요를 깔고 그 위에 솜이불을 덮고 누우니 마치 집에서 잠자리에 드는 듯 편안해졌다.

"배 형! 배 형!"

막 자리에 눕자마자 옆방에서 누군가 정우를 불렀다. 정우는 자리에서 일어나 창문으로 갔다.

"예, 배정웁니다."

"잘 주무세요."

"예, 고맙습니다. 잘 주무세요."

정우는 인사를 하고 다시 자리에 돌아와 누웠다. 그런데 또다시 옆방에서 정우를 불렀다. 그리고는 옆방에서 쿵쾅하는 소리가 들렸다. 잠시 소란스러운 소리가 들리더니 조용해졌다. 정우는 조금 이상한 생각이 들었지만 이감을 오면서 하루 종일 시달린 탓에 곧 깊은 잠에 들었다.

12제자의 예수

다음날 정우는 긴장된 분위기 속에 잠을 깨었다.

"담당!"

원진 형이 담당 교도관을 급하게 부르고 있었다.

"툭탁, 철컥!"

담당이 달려오는 소리가 들리고 곧 철창문이 열렸다. 문을 열자마자 원진 형이 다급하게 옆방으로 갔다.

옆방에는 정우와 같은 연배의 학생이 4명 있었다. 성이 전부 제각각으로 노 군과 최 군, 김 군, 정 군이어서 이름을 외우기도 쉬웠다.

어젯밤 정우가 왔다는 소식에 다들 반가워하며 인사를 나누었는데, 그러한 와중에 정 군이 조금 이상한 행동을 하다가 아침에 정신이 나간 듯하다는 것이다. 어젯밤에 정우를 불렀던 사람도 정 군이었다.

정 군은 공주사대 영문학과 4학년이었고 학생회장이었다. 정 군은 정우가 영등포구치소에 도착하기를 무척 기다렸다고 하였다. 부산지역 학생동지를 만난다는 설렘도 있었을 것이다. 그러나 한편, 전두환에 의한 희생자가 한 명 더 늘어난다는 강박관념의 무게를 견디지 못한 것인지, 그만 정우가 도착한 날 저녁에 정신을 놓쳐 버렸던 것이다.

정 군은 정신분열증세를 보였다. 아무도 알아보지 못하고 난폭하게 굴었다. 힘이 어찌나 센지 방 안에 있는 사람들이 모두 달려들어 붙잡아도 뿌리칠 정도였다. 결국 교도관들이 달려오고 포승줄로 양손을 꽁꽁 묶어 허리에 고정시킨 후에야 조용해졌다.

교도소에서는 보안과장까지 감방으로 내려와 정 군의 상태를 지켜보고 있었다. 원진 형은 일단 정 군을 제외한 학생들을 모두 모아 대책을 논의했다. 교도소에서는 정 군을 독방으로 감금하려 할 것이고 설사 병동으로 옮긴다고 하더라도 독방에 가둘 것이기 때문에 정 군을 자체적으로 보호하는 게 좋겠다는 의견이 모아졌다.

원진 형은 '그럼 정 군은 우리가 책임지고 간호를 한다' 라는 결론을 내렸다.

그리고 보안과장과의 협의를 원진 형이 맡았다.

"정 군은 우리가 책임지겠소."

옆에서 학생들의 논의를 지켜보고 있던 보안과장에게 원진 형이 단호하게 말했다.

"안 되는데."

보안과장이 난처한 듯 얼굴을 찌푸렸다.

"우리가 교대로 정 군을 보살피는 게 정 군에게 도움이 되지 않겠소?"

원진 형은 분명한 의지로 보안과장에게 말했다. 보안과장은 곤란해하면서도 원진 형의 강력한 주장에 방법을 강구하도록 담당과 부장에게 지시를 하였다.

그날부터 학생들이 하루하루 격일로 교대를 하면서 정 군을 돌보기로 했다. 정 군의 꽁꽁 묶여 있던 손을 풀어 주었다. 그러나 정 군은 손가락 하나 꼼짝하지 않고 가만히 앉아 있었다. 아무것도 하지 않고 어린아이처럼 굴었다. 거기다가 한 번씩 발작을 할 때면 모두가 달려들어 진정을 시켜야 했다. 그러므로 정 군과 하룻밤을 같이 지내는 조는 밤에 거의 잠을 잘 수가 없었다. 식사도 옆에서 떠먹여야 하고 화장실 이용도 옆에서 돌봐야 했다. 다만 정 군이 정신분열증세로 조만간 구속집행정지 처분이 내려질 것이기 때문에 그때까지가 문제였다. 검찰과 법원이 판단하기까지 최소한 몇 주는 걸릴 것이기 때문이었다.

"바둑판 가져와!"

정 군이 한 번씩 바둑을 두자고 하였다. 정우와 최 군이 바둑판 앞에 앉았다. 그런데 정 군이 바둑을 두는 방법은 특이했다. 정 군이 직접 바둑돌을 들고 바둑판에 놓는 것이 아니라 나무젓가락으로 바둑돌 놓을 곳을 가리키는 것이다. 그러면 정우가 바둑돌을 집어 그곳에 놓는 방식이었다.

"여기!"

하고 정 군이 바둑돌 놓을 곳을 가리키면 정우가 바둑돌을 그곳에 놓았다. 그러면 최 군이 바둑돌을 놓으면서 바둑경기는 진행되었다. 정 군은 바둑을 잘 두었다. 정신을 놓친 상태에서도 바둑은 기가 막히게 잘 두는 것이 신기할 정도였다.

"아마 5단은 될 걸?"

원진 형이 정우와 최 군이 앉아 바둑을 두는 것을 보면서 한마디 했다.

정우는 정 군이 나무젓가락으로 가리키는 곳에 바둑돌을 놓으면서 오히려 정 군에게서 바둑을 배우는 셈이 된 것이다.

정 군은 정신을 놓친 이후로 식사를 잘하지 않았다. 그런데 밥은 먹지 않으면서 귤은 잘 먹었다. 영등포구치소로 이감을 온 후로 교도소 매점을 통해 간식을 사 먹을 수가 있었는데 초겨울에 많이 생산되는 귤을 팔았다. 정 군은 이 귤을 밥 대신 먹었다. 신기한 것은 정 군이 귤을 그냥 먹지 않는다는 것이다. 귤껍질을 벗기면 과육이 얇은 막으로 싸여 나누어져 있는데, 정 군은 그 막까지 제거하고 그 속에 들어 있는 쌀알 같은 귤알갱이만을 먹었다. 정 군이 귤을 먹을 때면 정성스레 귤껍질을 벗기고 그 속에 있는 과육의 얇은 막을 벗겨 내 정 군의 입에 넣어 주어야 하였다. 정 군은 정신을 잃은 덕분에 그야말로 왕처럼 대접을 받은 것이다.

어느 날 정 군이 감방 안에 있는 학생들을 모두 호출했다.

"나는 예수다!"

정 군이 큰소리로 말하였다.

"너희들을 12제자로 임명한다!"

정 군은 자신이 실제 예수인 것처럼 학생들의 머리를 쓰다듬으며 호명까지 하였다. 그리고는 학생들을 하나하나 불러 이름을 붙여 주었다. 정우는 요한으로 임명되었다.

교도소 생활을 하면서 재소자들은 소설책을 많이 읽었다. 하루 종일 감방에 갇혀 있어야 하기 때문에 지루함을 달래기도 하고 가족이나 사회바깥에 대한 잡념을 없애기 위한 것으로는 소설책만 한 것이 없었다. 그중에서도 장편소설이 인기가 많았는데, 『최후의 유혹』이라는 소설책이 있었다. 러시아 소설가 니코스 카잔차키스가 쓴 책으로 제법 두꺼운 소설책이었다.

정 군이 정신을 놓기 전 이 소설책을 매우 재미있게 읽었던 모양이다. 소설책에서 얻은 영감인지는 모르지만 정 군은 자기 나름대로 해석한 방식으로 자신의 12제자를 임명하고 각자에게 역할을 부여했다. 주로 예수 정 군이 시키는 일은 바둑을 두거나 책을 읽어 주는 것이었다. 물론 귤을 알맹이까지 까서 입에 넣어 주는 일도 해야 하였다.

예수 정 군은 특히 책 읽는 것을 좋아했다. 예수 정 군은 가만히 앉아 있고 자기 앞에 놓인 책을 한 장 한 장 읽으면 옆에서 책장을 넘겨 주어야 하였다.

간혹 예수 정 군이 발작을 할 때가 있었지만 그 순간을 제외하고는 매우 얌전한 예수 정 군이 되어 12제자를 거느렸다. 예수 정 군은 야곱 원진 형에게 유난히 고분고분했다. 일시적으로 난폭하게 굴다가도 야곱 원진 형이 점잖게 나무라면 곧 조용해지곤 하였다.

한편으로 정우의 가슴은 아팠다. 정우는 자신이 영등포구치소로 이감 온 첫날이 정 군에게 어떻게든 영향을 준 것이라는 미안

함과, 정 군을 비롯하여 구속된 대학생들의 고통이 얼마나 처절한 것인지를 이번 정 군의 일로 다시 한 번 확인하게 되었던 것이다.

구속된 학생들의 경우 신체적인 고통과 더불어 정신적인 고통이 더욱 심했다. 신체에 가해지는 군수사기관이나 경찰, 교도관들의 폭력이야 살점이 터지든 뼈가 부러지든 자신의 문제이기 때문에 스스로가 참고 헤쳐 나갈 수가 있었다.

그러나 부모님이나 가족을 생각하면 문제는 달라졌다. 대부분 시골에서 도시로 유학을 떠나온 대학생들이기 때문에 가족들이 거는 기대는 남달랐다. 자신들의 모든 것을 희생하다시피 하고서 자식을 대학으로 보냈는데 그 무서운 죄를 짓고 감방에 갇혔으니 얼마나 억장이 무너지겠는가? 구속된 학생들 역시 이러한 가족의 마음을 감당하기가 벅찼다.

이에 더하여 구속된 학생들의 전두환에 대한 분노는 말로 다 표현할 수 없을 정도였다. 독재자 박정희가 죽자 일시적으로 찾아온 학원민주화 바람은 학생들에게 많은 희망을 품게 하였다. 스스로 무언가를 할 수 있다는 자신감 속에 자율적인 총학생회를 구성하고 민주시민운동과의 연대활동을 모색하면서 새로운 사회에 대한 희망을 만들어 나가는 순간이었다. 그러나 그 순간은 7개월도 지속되지 못하고 끝나 버린 것이다.

10월 26일 유신독재자 박정희가 총에 맞아 죽었는데도 그보다 더한 전두환이 나타나 박정희가 죽은 지 7개월도 되기 전에 5월 18일 광주시민 학살을 시작으로 무고한 일반시민과 학생들에게 들짐승을 때려잡듯이 무지막지한 폭력을 휘둘렀던 것이다.

유신독재자 박정희가 악마라면 유신망령 전두환은 악귀나찰이었다. 정 군이 미치지 않고 지금까지 버틴 것이 오히려 더 이상하다고 해야 할 것이다. 물론 다른 사람들도 마찬가지였다. 이 시대에 미치지 않고 온전한 마음으로 하루하루를 살아갈 수 있는 사람이 몇 명이나 되겠는가? 정우는 그 아픈 가슴으로 정 군을 극진히 보살폈다.

"하나, 둘, 셋."

정 군이 밥알을 정성스레 고르며 수를 세고 있었다. 정 군은 나무젓가락 한 짝을 항상 한 손에 들고 있었다. 젓가락 맨 끝을 엄지손가락과 집게손가락으로 잡고 모든 일을 주관했다. 바둑을 두거나 책을 읽을 때는 물론이고 누군가에게 지시를 할 때도 젓가락을 사용하였다. 마치 오케스트라 지휘자처럼 능숙하게 젓가락을 움직였다. 마침 정 군이 식사시간에 맞추어 함께 자리를 하면서 자기 앞에 놓인 밥알을 감방 바닥 멍석 위에 펼쳐 놓고 젓가락으로 하나하나 나누고 있는 것이다.

감방에 배급되는 밥은 덩어리로 만들어져 나왔다. 그 밥 덩어리는 어시장에서 사용하는 것과 비슷한 나무상자 판에 밥덩어리가 1인분씩 찍혀 담겨 있었다. 배급하기도 쉬워서 밥을 배달하는 소지들이 한 손으로 밥덩어리를 집어 식구통 안으로 던지면 안에서 그릇으로 받아 내면 되었다.

여기서 말하는 소지는 만기출소일이 거의 다 된 재소자 중에서 모범수들을 골라 사동에 배치하여 심부름을 하거나 식사 배

급하는 일을 하는 재소자를 부르는 명칭이다. 밥덩어리 모양은 원추형으로 옆에서 보면 위가 잘린 사다리꼴 모양이었다. 밥 한 덩어리를 그릇에 담으면 딱 맞춤형으로 들어갔다. 밥은 물론 거의 꽁보리밥이기 때문에 찰기가 없어 젓가락으로 집으면 잘 흩어졌다. 정 군이 젓가락으로 밥알을 나눌 수 있었던 것도 이 때문이었다.

"우당탕!"

갑자기 정 군이 옆에 있는 국그릇을 발로 차서 엎어 버렸다.

"나를 숭배하라, 내가 너희들에게 나의 살점을 나누고 피를 줄 것이니 그것이 곧 생명이니라. 생명의 떡을 나누어 영생의 길로 나아가라."

정 군은 예수 정 군이 되어 근엄하게 말하였다. 마침 정우가 올려다본 정 군의 얼굴이 예수와 흡사하였다. 정 군은 매우 잘생긴 얼굴이었다. 얼굴의 윤곽이 뚜렷하고 길쭉한 턱선을 따라 턱 아래로 구레나룻까지 있어 창백하기까지 한 정 군의 얼굴은 충분히 예수를 담고도 남을 만하였다. 12제자들이 한 명씩 예수 정 군의 앞으로 나아가 예수 정 군이 젓가락으로 나누어 놓은 밥알을 하나씩 주워들고 나왔다. 요한 정우도 밥알을 하나 주워 입에 넣었다. 밥알이 뭉클하고 입 속에서 구르며 이빨 사이로 짓눌려져 씹혔다. 보리밥 밥알 하나를 정우가 정성껏 씹어 삼켰다. 예수 정 군의 눈빛이 강렬했다. 그 눈빛 속으로 정우의 마음이 녹아들었다.

"요한! 그대는 나를 믿는가?"

얼떨결에 정우는 숟가락을 놓고 정 군을 올려다보았다.

"나를 믿는가?"

예수 정 군이 정우를 내려다보며 다시 말하였다. 정우는 마음 속으로 '그대의 무엇을 믿어야 하는가?' 라는 대답이 떠올랐지만 부질없는 생각이라 치부하며 정 군을 가만히 바라볼 뿐이었다.

"나는 포도나무요 그대는 가지니라. 내 아버지 농부가 과실 맺 는 가지는 더욱 깨끗이 하시고 과실을 맺지 못하는 가지는 낫으 로 쳐서 제해 버리실 것이니, 그대는 내 안에 있으면서 나를 믿 어라."

마치 정우의 생각을 꿰뚫어 보는 듯 예수 정 군이 말했다.

"나를 떠나서는 그대가 아무것도 할 수 없음이라."

예수 정 군이 혼자서 중얼거리며 피곤한 듯 감방 구석자리로 가서 누웠다. 원진 형이 정 군에게 이불을 덮어 주었다. 모두가 말이 없었다. 정 군이 걷어차 엎지른 국그릇을 치우고 방청소를 했다. 정우는 그나마 예수 정 군이 이 정도로 잠이 들며 하루를 마무리 해 준 것이 다행이라는 생각을 하며 취침 준비를 하였다.

저녁 식사를 마치고 수면에 들기 전까지가 교도소에서는 가장 한가로운 시간이었다. 감방생활도 낮 시간 동안은 의외로 바빴 다. 아침에 일어나면 이불과 담요를 개고 방청소에다가 세면, 아 침 식사와 설거지까지 하고 나면 거의 오전나절이 다 가 버렸다. 가족이나 지인들이 면회라도 오면 그날은 하루 시간이 다 지나 간다고 보면 되었다. 매일 하는 운동시간도 놓칠 때가 종종 있을 정도였다. 면회가 없더라도 개인적인 일처리로 편지를 쓰거나 책을 구입하는 일, 매점을 통한 물품구입 등 사전에 머릿속에 어느 정도 계획을 세우지 않으면 안 될 정도로 바쁜 게 감방생활의 하루였다. 오후에 이른 저녁 식사를 마치고 나면 이러한 일상 업무가 모두 끝나고 자신만의 시간이 났다. 각자 감방 안에서 자기 시간을 갖는 것이다.

그래서 정우는 이 시간이 가장 자유로웠다. 정우는 버릇처럼 많은 상상을 하곤 했다. 상상 속에서는 무엇이든 할 수 있기 때문이었다. 상상 속에서는 바깥나들이도 할 수 있고 만나고 싶은 사람도 만나 볼 수가 있었다. 정우는 오늘 예수 정 군을 만나고 있었다. 감방 속의 정 군은 구석진 방바닥에서 이불을 뒤집어 쓴 채 깊은 잠에 빠져 있었다.

"국을 엎지른 이유가 무엇입니까?"

"내 집을 나가라는 뜻이다."

"우리를 쫓아내려는 것입니까?"

"그렇다."

"어째서 이곳이 '내 집이라 하시며' 쫓아내는 이유는 또 무엇입니까?"

"여기는 네 있을 곳이 아니니 쫓아내는 것이고, 너희들의 죄 사함을 이루고자 나의 죄를 물어 이곳을 나의 무덤으로 삼고자 함이니 곧 내 집이니라."

"나를 떠나서는 아무것도 할 수 없다면서 쫓아내는 연유는 무엇입니까?"

"네가 곧 나이기 때문이니라."

정우의 생각 저편으로 희미한 영상이 떠올랐다. 예루살렘 성전 앞에서 장사치들을 내쫓으며, 소와 양과 비둘기를 돌려보내고 돈 바꾸는 상인들의 상을 뒤집어엎으며 '내 아버지의 집을 장사하는 집으로 만들지 말라' 고 외치는 예수 정 군이 보였다. 아니, 지금의 예수 정 군은 에루살렘의 예수와 달랐다. 예수가 장사치들을 내쫓은 이유가 자기 아버지의 집을 깨끗이 하기 위한 것이었다면, 정 군은 거꾸로 내쫓는 자들을 자유롭게 하기 위해서였다. 갇힌 자들을 내쫓아 자유인으로 만들고 정 군 자신이 더러운 감방을 지키며 죄를 달게 받겠다는 것이다.

정우는 본래 종교를 갖고 있지 않았다. 정우는 어릴 때부터 할아버지와 아버지대로 이어지며 지내는 제사를 집안의 가장 중요한 행사로 알고 자랐다. 중학교까지를 시골에서 다니고 고등학교를 도시에서 다녔으나 기독교나 그 외 종교를 접해 볼 수 있는 기회는 전혀 없었다. 대학을 들어와 처음으로 접해 본 것이 기독교였으나 그것도 신앙으로 접한 것이 아니라 반정부 집회나 시국강연회에 참석하기 위해 몰래 교회에 간 것이 전부였다. 그러한 정우에게 정 군이 하는 행동은 어쩌면 생소한 것이었다. 그럼에도 정우는 정 군의 말들이 낯설지가 않았다. 자신을 희생하고자 하는 마음, 그 희생으로 남을 구하고자 하는 마음, 그 마음이란 아낌없이 주는 사랑, 어머니의 사랑 같은 것이었다. 정우는 이미 그런 사랑을 알고 있었다. 정우의 어머니가 그랬다. 정우의 머릿속으로 떠오르는 영상을 따라 예수 정 군이 하얗게 미소를 지었다. 그 미소를 따라 온통 세상이 하얗게 변해 버렸다.

"쿠당탕"

정우는 텅 빈 것 같은 머릿속으로 어지럼증을 느끼며 소란스러운 소리에 잠을 깨었다.

"배 군아, 담요 좀 가져와라."

원진 형이 화장실 문을 가로막고 다급하게 소리쳤다. 화장실 안에서 누군가가 문을 박차고 있었다. 옆에서 최 군과 재규가 황급히 일어나 담요를 정우에게 주었다. 정우가 담요를 원진 형에게 건네주며 화장실 안을 들여다보았다. 정 군이 벌거벗은 상태로 화장실을 차지하고 있었다. 완전히 나체가 된 정 군은 십자가에 못이 박힌 모습처럼 양손을 펼치고 두 다리를 모은 채로 화장실 벽에 기대어 서 있었다. 원진 형이 화장실 문을 열려고 하자 정 군이 발로 차며 원진 형을 못 들어오게 하고 있었다.

정우는 원진 형을 도와 겨우 화장실문을 열고 정 군을 담요로 감싸 화장실 밖으로 끄집어내었다. 정 군이 덜덜 떨고 있었다. 정 군의 온몸이 시퍼렇게 얼어 있었다. 원진 형이 정 군의 얼음처럼 차가운 몸뚱이를 담요로 감싸고 꼭 껴안으며 정 군의 몸에 온기를 불어넣으려고 애를 썼다.

'언제부터 저렇게 벌거벗고 화장실에 있었기에 온몸이 꽁꽁 얼어 버린 걸까?'

정우는 당황스러운 마음에 정 군의 손과 발을 정신없이 주물렀다. 정 군의 입술이 시퍼렇게 부딪혀 떨리며 차가운 숨을 내쉬고 있었다.

영등포구치소의 감방 온도는 영하로 떨어진 지 오래였다. 유
난히 추운 겨울 날씨에 감방사동 바깥에는 하얀 눈이 녹지 않고
쌓여 있었다. 운동장 곳곳에 치운 눈을 모아 무덤처럼 쌓아 놓았
을 정도였다.

감방 화장실의 온도는 감방 안과는 달리 바깥온도와 거의 같
았다. 화장실 냄새를 없애기 위해 화장실 뒷벽에 사람 머리가 안
들어갈 정도의 작은 구멍이 달려 있어 바깥 공기가 항상 들락거
렸기 때문이다. 그러나 감방 안은 화장실 문이 비닐로 차단되어
있어 감방 안의 온기를 어느 정도 막아 주었다. 그럼에도 감방
안의 온도가 영하인데 화장실의 온도는 어떠했겠는가? 이날 이
후 정 군이 앓아누웠다. 열이 펄펄 나면서 심하게 앓았다. 원진
형은 교도소 보안과장에게 정 군의 구속집행정지 처분을 시급히
요구했다. 정신분열증의 경우 빨리 치료하지 않으면 영영 정신
을 잃어버릴 수도 있는 일이었다.

정 군이 꾸는 꿈

"정 군아, 무슨 책을 그렇게 열심히 읽고 있니?"

"아, 형이세요?"

정 군은 감방 문을 열고 들어서는 원진의 물음에 엉뚱하게 인사부터 했다.

"최후의 유혹이예요. 러시아 작가 니코스 카잔차키스가 쓴 소설인데 재밌네요."

그러면서 정 군은 소설책을 원진에게 보여 주었다. 원진은 책을 받아들고 책 페이지를 쭉 훑어보며 말했다.

"방금 부산 학생동지가 이감을 왔다고 하는구나."

"배정우요?"

"그래."

정 군은 얼마 전 이감을 간 부산학생 영호에게 정우의 이야기를 듣고 이제나 저제나 기다리고 있었는데, 드디어 배정우가 영등포구치소로 이감을 왔다는 말에 즐거운 표정을 지었다.

"언제 방으로 배치되나요? 우리 사동으로 오겠지요?"

"그래, 이제 남아 있는 학생들은 우리뿐이니까 이곳으로 올 거야."

원진은 정 군의 옆방에 수감되어 있었다. 원래 각 방은 철문으로 굳게 잠겨 있었지만 원진은 감방을 자유롭게 드나들었다.

그동안 학생들의 교도소 개선투쟁이 지속적으로 일어나면서 담당 교도관이 자신의 통제범위 안에서는 학생들의 만남을 자유롭게 해 주었다. 그것이 사동 내에서는 감방 문을 거의 열어 놓다시피하고 있었다. 물론 이러한 대가로 학생들 역시 교도소 측에 무리하지 않은 범위 내에서는 최대한 협조를 해 주고 있었다.

교도소 측은 일상적으로 많은 문제점을 가지고 있었다. 재소자들에게 제공되는 각종 음식과 물품들은 문제가 많았다. 밥의 양이 적거나 부실한 반찬이 제공되기도 하고, 지급되는 옷의 실밥이 뜯어지거나 치수가 맞지 않은 옷이 지급되기도 하였다. 교도소 내에서는 이러한 문제에 대해 일상적인 투쟁을 할 수밖에 없는데, 그러한 투쟁이 극단적인 투쟁으로 치닫기 전 대화를 통해 조정해 나가는 것이 매우 중요했다. 원진은 이러한 역할의 중심에 있었던 것이다.

이렇게 배정우가 오전에 도착했다는 소식을 들었는데 오전을 넘기고 오후 내내 기다려도 배정우는 오지 않았다.

"14방!"

저녁 식사가 다 끝나고 휴식시간도 거의 지나갈 무렵 옆방 복도 앞에서 교도관이 문을 따며 소리를 질렀다.

'드디어 도착했는가 보다' 하고 정 군은 반가운 마음에 감방 철문으로 다가가 복도를 내다보았다. 그러나 배정우는 이미 옆방으로 들어가 버린 상태였다. 정 군은 옆방에서 인사가 끝나기를 기다려 화장실 뒤편 창문을 통해 인사를 하기로 하였다.

"허억!"

철문에서 떨어져 김 군의 옆자리로 앉는 순간 정 군은 어지러운 느낌이 들었다. 최근 정 군은 한 번씩 두통이 일어날 때가 있었다. 두통이 일어날 때면 어지러움도 같이 일어났다.

"괜찮아?"

옆에서 김 군이 걱정스럽게 물었다.

"으응, 조금 있으면 나아질 거야."

잠시 머리를 떨어뜨리며 있다가 정 군이 어깨를 추스르고 웃으며 말했다. 그리고 정 군의 눈앞으로 하얀 비둘기 한 마리가 날아갔다.

정 군이 초록빛 풀밭에 서 있었다.

"여기가 어디지?"

정 군은 조금 전 감방 철문을 잡았던 자신의 손을 허공으로 휘저으며 무언가를 잡을 듯하다가 어리둥절한 표정을 지었다. 상큼한 바람이 정 군의 코끝을 지나갔다. 온통 초록빛으로 덮인 들판 한가운데에 정 군이 서 있었다. 저 멀리 지평선이 보이고 그 지평선 너머 빙 둘러 하얀 산봉우리 두 개가 대각선으로 마주보며 우뚝 솟아올라 빛을 발하고 있었다. 정 군 선 자리 바로 옆으로 풀밭을 헤치고 들길이 나 있었다. 그 들길에 초록빛 잔디가 촘촘히 깔려 있고 간혹 조그만 차돌멩이 부스러기들이 들길을 단단하게 다지고 있었다. 길을 떠나는 나그네의 발길은 물론이고 소달구지의 쿵덕거리는 진동조차 담아 낼 정도의 튼튼한 들길이었다. 그 들길로 정 군이 걷고 있었다.

"어디로 가십니까?"

갑자기 나타난 듯한 사내 한 명이 마주 걸어오며 정 군에게 말을 걸었다.

그러나 정 군은 사내의 물음에 답하기보다는,

"이 길 끝에는 무엇이 있지요?"

하고 자신도 모르게 질문을 던져 버렸다. 사내가 아무런 표정 없는 얼굴로 정 군의 눈을 쳐다보았다.

"아, 내가 기다리는 사람이 있는데, 아직 오지 않아 마중을 나가는 중입니다."

정 군은 그제야 사내의 물음이 기억난 듯 사내의 등 뒤 지평선으로 눈길을 주며 부드럽게 말을 건네었다. 정 군의 말을 듣는 순간 사내의 눈빛이 서늘하게 가라앉았다.

"아마도 기다리는 사람은 올 수 없을 겁니다."

고개를 숙여 땅을 바라보는 사내의 목소리가 떨리고 있었다. 정 군이 새삼스럽게 바라본 사내의 모습은 피투성이였다. 적삼 차림으로 무명옷을 입었는데, 오래되어 색이 바랜 듯 누렇게 찌든 옷 위로 붉은색 핏빛이 군데군데 묻어 있는 것이다.

정 군은 가슴이 덜컥 내려앉았다.

"반드시 만나야 할 사람인데……."

말끝을 흐리며 정 군은 사내의 입을 바라보았다. 무언가를 기대하듯 바라보는 정 군의 눈길을 피하며 사내는 빠른 걸음으로 정 군을 스쳐 지나가 버렸다. 정 군이 멍하게 서 있다가 멀어져

가는 사내의 뒷모습을 뒤돌아보며 소리쳤다.

"이보시오! 당신 도망가는 거요?"

정 군의 외침에 사내는 더욱 빠른 걸음으로 정 군이 걸어온 길을 따라 사라져 버렸다.

"탕탕탕탕!"

지평선 너머에서 총성이 울렸다. 갑자기 수많은 사람들이 떼로 몰려오며 정 군의 옆을 도망치듯 스쳐 지나갔다.

"정 군아 여기서 뭐하니?"

원진 형이었다.

"배정우를 기다리는데……."

정 군의 말이 끝나기도 전에 원진 형이 급하게 정 군의 손을 잡아끌었다.

"여기 있다가는 잡힌다."

길섶으로 데려가는 원진 형의 숨이 가빴다. 토하듯 몰아쉬는 원진 형의 숨결 속에 비린내가 묻어났다. 피 냄새였다. 원진 형의 가슴에서 피가 흘러내리고 있었다. 정 군은 쓰러지듯 드러눕는 원진 형을 가슴으로 받아 안으며 길가 풀섶 속으로 넘어졌다.

"저기 있다. 잡아라!"

풀섶 사이로 비치는 들길을 군인들이 달려가고 있었다. 뿌연 흙먼지를 일으키며 검은색 군홧발을 질서 있게 발맞추며 끝도 없는 대열이 지나가고 있었다. 정 군은 원진 형을 안은 채 풀섶 속에 숨어 있었다.

"형! 괜찮아요?"

군인들의 총 끝에 달린 뾰족한 칼이 햇빛에 번쩍거리며 저 멀리 사라져 가자 정 군이 원진 형을 바라보며 말했다. 원진 형은 얼굴이 하얗게 변하면서 가쁜 숨을 몰아쉬며 정신을 잃어가고 있었다.

"형! 원진 형!"

정 군은 다급하게 원진 형의 몸을 흔들며 원진 형의 정신을 깨우려 애를 썼다. 원진 형이 정 군의 손을 꼬옥 잡았다. 따스한 체온이 정 군의 몸속으로 전해졌다.

"이 길을 따라 가거라……."

들릴 듯 말 듯 말을 하고는 무언가 말을 더할 듯 원진 형의 입술이 움직였다. 그러나 그뿐이었다. 축 늘어진 원진 형의 육신은 더 이상 움직이지 않았다.

꿈결인 듯 원진의 눈앞으로 거대한 함성이 들리고 있었다. 충남대 투쟁은 해를 넘기고 있었다. 지난해 부산에서 일어난 10월 항쟁으로 박정희가 총에 맞아 죽고 난 후 대학생들의 투쟁은 더욱 격렬하게 전개되고 있었다. 충남대 학생들도 11월 시국선언을 시작으로 계엄해제를 본격적으로 요구하면서 원진의 활동도 바빠졌다.

"우리 사회의 문제는 세 가지다."

친구 C가 열변을 토했다.

"근대사회로 넘어오면서 남겨진 지주소작제도는 봉건사회의 잔재로 근대사회를 건설하는 데 커다란 방해요인이 되고 있다.

시급히 이를 타파하고 자본과 노동의 계급대립의 관점에서 우리 사회를 정의해 나갈 때 올바른 사회를 만들 수가 있다."

친구 C의 이론은 명쾌했다.

"특히 지주소작제도에서 나타나는 주인과 머슴이라는 불평등한 인간관계는 바로 봉건잔재로써의 반상신분제가 관념적으로는 아직도 존재한다는 것을 증명하는 것이다. 양반이니 상놈이니 하면서 국민의 마음을 둘로 갈라놓아서야 어디 문명화된 근대사회라고 할 수 있겠는가? 그러나 이보다 더욱 심각한 문제가 따로 있다. 그것이 바로 오늘 내가 말하고자 하는 내용이다. 그것은 다음 세 가지다."

논리정연하면서도 사람의 마음을 움직이게 하는 열정이 친구 C의 장점이었다.

"세 가지 문제는 바로 친일잔재 청산과 군사독재잔재 청산, 분단된 조국의 통일이다. 모든 것에 앞서 이 세 가지 문제가 해결되지 않는 한 우리 민중을 한마음으로 단결시킬 수가 없다. 일제 치하 40년 동안 일본에 빌붙어 호의호식하며 백성을 짓밟았던 친일파들을 처단하지 않고 어떻게 민중의 단결을 호소하겠는가? 해방 이후 미군정과 18년 박정희 군사독재정권을 합하여 30여년 동안 자행된 폭력적이고 반민주적인 행위 역시 이러한 궤적을 따르고 있다고 나는 생각한다. 분단된 지 34년이 지난 지금 조국 통일의 과제는 무엇보다 시급한 문제이다. 이미 30여 년이라는 한 세대가 지난 시점에서 하나된 민족으로 살아가지 못한다면 이후 우리 민족은 영토의 분단만이 아니라 민족혼과 정신마저 두 개로 분단된 타민족, 이민족이 되어 버릴 것이다."

원진은 스터디 그룹에 참가할 때마다 벅찬 감동을 느꼈다. 특히 후배들의 눈이 반짝거리며 새로운 지식을 정립해 나갈 때면 원진의 가슴속으로 불기둥이 하나씩 쌓여 갔다. 이렇게 원진은 밤이면 친구 C와 함께 후배들을 만나 함께 학습을 하고 낮에는 학생회 조직화와 학내시위를 이끌었다.

"계엄해제! 독재타도!"

3월부터 대학이 개학하면서 어수선한 분위기가 지속되었다. 대학 내 사복경찰들의 감시는 더욱 노골화되었고 들려오는 소식은 전두환 보안사령관의 정권탈취 야욕 속에 민주인사탄압과 박정희 유신망령의 부활이었다.

원진은 4월 충남대 총학생회장에 당선되었다. 지난해 박정희가 죽고 유신정권이 종말을 고하면서 정부당국은 학생들의 반항을 잠재우고 사회민주화를 추진한다는 명목으로 그동안 군사조직처럼 운영하던 학도호국단을 폐지했는데, 학도호국단을 폐지하자마자 학생들은 스스로 학생회 조직을 만들어 학원자율화를 이루어 가고 있었던 것이다. 원진은 총학생회장에 당선되자마자 충남대학뿐만 아니라 대전지역 대학과 공주대 등 충청지역 대학들과 함께 하는 공동투쟁을 조직해 나갔다. 그리고 4월 중순부터 매일같이 학내시위와 가두시위를 벌이며 유신망령으로 다가오는 전두환 보안사령관의 정권탈취를 막기 위해 투쟁을 전개하였다. 그러다가 5월 2일 원진은 가두시위 중에 학생들과 함께 경찰에 연행되었던 것이다.

"전두환 버러지 같은 새끼 밟아 죽이자라고 말했습니다."

함께 연행되었던 후배인 비호의 목소리가 법정 안을 쩌렁쩌렁 울렸다.

"계엄해제라는 구호를 하였는가?"라는 판사의 심문에,

"계엄해제라는 말은 안 했고 전두환 버러지 같은 새끼 밟아 죽이자라고 말했다"라는 한술 더 뜬 비호의 당당한 발언에 재판장이 말문을 닫았다. 원진은 비호의 말을 들으며 지난해 김재규가 총을 쏘며 "이 버러지 같은 놈"이라는 말을 했다는 신문보도가 생각났다.

"와–"

힘찬 함성의 물결이 원진의 눈동자 속으로 들어왔다. 포승줄에 묶여 감옥으로 향하는 원진의 등 뒤로 구름처럼 학생들이 모여들고 있었다.

"전두환은 물러가라!"

비호의 우렁찬 목소리가 들려왔다. 온몸이 꽁꽁 묶인 상태인데도 비호는 교도관의 제지를 뿌리치며 구호를 외쳐 댔다.

"계엄해제!"

학생들이 비호를 뒤따르며 구호를 외쳤다.

"원진 형!"

그 학생들 속에서 정 군이 달려오며 원진을 부르고 있었다. 원진은 정 군의 부름에 뒤돌아보았으나 정 군은 자꾸만 멀어져 갔다. 아득히 멀어져 가는 정 군과 함께 원진의 눈앞 세상이 하얗게 변해 버렸다.

'정 군아, 너는 살아남아야 한다. 끝까지 살아남아 우리의 투쟁을 이어 가야 한다.'

원진은 멀어져 가는 정 군을 향해 큰 소리로 외쳐 보지만 원진의 목소리는 잦아들며 아무런 소리도 나오지 않았다.

눈물처럼 가냘픈 손길이었다. 정 군은 잡고 있던 원진 형의 손에서 일순간 경련이 일어나며 축 늘어지면서 힘이 빠져나가는 것을 느꼈다. 정·군은 원진 형의 손을 꼭 쥐며 하늘을 우러러보았다. 정 군의 가슴속으로 분노가 치솟았다.

"원진 형!"

정 군이 원진 형의 몸을 흔들었다.

"엉엉!"

정 군은 원진 형의 주검을 곁에 두고 울부짖었다.

"후다닥!"

급하게 달려나가는 발자국 소리가 정 군의 등 뒤로 지나갔다. 풀섶 사이로 비치는 황톳길 위로 뽀얀 먼지가 자욱하게 피어올랐다. 정 군은 원진 형의 주검을 조심스럽게 내려놓으며 길가로 나섰다.

"함께 갑시다!"

한 무리의 청년들이 내달리며 정 군의 손을 잡아끌었다. 정 군은 자신도 모르게 대열에 합류하며 달려나갔다. 잠시 뒤돌아 풀섶을 바라보는 정 군의 눈빛이 어느새 멈춘 눈물자국을 흙먼지에 씻으며 새로운 결의로 번득이고 있었다.

"어디서 오는 길입니까?"

"우리가 조금 늦었지요? 부산에서 오는 길입니다."

"늦었다니? 그러면 다른 사람들도 있습니까?"

"아! 몰랐습니까? 조선팔도, 아니 남한의 전체 민중이 모두 들고 일어나 악귀나찰을 잡으러 가는 중이지 않습니까?"

"그러면 조금 전 흙먼지는?"

"먼저 지나간 대구 동지들입니다."

숨이 턱에까지 차올라 '헉헉' 거리는 정 군의 목소리와는 달리 부산 청년은 시원시원하게 말을 하며 씩씩하게 달려나갔다. 그가 든 하얀 깃발이 바람에 힘차게 펄럭였다. 하얀 깃발 곳곳에 묻어 있던 핏자국이 햇빛을 받아 선분홍빛으로 빛나고 있었다.

"와!"

정 군이 내달려 올라간 언덕 너머로 구름처럼 몰려 달리는 군중의 함성이 지축을 흔들고 있었다. 그 함성 너머로 하얀 산봉우리가 정 군의 눈앞으로 다가왔다. 하얀 산봉우리와 함께 정 군의 몸이 붕 뜨며 눈이 부실 정도로 새하얀 하늘 속으로 빨려 들어갔다. 정 군은 정신이 혼미해지며 눈을 감았다.

영호의 면회

"배정우, 면회!"

담당이 철창문을 열자 면회담당 부장이 철문 앞에 서 있었다. 정우는 오랜만에 감방사동을 벗어나 면회실로 향했다.

정우는 집이 부산이라 가족이 면회를 오기가 힘들었다. 부산에서 서울까지 면회를 오기 위해서는 이틀이 걸리는데, 그것도 면회시간에 맞추어 아침 일찍 교도소에 도착해 면회신청을 하기 위해서는 전날 저녁에 서울에 도착해야 했다.

더구나 하룻밤을 영등포구치소 부근에서 숙박을 하고도 주어지는 면회시간은 10분 정도에 불과하였다. 그 짧은 면회시간을 위해 소요되는 시간이 이틀인 셈이다.

면회신청을 하더라도 기다리는 사람이 많으면 오전이 거의 다 지나가고 나서야 차례가 왔다. 면회를 마치면 이것저것 뒤치다꺼리로 입던 옷이나 다 읽은 책을 찾아가는데 그 시간이 만만치 않았다. 이래저래 하루 종일 시간을 다 보낼 수밖에 없는 거였다. 그래서 정우는 가족에게 면회를 자주 오지 않아도 된다는 말을 하지만 가족들의 마음은 그렇지 못한 모양이다. 아마도 부모님일 것이라는 생각을 하고 정우는 면회실로 들어갔다.

"형!"

영호가 면회실 유리창 저편에서 정우를 불렀다. 정우의 어머니가 옆에서 웃고 있었다.

"잘 지내요?"

"응, 잘 지내."

"원진 형도 잘 있지요? 다른 사람들에게도 인사 전해 주이소."

"그래."

짧게 인사부터 먼저 하였다. 정우는 지난 5월에 구속된 후 7개월 만에 처음으로 영호의 얼굴을 보았다. 정말 반가운 얼굴이었다. 물론 정우는 영등포구치소로 이감을 오자마자 영호가 석방되어 출소했다는 소식은 들어 알고 있었다.

"나, 군대 갑니다."

영호가 생뚱맞게 한마디 하였다.

"언제?"

"다음 주에 갑니다."

다음 주라면 12월 말인데 한참 추울 때에 고생하겠다는 생각을 하며 정우가 영호의 얼굴을 바라보았다. 영호의 얼굴은 말끔했다. 계엄군에 잡혀 얼굴을 알아볼 수 없을 정도로 피투성이로 얻어터졌다는 소문을 들었던 정우는 영호의 얼굴이 정상인 것에 안도했다. 약간 살이 오른 듯한 영호의 얼굴은 매우 건강해 보였다. 약간 비뚤어진 듯한 입꼬리 부근의 턱이 조금 부어 보이는 것 말고는 괜찮아 보였다.

영호는 항소심 군사재판에서 군대에 간다는 조건으로 선고유

예를 받고 출소를 하였다. 전두환 군사법원은 대학생 구속자들이 너무 많아지자 군 입대를 조건으로 반성문을 요구하고 무죄 판결 형식의 선고유예를 하여 군 입대를 시키고 있었다. 일명 강제징집을 당하는 것인데, 이 경우 군대에서도 요주의 인물이 되어 철저한 감시와 함께 상급자에게 따돌림과 괴롭힘을 당한다는 소문을 정우는 듣고 있었다.

"고생할건데."

"괜찮습니다."

영호가 씩씩하게 말했다. 영호는 매사에 적극적이었다. 어려운 일이 있어도 시원시원하게 대처해 나가는 스타일이었다. 정우는 한편으로 마음이 아프면서도 영호의 시원한 대답에 안심을 했다.

어머니와의 대화는 안부를 묻는 수준이었다. 사실 교도소 면회실에서는 할 이야기가 별로 없었다. 영화나 드라마에서 간혹 방영되는 교도소에 갇힌 죄수와 가족이 면회하는 장면과는 많이 다르다.

면회실 안에는 담당 교도관이 재소자 바로 뒤 책상에 앉아 면회하면서 주고받는 내용을 모두 기록하고 있기 때문에, 이런 상황에서 은밀하게 주고받는 이야기는 사실상 불가능한 상태였다. 진심으로 묻고 싶은 내용은 대화를 할 수가 없는 것이다.

실제 정우가 궁금하게 여기는 것들은 후배들과 동료들이 무사한지, 바깥조직활동은 잘되고 있는지 등 학생운동 조직활동과 관련된 내용이었다. 그러나 이러한 대화는 원천적으로 불가능하기 때문에 일단 구속이 되면 교도소 담장 밖의 일은 모두 잊어버려야 한다. 정우도 그랬다. 몇 달 되지 않은 기간이지만 교도소에 갇히면서 바깥 사회에 대한 기억마저 지워 버리고자 했다.

그것은 두 가지 이유에서였다. 하나는 보안 문제였다. 그래도 학생운동 조직활동을 한 정우로서는 지켜야 할 비밀활동이 있었다. 동료에 대한 최소한의 보호랄까, 또는 조직활동에 대한 보호랄까, 정우 자신이 갖고 있는 인식수준에서 어느 정도의 보안을 지키고자 하는 마음이었다.

다른 하나는 정우 자신을 돌아보기 위해서였다. 4년 동안의 대학생활에서 정우가 가진 기억들은 암울하기만 했다. 일반적으로 대학생이라면 낭만적인 대학생활을 꿈꾸고 또한 그것이 당연한 일이라고 생각할 것이다. 정우 역시 예외는 아니었다. 대학초년생이었을 때는 누구 못지않은 낭만파 대학생이 되기 위해 많은 친구들과 어울렸다.

정우는 신입생 환영회 때 기타 반주에 맞추어 들은 영어 노래에 반했었다. 행사가 끝나고 친구에게 그 노래가 뭐냐고 물었고, 그 노래가 미국의 컨트리풍 팝송이라는 것을 처음 알게 되었다. 사실 정우는 그때까지 팝송이라는 것을 몰랐다. 정우가 알고 있는 노래는 한국가요나 학교에서 배웠던 가곡 정도가 전부였던 것이다.

고등학교에 진학할 때까지 전기가 들어오지 않는 시골에서 호롱불을 켜 놓고 입시공부를 한 정우로서는 당연한 거였다. 당시 혈기왕성한 정우는 자신이 도시 출신 학생들에게는 일상적인 문화생활인 팝송 등, 소위 현대 물질문명으로부터 너무나 동떨어져 있다는 것을 깨달았다. 그러한 자각 속에 정우는 그 부족한 것을 채우기 위해 학습 아닌 학습을 시작하였다. 우선 해석하기도 어려운 영어단어들로 가득 찬 팝송을 제목별로 분류하고 가사를 영어로 외우기 시작한 것이다. 친구에게 기타를 배우기 시작하면서는 학교 수업도 빼먹고 기타 연습에 열중하였다.

어느 정도 팝송의 종류를 이해할 때쯤 정우는 겨우 팝송 한 곡을 암기하여 부를 수 있었다. 그것이 사이먼 앤 가펑글의 '엘콘 도파샤' 였다. 번역하면 '철새는 날아가고' 라는, 팝송을 아는 사람이라면 누구나 알고 있는 초보적인 노래였다. 그러나 정우에게는 대단한 것이었고 이후 이 노래는 정우가 다방을 가거나 술집에서 노래를 신청할 때면 항상 정우의 첫 번째 신청곡이 되었다. 도시 학생들이 볼 때는 정말 한심한 수준의 정우였다.

그러나 정우의 대학생활은 만족스러운 것이 아니었다. 당시 대학생이라면 누구나 갖는 시국에 대한 반감 속에 왠지 대학생이라는 신분이 허울 좋은 껍데기에 불과하다는 생각을 하면서 정우는 많은 고민을 하게 되었다.

그러다가 학내신문에 소개된 책을 읽어보게 되고 몇몇 친구와 토론을 하면서 점점 사회문제에 대한 내용을 정리한 사회과학서적을 찾게 되었다. 이후 주위 친구의 소개로 학습을 하게 되었다. 정우의 대학생활 전체를 학생운동으로 빠져들게 만든 계기는 서울에 있는 대학들의 학생데모소식과 부산대학교 내에서 비밀스럽게 터진 학내조직사건들이었다. 학습으로 인식된 사회문제의식이 실제 일어나고 있는 실천들과 연관이 되어 있다는 것을 알게 되면서 정우는 새로운 대학생활을 찾게 되었던 것이다.

이렇게 시작된 정우의 대학생활은 치열하였다. 사회과학서적을 탐독하고 선배나 동료들과 치열한 토론 속에 이끌어 낸 결론은 곧바로 실천되어야 했다. 그러나 그것은 대학 내에서만 실천되는 것이었다. 소위 상아탑 안에서만 지식인들이 자신의 지식을 무기 삼아 밤을 새워 토론하고 가르치려고만 했다. 정우도 예외는 아니었고 그렇게 정립된 정우의 사고체계는 관념적 혁명운동가 그 자체였다. 솔직히 관념적 혁명운동가라는 단어 자체도 정우 자신이 정리한 수식어일 뿐이었다. 정우가 감방 생활 속에서 사색을 통해 이끌어 낸 몇 안 되는 자기반성의 단어였지만 말이다.

지난 5월 정우가 영호, 석구와 함께 전두환 군사쿠데타 세력에 대한 저항을 시작한 것은 이러한 과정의 결과물이었다. 그러나 정우가 부딪힌 현실은 냉혹하였고 인간성조차 말살해 버리는 무지막지한 폭력이 난무하는 것이었다. 더구나 이러한 것들이 합법적 제도하에 이루어지고 있었다. 합법이라는 이름으로 자행되는 참혹한 현실은 정우를 더욱 혼란스럽게 하였다. 그것은 그동안 정우가 가졌던 모든 생각들을 다시 돌아보게 하는 계기가 되었다. 그래서 정우는 바깥 사회에 대한 기억마저 모두 잊고자 했던 것이다.

그러나 오늘 정우는 영호를 만나고 몇 가지 기억을 떠올렸다. 추억이랄까, 아직 추억이라고 말할 정도는 아니지만 계엄군에게 체포된 뒤 현실의 냉혹함을 알아 버린 정우로서는, 이전에 비밀스럽게 수행하였던 모든 행동들이 추억으로 되어 버린 지 오래였다. 현실에서 싸워야 할 적들에 대한 실질적인 무기가 아니라면 그것은 정우에게 더 이상 아무것도 아니었다. 그저 관념일 뿐이었다.

영호는 정말 다혈질이었다. 정우는 영호를 포함하여 후배 4명과 학습을 하였다. 당시 운동권 대학생이라면 대부분이 거치는 철학과 경제사 공부를 시작으로 한국근대사, 정치경제학, 운동이론 등으로 학습 순서를 잡아 공부를 하였다. 이러한 학습을 거의 다 마친 어느 날 영호는 정우에게 논쟁을 제기하였다.

"형의 생각을 듣고 싶소."

정우는 영호의 다음 말을 기다렸다.

"지금 한국의 상황은 민중의 고통이 극에 달해 있다고 봅니다. 따라서 현 시국의 당면 과제는 민중봉기를 통한 급격한 정권장악에 있다고 생각하는데 형의 생각은 어떻소?"

정우는 영호와 평소에 학습을 하면서 영호가 갖고 있는 일관된 생각을 잘 알고 있었다. 정우가 학습을 통해 서로 공유하고 고민하고 있는 내용들은 지금 영호가 제기한 내용과는 조금 달랐다.

혁명이론의 공식처럼 되어 있는 개념들을 정리하자면,

'한국사회의 성격을 어떻게 규정짓느냐에 따라서 투쟁동력을 어떤 계급계층으로 할 것인가와 어떤 투쟁수단으로 혁명을 완수할 것인가가 정해진다.'

'일반적으로 한국사회를 자본주의 사회로 규정한다면, 자본주의 사회의 가장 근본적인 모순인 자본가와 노동자 간의 계급모순이 될 것이고, 그것을 타파하기 위해서는 노동자계급을 투쟁동력으로 하는 다양한 투쟁수단이 모색되어야 할 것이다.'

그러므로 한국사회 성격을 둘러싼 논쟁이 모든 논쟁의 출발점이 되었기 때문에 이를 둘러싼 논쟁은 치열할 수밖에 없었다.

당시 한국사회 성격에 대한 논쟁은 크게 국가독점 자본주의와 반봉건 종속적 자본주의로 보는 두 가지 견해로 나누어져 있었다.

한국사회를 국가독점 자본주의로 보는 견해는,

'한국사회가 1900년대 이후 근대화가 시작되었다고 본다. 1960년대부터는 본격적인 산업자본의 성장으로 한국사회의 기간산업이 중공업을 중심으로 한 독점자본으로 편성되었다고 규정하고, 설사 한국사회가 미일제국주의에 여러 가지 분야에서 종속되어 있다고 하더라도 그것은 한국사회가 자본주의라는 전제하에 새로운 종속관계, 즉 신식민지적 관계에 있다고 보아야 한다. 이에 따라 노동자수가 급격히 증가하면서 프롤레타리아 계급이 형성되었고, 한국사회 변혁을 위한 주요투쟁동력으로 성장하였다고 본다' 라고 생각하는 것이다.

조금 세밀하게 정리한다면 한국사회를 신식민지 국가독점 자본주의사회로 규정한다고 볼 수 있었다.

반면에 한국사회를 반봉건 종속적 자본주의로 보는 견해는,

'토지소유주로서 지주계급과 소작농이 엄연히 존재하고 있고, 정치적으로 남북이 분단된 상태에서 미군이 남한에 주둔하면서 군사적 지배를 직접적으로 행사하고 있는 사회이다'라는 것이다.

이는 한국사회 변혁을 위한 주요투쟁동력이 노동자계급에게만 있는 것이 아니라 소작농민과 미국이라는 외세에 반대하는 모든 저항세력을 투쟁동력으로 보는 견해였다.

결국 이 두 가지 견해의 근본적 차이는 이러한 투쟁을 통해 어떤 사회를 건설할 것인가에서 나타난다고 볼 수 있다. 투쟁을 통해 획득한 새로운 사회는 그 투쟁 당사자의 이해관계에 달려 있기 때문이다.

단순하게 정리한다면 노동자계급이 승리한 사회라면 노동해방사회가 될 것이고 농민이 승리한 사회라면 농민해방사회가 된다. 마찬가지로 빈민이나 도시 소상공인들이 승리한 사회는 빈민해방사회나 도시 소상공인해방사회가 될 거고, 이들 모두가 함께 쟁취한 승리라면 모든 것이 함께 하는 공동해방사회가 되어야 할 것이다.

그러나 여기에 문제가 있다. 투쟁의 당사자가 목적으로 내건 지향점이 서로 다르기 때문에 승리를 쟁취하는 순간 그 승리의 결승점에서 또 다른 갈등이 일어날 수밖에 없다는 것이다. 이러한 갈등은 혁명세력의 분열로 나타나고 새로운 사회발전의 단계로 나아가면서 진행되는 것이 아니라, 곧바로 후퇴하면서 그동안 이루어 놓은 모든 승리를 단숨에 패배하게 만든다는 것이다.

그 이유는 혁명 승리의 초기 순간에는, 항상 되돌아가고자 하는 기존의 반혁명 세력이 호시탐탐 기회를 노리고 있기 때문이다. 그러므로 주요투쟁동력을 무엇으로 할 것인가는 매우 중요한 문제였다.

그러나 영호는 이러한 논쟁 자체에 대해 부정적인 생각을 갖고 있었다. 영호는 언제 쟁취할 수 있을지도 모르는 장기적인 과제에 대한 논쟁보다는 당장 할 수 있는 실천을 찾고자 하였다. 영호의 생각은 민중봉기를 통한 정권장악이라는 전제를 갖는다면, 도시에 있는 민중을 조직하는 것이 가장 손쉽고 빠른 방법이라는 거였다. 도시빈민들이나 영세상인 등 서민을 조직하여 민중봉기를 일으킨다면 각 도시에 있는 거점들을 장악하기도 쉽고 궁극적으로 대도시와 서울도심을 장악한다면 그것이 곧 민중봉기라는 것이다.

"도시게릴라활동이 최선이오."

정우는 난감하였다. 그러한 정우를 보고 영호가 한마디 더 하였다.

"나 혼자라도 하겠소."

정우는 사실 조직 전체를 책임지는 위치에 있었다. 학생운동권의 조직활동 방식은 학습조직을 중심으로 이루어져 있었다. 1학년부터 4학년까지 학생들의 위계질서를 세우고 각 학년별 학습단계를 설정하여 4학년이 선배로서 학습팀을 책임지는 방식이었다. 학습을 하더라도 각 학습팀 간에는 보안상 서로가 모르게 되어 있고 전체를 알고 있는 사람은 총괄 책임자뿐이었다. 정우는 조직 전체를 책임지는 역할인데, 정우가 그것을 조정하는 역할을 하고 있었던 셈이다.

정우는 영호의 저돌적인 제안에 어떤 식이든 판단을 해야 했다.

"그래, 네 말대로 하자. 다만 그 실천의 내용에 대해서는 조금 더 생각해서 함께 결정하기로 하자."

그리고 정우는 영호에게 쐐기를 박듯 말하였다.

"이것은 너와 나 우리 둘만이 아는 비밀이다."

정우는 영호의 적극성은 높이 사지만 깊이 생각하지 않는 듯한 돌출 행동들에 대해서는 솔직히 걱정이 앞섰다. 이번의 경우도 만약 영호를 혼자 내버려 둔다면 무슨 일을 저지를지 모른다는 우려 때문에 정우는 일단 영호를 자신의 감시영역 안에 두기 위해서 조심스럽게 결단을 내렸던 것이다.

얼마 후 정우는 영호와 자신의 자취방에서 밤을 새워 계획을 짰다. 계엄군에 체포되어 국가에 의해 자행되는 거대한 폭력을 목격한 지금의 처지에서 생각한다면, 한낱 어린애 장난 같은 일이었지만, 당시의 정우와 영호는 진지하였고 역사적 사명감으로 그 일을 계획했다.

일단 도시게릴라를 조직하기 위해서는 선전이 우선이라는 결론을 내렸다. 그렇다면 무엇을 선전할 것인가가 문제였다. 당연히 한국사회에 대한 모순을 알리고 그 모순을 타파하기 위해서는 민중봉기가 필요하다는 내용으로 선전할 수 있는 내용이어야 했다. 우선 이를 위해서는 자본주의 사회의 모순을 알리되 그 선전의 주체가 어느 정도 이론적 성숙도를 갖고 있어야 대중이 믿고 따를 수 있다는 판단을 하였다. 그 첫 내용으로『마르크스 경제학철학초고』를 번역하여 리플렛 형식으로 만들기로 하였다. 『마르크스 경제학철학초고』는 정우가 오래전부터 갖고 있었던 낡은 일본 서적이었다. 학습을 하면서 어떤 주제에 대해 의문이 날 때면 한 번씩 읽어 보던 책이었다. 문제는 이것을 누구에게 어떤 방식으로 배포할 것인가였다.

영호는 우편으로 전달하자는 안과 언더서클 학생운동권이 아닌 오픈서클 중에 활동적인 학생들에게 배포하자는 안을 내었다. 여기서 언더와 오픈이라는 말은 영어로, 언더는 비공개 또는 지하서클이라는 뜻으로 사용하고 오픈은 공개라는 뜻으로 학생들이 사용하는 은어였다. 정우는 영호의 의견을 받아들이고 매주 1회 리플렛을 만들어 우편으로 보내기로 하고 가장 우선적으로 등사기를 확보하기로 하였다.

마침 정우는 야학선생을 하고 있었기 때문에 야학에서 사용하던 낡은 등사기를 쉽게 구할 수가 있었다. 야학에는 학생들을 위한 시험지나 수업용 교재를 등사기로 밀어서 배포하곤 하였다. 그러다가 사용하던 등사기가 오래되어 낡으면 구석진 창고에 보관하였는데, 그중에 상태가 좀 나은 것을 정우가 구할 수가 있었다. 정우는 마침 시간이 난 석구와 함께 낡은 등사기를 자신의 집으로 옮겨 놓았던 것이다.

그리고 정우와 영호는 우편을 보낼 학생들의 주소를 알아보기로 서로 역할 분담을 하고 본격적인 준비에 들어갔다. 정우는 그

날부터 리플렛을 만들 선전내용을 위해 『마르크스 경제학철학
초고』를 번역하는 데 일주일에 꼬박 이틀 정도를 투자하면서 더
욱 바빠지게 되었다.

그때가 1980년 3월이었고 5월 19일 남포동 유인물 살포도 이
러한 활동의 연장선에서 이루어졌던 것이다.

"형, 몸 건강하이소."

영호가 환하게 웃으며 작별인사를 했다. 정우는 면회실을 나
서며 어머니를 다시 한 번 돌아보았다. 어머니는 있는 자리에 그
대로 서서 정우에게 미소를 짓고 있었다. 정우는 감방으로 돌아
와 다시 정 군을 보살피고 있었다.

"배정우!"

물품담당 교도관이 정우를 부르더니 철창문을 열고 한가득 짐
을 내려놓았다. 빵과 과자가 쏟아졌다. 과일과 포장 닭고기도 섞
여 있었다. 보통은 식구통으로 물품을 건네주는데 이번에는 물
품이 너무 많아 아예 문을 열고 전달을 한 것이다. 영호와 어머
니가 정우 면회를 하면서 정우가 갇혀 있는 사동의 학생들 수만
큼 사식물품을 주문하여 보낸 것이다. 영호는 정우가 지내는 감
방 안을 잘 알고 있을 것이기 때문에 어머니에게 그 상황을 이야
기해 주었을 것이고 어머니는 당연히 학생들을 생각하여 이 많
은 물품을 넣은 모양이다. 그날 저녁 정우는 원진 형과 다른 친
구들과 함께 푸짐한 잔치를 벌였다.

그리고 며칠 뒤 정 군이 구속집행정지로 석방되었다. 정 군은

정신을 놓친 상태에서 아무런 인사도 없이 감방 문을 나갔다. 교도관의 부축을 받으며 기다란 복도를 걸어나가는 정 군의 뒷모습이 가냘프게 보였다.

살아남은 자

　정우는 해를 넘겨 2월 중순이 되자 고등군법회의 법정에서 항소심 재판을 받았다. 재판절차는 간단하였다. 개인적으로 변호사를 선임하지 않은 사람들은 군법회의에서 군법무관을 국선변호인으로 선임해 주었다.

　구속된 학생들의 대부분은 군사재판 자체를 인정하지 않았기 때문에 재판절차에 성실하게 대처할 하등의 이유가 없었다. 그러므로 거의 별도로 변호사를 선임하지 않았고 국선변호인인 군법무관이 재판을 변호하였다. 군법무관의 역할은 일반 변호사와 같으나 실제 정우가 재판을 받으면서 개인적으로 군법무관을 만난 적은 없었다. 재판 당일 재판정에서 군법무관을 본 것이 전부였다. 검사의 논고가 끝나고 재판장이 군법무관에게 할 말이 없냐고 물으니까 "선처해 주시기 바랍니다"라는 딱 한마디로 변호가 끝났다.

　고등군법회의의 재판장과 검사, 변호사 역시 모두 군인이었다. 정우의 재판을 맡은 재판장은 중령계급장을 달고 있었다. 정우는 2심에서 징역 6월로 감형이 되었다. 전두환 군사정권이 어느 정도 정국운영에 자신감을 얻었는지 뒤늦게 재판을 받는 사람들에게는 관대한 형량을 선고하고 있었다.

그러나 정우는 이러한 군사법정의 태도에 대해서 아무런 관심이 없었다. 정우가 항소한 이유는 거대한 국가기관의 폭력을 거부하기 위한 것이었기 때문이다. 오직 거부한다는 것만이 정우에게 남은 마지막 자존감이었고 그 외에 군사법정에서 일어나는 어떠한 일도 정우에게는 무의미했다.

정우의 관심은 다른 데 있었다. 영등포구치소는 계엄철폐를 외치며 군사정권에 맞서 싸운 젊은 청춘들의 공동운명체였다. 그 공동운명체는 '함께 살고 함께 죽는다'는 구호를 굳이 목청 높여 외치지 않아도 서로의 마음속에 커다란 깃발로 뭉쳐져 있었다. 그 깃발 아래에서 정우는 마음이 아팠다. 형량 때문이었다. 마지막 남은 자존감으로 군사법정을 거부하고자 하나 그것은 마음뿐, 육체적으로 갇힌 자에게 감옥은 고통이었다. 징역 6개월이 아니라 하루도 지내고 싶지 않는 감옥생활이었다. 그러나 정작 정우가 고통스러운 것은 이러한 감옥 생활이 아니라 똑같은 감옥 속에서 다르게 정해지는 형량이었다.

정우를 비롯한 몇몇 학생을 제외하고는 대부분의 수감자들이 징역 1년 이상의 높은 형량을 선고받고 있었다. 특히 5 · 17 전국 계엄확대를 위해 사전에 예비 검거된 요주의 인물들은 몇 개월이 아니라 수년의 징역형을 선고받으며 악랄하기로 유명한 청송 감옥소로 이감을 갔다. 정우는 계엄철폐를 외치며 군사정권에 맞선 수많은 사람들의 투쟁이 어떠한 차이도 있을 수 없다는 생각을 하고 있었다.

그러나 군사법정은 체포된 사람들을 교묘하게 구분하여 등급을 매기고 진술서를 꾸미면서 형량을 달리 선고하고 있었다. 반국가단체를 구성했는가 아닌가, 조직의 수괴인가 아닌가를 무슨 거창한 음모처럼 꾸며 내면서도, 반성의 기미가 보이는가 어떤가에 따라, 학생 신분인지 일반인 신분인지에 따라 형량을 달리 선고하였다.

또한 가족의 출신성분이 어떠한지에 따라, 즉 집안에 공직자가 있는지 없는지, 재산이 어느 정도인지가 알게 모르게 그들의 재판에 영향을 주었고 그러한 내용은 어김없이 형량에 반영되었다.

정우는 이러한 상황을 받아들이기가 고통스러웠다. 지금까지의 정우의 투쟁은 모든 것을 함께 해야 하는 것이었고 투쟁의 시작이 함께였다면 마지막도 함께여야 한다고 생각했다. 그러나 감옥생활에서부터 정우의 의지로 할 수 있는 일은 없었다. 정우는 15P 헌병대 영창과 부산교도소, 그리고 영등포구치소를 거치며 만난 수감자들의 무표정한 얼굴들이 떠올랐다. 정우의 가슴이 더욱 아파왔다.

"배정우 면담!"

담당 교도관이 정우를 부르며 문을 열었다. 정우는 항소심 재판이 끝나고 이감을 가기 위해 짐을 정리하고 있던 참이었다. 2심 재판에서 실형을 선고받으면 상고를 하더라도 보통 징역형이 확정되다시피 하기 때문에 다른 교도소로 이감을 보내는 것이 관례가 되어 있었다. 정우도 짐은 많지 않았지만 교도소에서는 언제 이감을 갈지 모르기 때문에 미리 짐을 챙겨 놓는 거였다.

'면회가 아니고 면담이라니?' 의아하게 생각하며 정우가 담당에게 물었다.

"누구 면담입니까?"

"교회사 면담이야."

담당 교도관이 왠지 친절하게 말하는 것 같았다. 지금은 조금 전에 저녁 식사를 했기 때문에 늦은 오후시간이었다. 정우는 '이 시간에 교회사가 자기와 면담을 해야 하는 이유가 무엇일까' 라는 의구심을 가지면서 담당 교도관을 따라나섰다.

교회사는 교도소 계장직책을 맡고 있는 간부였다. 계급은 무궁화 두 개짜리 견장을 달고 있는데 재소자들은 말똥 두 개짜리라고 불렀다. 교회사는 재소자들을 교화하는 역할을 하였다. 주로 학생운동을 하다가 구속된 사람들이나 일반인 중 정치범들을 상대하면서 각종 서신이나 책들을 검열하고 애로사항을 들어주는 역할이었다.

"배 군인가? 고생스럽지?"

계장이 반갑게 맞이했다.

"괜찮습니다."

정우는 간단하게 대답했다. 사무실에는 책상을 마주하고 탁자와 소파가 가지런히 놓여 있었다. 계장은 40대 후반의 나이로 정우에게는 평소 친절하게 대하는 편이었다. 가족이 면회를 올 때 넣어 주는 책들을 가능하면 검열을 통과시켜 정우가 읽어 볼 수 있게 해 주었다. 정우가 자리에 앉자 계장이 맞은 편 소파에 앉았다.

"음, 이번에 전두환 각하께서 큰 결심을 하셨네."

계장이 뜬금없이 전두환을 찬양하더니,

"이번 3월 3일 12대 대통령 취임식 때 특별사면을 한다네."

그러면서 반성문을 써야 한다는 전제를 달았다. 일순간 정우의 마음이 흔들렸다.

1980년을 중심으로 일어나는 일련의 정치적 사건들은 너무나 억지스러웠다. 정우는 전두환의 12대 대통령 취임이라는 사실이 너무나 황당했다.

박정희가 1978년 7월 6일 임기 6년의 제9대 대통령으로 당선되고 불과 1년 뒤에 총에 맞아 죽자 당시 국무총리였던 최규하가 1979년 12월 6일 제10대 대통령으로 취임하였다. 하지만 전두환 군사쿠데타 세력은 최규하 대통령을 8개월 만에 사퇴시키고 1980년 9월 1일 전두환을 제11대 대통령으로 억지 당선시키면서 자신들의 정치세력화를 도모하고 있었다. 그리고 1981년 3월 3일 전두환이 다시 임기 7년의 제12대 대통령으로 취임한다는 것인데, 다시 말해 전두환이 11대 대통령에 취임한 지 6달 만에 임기를 마치고 12대 대통령에 다시 당선되어 임기를 시작한다는 것이었다.

그것을 기념하기 위한 특별사면을 단행한다는 것이고 그것을 위해 반성문을 쓰라는 것이었다. 불과 2년 반 만에 대통령이 4번이나 바뀌는 희한한 상황이 벌어지고 있는 것이다.

'반성문을 써야 3월 3일 특사로 석방될 수 있다.'

정우는 마음속으로 갈등했지만 혼자서 판단할 문제가 아니라는 생각이 들었다. 정우는 계장이 내어 주는 반성문 종이를 받지 않았다. 정우는 일단 반성문을 쓸 수 없다는 입장을 밝히고 감방으로 돌아왔다. 감방으로 돌아온 정우로부터 이야기를 전해 들은 원진 형이 분노하였다.

"나쁜 놈들! 사람의 약점을 이용하다니!"

좁은 감방에 갇혀 생활하는 것이 얼마나 힘든 것인지는 모두가 잘 알고 있었다. 그러한 사람에게 석방을 미끼로 반성문을 요구한다면 흔들리지 않을 사람이 드물 것이다.

그래도 사회변혁과 박정희 유신독재타도와 전두환 군사쿠데타를 반대하며 투쟁한 학생들에게 자기반성을 요구한다는 것은 그동안의 투쟁의 정당성을 부정하고 자신의 양심을 팔라고 하는 것과 다를 바가 없었다. 그러나 원진 형의 분노는 그 정도에 머물 수밖에 없었다. 이미 많은 학생들이 재판과정에서 반성문을 쓰는 조건으로 약식재판을 받고 석방된 상태였고 이번에도 개별적으로는 반성문을 쓸 수밖에 없는 처지에 놓인 사람들이 있었기 때문이다. 집안 사정이나 개인적 조건들이 너무나 어려운 상태에서 견디기 힘든 상황들이 많다는 것을 원진 형은 누구보다도 잘 알고 있었다.

정우는 원진 형의 분노를 보면서, 학생들의 행동이 하나로 모아지지 못하는 아쉬움은 있으나 또 다른 측면에서는 인간의 애틋한 삶의 애환을 살펴보는 기회로 삼았다. 정우는 끝까지 반성문을 쓰지 않았다.

솔직히 정우는 징역형 6개월의 만기를 채우더라도 3월 중순경이면 석방되기 때문에 군이 반성문을 쓰지 않아도 된다는 특수한 조건도 있었다. 하지만 더욱 중요한 것은 정우 자신이 투쟁의 정당성을 부정할 수 없다는 거였다.

그럼에도 이러한 생각에 별다른 의미를 부여하기 힘들었다. 우선 반성문이라는 것이 정말 어처구니없는 내용들이었다.

나중에 확인한 바로는, '부모님과 가족을 위해 열심히 생활하겠습니다', '다시 복학을 한다면 열심히 공부하겠습니다' 라는 내용으로 반성이라는 단어는 어디에도 없었다. 반성문에 반성이라는 단어가 없었던 것이다.

그저 형식만 갖추어 자신들이 저지른 악행을 대통령 취임식을 이용하여 서둘러 마무리하고자 하는 유신잔당 전두환 군사쿠데타 세력의 자선파티 축제용이었을 뿐이다.

암흑 같은 세월에 은폐된 공간에서 일어나는 이러한 일들은 너무나 유치한 것이었다. 그러나 한편으로 그러한 일을 당하는 사람들에게는 자기 자신이 자유의지를 가진 인간인가를 고민하게 할 정도로 심각한 정신분열현상을 겪게 하는 것이기도 하였다. 아무리 유치한 것이라 하더라도 그것이 한 인간의 의지에 반하여 굴종을 강요할 때 그것은 또 다른 폭력이 되는 것이다. 유신잔당의 자선파티축제에 사용된 반성문은 젊은 청춘들의 미래까지 빼앗는 잔인한 것이었다.

이러한 와중에 정우가 3월 3일 특사로 석방되었다. 반성문을 쓰지도 않았는데 정우는 3월 3일 새벽 철창문을 열고 자신을 부르는 소리에 잠을 깨었다. 이날 원진 형과 김대중내란음모사건으로 구속된 사람들을 빼고는 대부분의 학생이 석방되었다.

정우는 석방을 거부하였다. 정우는 전두환이 대통령에 취임하면서 은혜를 베푸는 듯한 특별사면을 받아들일 수 없다는 것과 계엄포고령으로 구속된 모든 사람들이 석방되지 않는 한 감방을 나갈 수가 없다고 버티었다. 꼭두새벽에 잠시 실랑이가 일어났다. 그러다가 정우는 원진 형의 만류로 감방을 나서기로 했다.

정우는 억울했다. 맞아 죽은 영철이가 억울하고 무기징역을 선고받은 중년 사내가 억울했다. 충분한 심리를 거친 재판도 하지 못하고 총살을 당한 군인이 억울하고 구성진 노랫가락에 어깨를 들썩이던 그네들이 어딘가로 끌려가 소식도 없다는 것이 억울했다. 몸에 문신이 있어서, 전과가 있기 때문에 끌려온 폭력조직의 두목 번개가 억울했다. 정우가 보낸 시간들, 피멍이 들고 살점이 터져 피가 흐르는 몸뚱이를 가누지 못해 잠들지 못한 나날들, 그렇게 갇혀 체념하며 지샌 날들이 억울했다.

정우는 잠시 지난 시간을 뒤돌아보며 생각에 잠겼다. 겨울의 막바지에 차가운 감방을 뒤로하고 따뜻한 온기가 있는 가족의 품으로 돌아가지만 이제 더 이상 예전의 정우가 될 수는 없었다. 차가운 감방에서 지샌 날들 하루하루가 정우의 가슴속 깊은 곳에 결코 잊을 수 없는 상처로 쌓여 있었기 때문이다.

'감방을 나가면 세상은 꽁꽁 얼어 있겠지. 바람도 세차게 불고 있을 거야. 그러나 시간이 흘러 계절이 바뀌면 찬바람이 잦아들고 꽁꽁 얼었던 땅도 녹을 거야. 봄이 오는 거지. 그냥 봄이 아니라 꽃이 만발한 봄이 오는 거지. 꽃피는 봄, 그 봄이 꽃피는 봄으로 다가올 거야.'

갑자기 왠 봄타령인가 싶겠지만 정우는 차갑게 식어 버린 자신의 가슴을 이렇게라도 다시 데울 수 있다면, 그래서 다시 생기를 되찾기를 바라는 마음이 간절했다.

그러나 정우는 꽃피는 봄을, 더 이상 봄으로 맞이할 수가 없다는 생각을 하였다. 봄만이 꽃을 피우는 것이 아니기 때문이었다. 꽃피는 봄만이 봄이라면, 그 봄은 봄이 아니라는 생각을 정우는 하였다.

꽃은 봄에만 피는 것이 아니라 여름에도 피고 가을에도 피고, 심지어 추운 겨울에도 꽁꽁 언 땅을 비집고 눈 속에서도 피어나기 때문이다. 그러므로 '꽃피는 봄'이 봄이라면 사계절이 모두 봄이어야 했다.

'그렇다면 봄은 무엇일까? 유난히 봄에 꽃이 많이 피어서 '꽃피는 봄'이 되는 것인가? 그리고 또 다른 봄, '꽃피는 봄'이 아닌 때에도 꽃이 피는 것은 왜일까? 그 봄을 기다리기에는 너무나 먼 날들이기 때문일까? 그 기다림이 다하기도 전에 꽃들이 전부 죽어 버릴까 봐, 다른 계절에 몇 송이 꽃이라 할지라도 꽃을 피우게 되는 것일까? 그래서 그 꽃이 민중이라면, 민중의 봄을 기다리고자 한다면, 그 민중으로 다가가는 억울한 자들이 계절의 꽃이 되는 것인가? 그러므로 꽃피는 봄은, 소외된 자의 봄을 딛고, 억울하게 갇혀 잊힌 자들의 봄을 딛고 꽃이 만발하는 것인가?

잠시 생각에 젖었던 정우는 이제 꽃피는 봄이 아니라 꽃피는 여름과 가을과 겨울로 걸음을 옮겨야 한다는 것을 알았다. 따뜻한 봄날, 자연스럽게 피어나 만발하는 '꽃피는 봄'이 아니라, 오히려 더욱 혹독한 추위와 시련 속에서만 피어나는 꽃, 그 꽃처럼 애절한 삶을 이어 가는 '소외된 자들의 봄'을 준비해야 한다는 것을 정우는 굳게 믿었다.

그 봄에 정우는 자신이 살아남았다고 생각했다. 따뜻한 봄날에 피어나는 꽃들이 아닌 '소외된 자들의 봄'에 피어나는 꽃으로 정우는 새로운 봄을 맞이했다고 생각했다.

그런데 그 봄에 정우의 가슴이 차갑게 식었다. 지난 1년여의 시간이 정우에게는 다가올 모든 시간을 규정하는 것이었다. 정우는 갇혀 지낸 지난 시간들을 결코 잊을 수 없다는 것을 잘 알고 있었다. 그 시간과 함께 사라져 간 사람들, 하지 못한 이야기들이 숙제처럼 정우의 가슴을 먹먹하게 적시고 있었던 것이다. 얼음장처럼 차가운 피가 정우의 가슴을 맴돌아 올라 머릿속 깊은 곳까지 차갑게 했다. 차갑게 식어 버린 정우의 가슴에는 어떠한 감정도 남아 있지 않았다. 더욱 차가워진 정우의 머릿속으로 햇빛에 반짝이는 얼음조각들처럼 기억의 편린들이 흩어지고 있었다.

정우는 살아남은 것이 아니었다. 정우는 갇혀 지내는 동안 제정신으로는 살 수 없었던 것이다. 겉보기에 정상인처럼 보였다

하더라도 갇혀 지낸 시간들 속에 정우는 공허했다. 그것은 무의식으로 채워진 잃어버린 시간들이었다. 그것은 꿈이었다. 만약 꿈이 아니라면 그래서 현실 속에서 살아남은 자라면 정우는 미친 자였다.

"더 험한 세상도 있었다."

무의식의 공간 속인 듯 정우에게 귓속말이 들려왔다.

"6·25전쟁 시기는 더 참혹했다."

"해방 이후 혼란의 시대, 눈뜨고는 볼 수 없는 일들이 많았다."

"일제강점기시대, 사람이 사는 세상이 아니었다."

세대와 세대를 연결하는 역사의 수레바퀴는 한 치의 빈틈도 없다. 거꾸로 돌아가는 시간들은 역사적 사실이 되고 그 사실들에 진실이 묻어 있다. 그리고 또 다른 꿈이 되었다. 정우는 그렇게 꿈을 꾸었다. 찰나의 짧은 시간이었지만 정우의 머릿속을 헤집고 지나가는 수많은 영상이 겹쳐지며 정우의 기억들을 모으고 있었다.

'지독한 역사!'

정우는 자신도 모르게 중얼거렸다. 지독한 역사, 그 속에서 살아남은 자들은 더 지독했다. 시간이 흐르고 나면 지나간 사실들은 뼈대만 남는다. 그 가운데서 살아남은 자들은 해골들이었다. 피와 살이 녹아 없어진 해골들에게는 눈곱만큼의 감정도 남아 있지 않았다. 그리고 불린 이름들, 그 이름들만 남아 또 다른 역사를 기다린다. 그 이름들을 정우는 기억하고자 했다.

'무서워.'

영철의 가냘픈 숨소리와 함께 슬픈 눈동자가 떠올랐다.

'그들을 말해야 한다.'

정우는 자신이 살아남았다고 생각했지만 차갑게 식어 버린 가슴속에서 정우는 살아남은 것이 아니었다.

그러나 정우는 다시 살아남아야만 했다. 정우가 살아남기 위해서는 잃어버린 시간들, 잊힌 이름들을 다시 되살려 내어야 했다. 그것은 정우 자신도 모르게 남은 숙제였다. 살아남은 자에게 남은 죽은 자의 목소리. 그 목소리만이 산 자의 영혼을 불러올 수 있었다. 뼈대만 남아 있는 자에게 피와 살을 붙이고 해골 속에 영혼을 불어넣을 수 있는 것이다. 살아남은 자의 고통은 바로 이런 거였다. 죽은 자의 목소리를 통하지 않고서는 살아남은 자역시 죽은 자였다.

정우는 영등포구치소의 기다란 철창 복도를 걸어 나오며 예수 정 군을 떠올렸다.

'나를 시험에 들게 하지 말라.'

예수 정 군이 복도 끝에서 정우에게 환하게 웃음을 보내는 듯했다.

3부
도망자 2

도망을 시작하다

"어머니, 죄송합니다."

정우는 허겁지겁 책들을 가방 속에 집어넣었다. 그리고 어머니에게 작별인사를 하고 급하게 집을 나섰다.

정우는 조금 전에 석구와 헤어지면서 각자의 집에 있는 불온서적들을 치우고 1시간 뒤에 서면 부근 다방에서 다시 만나기로 한 약속이 급했다.

"계엄군에게 잡힌 것이 분명하다."

남포동 미문화원 뒷골목에서 만나기로 한 영호가 약속시간 5분이 지나도록 나타나지 않자 석구가 초조하게 말했다.

"그런 것 같다. 빨리 피하자."

그리고 정우는 석구와 헤어져서 급하게 부모님 집으로 달려왔던 것이다.

정우는 시위를 준비하면서 부모님 집에 가져다 놓은 자신의 책들을 치워야 한다는 생각을 하지 못하였다. 학생운동을 한답시고 친구들과 따로 자취방을 얻어 생활하였지만 정우 개인의 소지품이나 다 읽어 쌓아 놓은 책들은 부모님 집에 가져다 놓았다.

부모님 집으로 경찰들이 들이닥칠 것이 뻔했고 그럴 경우 정우의 소지품이나 책들이 증거자료로 압수될 것은 너무나 당연한 일이었다. 그럴 경우 부모님도 곤욕을 치를 거라는 걱정을 하며 정우는 자신의 소지품이라도 치워야 되겠다고 생각했다.

정우의 부모님은 정우가 대학에 입학하자 시골생활을 정리하고 부산으로 이사를 했다. 자식들의 공부가 더 중요하다고 생각한 부모님의 판단이었다. 넉넉하지 못한 가정형편이었지만 정우의 아버지가 교편을 잡고 있었기 때문에 시골의 땅을 팔아 값싼 전셋집이라도 얻으면 그럭저럭 생활할 수 있다고 판단을 했던 것 같다. 이런 부모님에게 정우는 마음속으로나마 용서를 구하며 서둘러 집을 나섰다.

"조심해라."

급하게 가방을 들고 나가는 정우의 뒤에서 무슨 일인지도 모르고 어머니는 걱정스럽게 한마디 했다. 정우는 어머니의 말을 듣는 둥 마는 둥 허둥지둥했다.

석구와 약속 장소에서 만나자마자 일단 부산을 벗어나기로 하였다. 계엄군이 도시 곳곳을 지키고 있어서 시간을 놓친다면 시내를 벗어나기 어려울 것이란 판단 때문이었다. 정우와 석구에 대한 체포령이 내려지는 것은 시간문제였다. 신속하게 탈출을 해야 했다. 정우와 석구는 서로 헤어지면서 당분간 연락을 하지 않기로 하였다. 계엄군의 추적을 받을 수도 있다고 생각했기 때문이다.

정우는 아는 선배를 찾아가 그동안의 일을 설명하고 도움을 요청하였다.

"우선 내가 돈을 좀 마련할 테니까 잠시 숨어 있거라."

정우는 선배와 다시 만날 약속을 정하고 미로 같은 골목길을 따라 산 쪽으로 향했다. 이 길은 정우가 잘 아는 길이었다. 금정산을 등지고 학교 주변에는 학교 정문을 중심으로 반달형으로 빙 둘러싸인 주택가가 형성되어 있었다.

부산이 집이 아닌 학생들의 경우 셋방을 얻어 자취를 하거나 하숙을 하였기 때문에 이러한 주택가 골목골목에 거의 학생들의 하숙촌, 자취 촌이 들어서 있었다. 물론 부산에 부모님 집이 있더라도 통학이 불편하거나 대학생으로서 독립하기 위해 자취를 하는 친구들도 많았다. 그리고 정우처럼 지하서클에서 활동하는 경우는 보안의 문제나 활동의 필요에 의해 자주 셋방을 옮겨 다녔다. 그래서 정우는 학교 주변 지리를 훤하게 꿰뚫고 있었다.

정우는 거의 산기슭 가까이에 있는 후배 집으로 소위 불온서적이 든 가방을 들고 찾아갔다. 정우가 생각할 때 그 후배의 집이 그래도 가장 안전한 곳으로 생각되었지만 오랫동안 맡겨 둘 수는 없는 곳이었다. 우선 급한 대로 당분간만 맡기기 위해서였다. 그 후배 역시 활동을 하는 친구였기 때문에 언제 어떤 일을 당할지 모르는 상황이었다.

우선 임시방편으로 가방을 맡기고 정우는 황숙의 집으로 찾아갔다. 정우에게는 오늘 저녁을 무사히 넘기는 일이 가장 시급한 일이라 가장 안전한 곳으로 황숙의 집을 떠올린 것이다.

황숙은 정우의 야학 제자였다. 황숙은 방직회사에 다니며 정우가 야학선생으로 있는 M야학에서 중학교 과정 공부를 하고 있는 여성 노동자인데 나이는 18세였다. 고등학교를 졸업할 나이에 중학교 과정을 공부하고 있었다.

전라도가 고향인 황숙은 집안형편이 어려워 초등학교를 졸업하자마자 중학교를 가지 못하고 이곳 부산 방직공장으로 취직을 했다. 방직공장에 취직할 당시 나이가 어려 친구 언니의 이름으로 나이를 속여 취직을 한 것이다. 대부분의 섬유공장은 황숙과 같이 나이 어린 여공들을 모르는 척하며 취직을 시키고 있었다. 오히려 방직공장 관리자들이 졸업시즌이 되면 시골을 돌며 초등학교를 졸업하는 어린 학생들을 상대로 취업을 유혹하고 있는 현실이었다.

황숙이 생활하고 있는 곳은 구서동 쪽 온천천 옆에 있는 셋방이었다. 온천천 옆에는 시멘트 블록으로 대충 담을 쌓고 함석이나 슬레이트로 지붕을 이은 쪽방이 많이 들어서 있었다. 대부분이 무허가 건물로써 한 건물에 십여 개 이상의 방이 다닥다닥 붙어 있었다. 건물주는 이 방들을 하나씩 세를 주고 있는데 주로 여성 노동자들이 셋방을 얻어 함께 생활하고 있었다.

온천천 주변은 온천천을 따라 송월타올, 태창기업, 대한방직, 경남모직 등 섬유공장들이 길게 들어서 있었다. 이들 공장에서 나오는 폐수가 구서동에서 장전동을 거쳐 온천동으로 흐르는 하천으로 유입되면서 온천천은 항상 공장폐수로 고약한 냄새가 진동을 하였다.

온천천 동쪽으로 공장지대가 들어서 있다면 쪽방들은 온천천 건너편 서쪽으로 들어서 있었다. 주택가는 온천천을 벗어나 금정산 기슭 쪽으로 한참 멀리 떨어져 있기 때문에 온천천 주변에 있는 쪽방들은 온천천 건너편 공장 굴뚝에서 나오는 연기 속에 묻혀 공장 건물의 일부처럼 보이며 희미하게 제자리를 지키고 있었다.

"어머, 선생님!"

황숙이 반갑게 맞이하였다. 방 안에는 선희와 정화가 늦은 저녁상을 차리고 있었다. 선희는 황숙과 같이 생활하는 동료고, 정화는 옆방에 세를 얻어 함께 생활을 하고 있었다. 세 명 모두 M야학에서 정우에게 공부를 배우고 있는 학생이었다.

정우는 평소에 황숙의 셋방을 여러 번 다녀갔었다. 정우가 야학을 하는 이유는 어려운 노동자들을 돕는다는 취지도 있었지만, 노동자들의 생활을 간접적이나마 체험하면서 자신의 관념을 조금이나마 현실적인 것으로 만들어 보자는 뜻도 있었다. 자연스럽게 공장 노동자들의 생활에 관심을 가지고 그들의 애로점을 들어주거나 잘 모르는 공부내용에 대해 세심하게 설명해 주는 것이 정우의 일상이 되어 있었다.

"오늘 여기서 자도 돼?"

정우는 거리낌 없이 말했다.

"언제든지 주무시고 가셔도 돼요."

황숙도 즐겁게 말하였다. 이전에도 정우는 황숙의 집에서 몇 번 잠을 잔 적이 있었다.

M야학은 검정고시 야학이었다. M야학의 교장선생은 50대 나

이에 호방한 사람이었다. 정우가 셋방을 구하기 위해 학교 주변을 돌아다니다가 우연히 온천천 둑 옆에 함석으로 지은 반원형의 기다란 막사건물을 발견한 것이 야학을 하게 된 계기가 되었다. 녹이 슨 함석을 덕지덕지 붙인 건물 앞에 M야학이라는 간판이 걸려 있는 것을 보고 정우는 그곳에 있는 교장선생에게 야학선생을 하고 싶다고 말했다. 교장선생은 흔쾌히 승낙을 하였고 바로 다음날부터 정우는 야학선생이 된 것이다.

야학선생은 정우를 포함해서 5명밖에 되지 않았다. 그중에서도 2명은 50대 교장선생과 그의 부인이었다. 교장선생과 그의 부인은 주로 한문과 사회를 가르쳤다. 간혹 오르간을 켜면서 음악수업을 하기도 하였다. 야학선생 중에 교장선생의 친척인 듯한 30대 남성이 있었다. 정우가 야학선생으로 오기 전까지 수학을 가르치고 있었는데 정우가 오자마자 수학을 맡겨 버렸다. 나머지 한 분은 여성이었는데 나이는 20대 후반으로 현직 중학교 선생이면서 교장선생과의 인연으로 국어를 가르치고 있었다. 정우는 수학과 영어를 주로 가르치면서 선생이 없을 때에는 국어와 사회까지 가르치는 전천후 야학선생이 되었다.

M야학은 공식적으로 허가를 받은 검정고시 야학이었지만 야학졸업장만으로는 학력이 인정되지 않았다. 그래서 학생들은 이곳 야학에서 공부를 하고 학력인정을 받기 위해 1년에 한 번씩 검정고시를 보아야 했다. 그리고 학생들은 시험에 합격을 해야 했기 때문에 의외로 열심히 공부를 하는 편이었다. M야학은 온천천 제방을 뒷벽으로 삼아 둑 바로 옆에 움푹하게 내려앉은 곳

에 세워져 있었다. 제방 높이가 사람 키 하나 정도로 꽤 높은 편이라서 제방 둑에서 야학을 내려다보면 야학 지붕이 발아래로 보였다. 온천천은 제방 둑을 쌓아 물이 넘치지 않게 해 놓았는데 평소에는 흐르는 물이 적어 제방 둑에서 보면 하천 바닥이 드러날 정도였다. 그러나 비가 오면 하천물이 급속도로 불어나 제방을 넘을 정도로 넘실거리며 물이 흘러갔다. 이런 날은 물이 제방 둑을 넘어올까 봐 불안해할 정도였다.

야학 교실은 3개로 나누어져 있었다. 각 교실에는 나무책상과 의자가 있고 칠판과 분필이 놓여 있었다. 희미한 형광등 불빛은 좁은 교실 전체를 다 비추기에도 힘겨운 듯 중앙을 중심으로 칠판 주위만 보여 줄 정도로 빛이 약했다. 삐거덕거리는 나무책상은 아마도 버리는 학교 책상을 얻어 온 듯 많이 낡은 상태였다. 책상 표면에 칠해진 초록색 페인트가 벗겨져 손을 대면 페인트 가루가 군데군데 묻어났다. 나무의자는 각목으로 뼈대를 세우고, 엉덩이를 붙여 앉는 곳에는 얇은 나무판자를 엉성하게 나란히 대어 놓아, 오래 앉아 있으면 엉덩이가 나무판자 홈 틈에 끼여 아플 정도였다.

야학에는 한 반에 15명 내외로 전체 40명 정도의 학생이 있었다. 나이가 15살 정도의 어린 학생부터 많게는 20살 정도의 학생도 있었다. 그러나 대부분이 황숙처럼 18세 전후의 여학생들이었고 남학생은 2명 정도 되었다.

학생들이 공장에서 잔업까지 마치고 야학으로 출석하면 저녁 7시 30분 정도가 되었다. 이 시간도 야학을 다니기 때문에 공장에서 배려해 주는 시간이었고 야학을 다니지 않는 사람은 보통 저녁 10시까지 일을 해야 한다고 하였다.

야학에서는 보통 저녁 9시까지 2교시 수업을 하는데 노동자들이 일을 마치고 매일 출석하기에는 피곤할 정도였다. 때때로 결석을 하는 학생이 있었는데 그러면 정우는 그 학생의 집을 저녁 늦게 방문하기도 하였다. 대부분이 학교 주변 쪽방에 살고 있었기 때문에 집을 방문하는 것은 쉬웠다. 황숙도 이렇게 집을 방문하면서 친하게 되었던 것이다.

"며칠만 여기에 있자."

정우가 정색을 하고 황숙에게 말했다.

"선생님, 무슨 일 있어요?"

옆에 있던 선희가 정우에게 물었다.

"응, 좀 어려운 상황에 빠졌어."

정우는 오늘 있었던 일을 이야기하였다.

계엄군이 시내를 장악한 것은 황숙과 선희도 잘 알고 있었다. 정우의 생각이 현 시국에 대해 비판적인 것도 잘 알고 있었다. 정우는 수업을 하면서 현 시국에 대한 이야기를 자주 하는 편이었다. 특히 전두환이 군사쿠데타를 일으키고 무단으로 정치 권력을 찬탈하려는 음모를 꾸미고 있다는 것을 한번씩 학생들에게 이야기할 때면 학생들은 불안해하면서도 정우의 말을 그대로 믿어 주었다.

황숙은 이들 또래 중에서도 나이가 한두 살 많아서 세상 돌아가는 것에 대해서는 알만큼 아는 학생이기도 하였다. 황숙은 정우가 데모를 주도하였고 계엄군에게 쫓기고 있다는 것을 알게 되었지만 그다지 불안해하지 않았다. 그동안 정우의 행동이나 언행으로 볼 때는 당연하다는 생각을 할 정도로 정우에 대한 믿음이 컸다.

"선생님 걱정하시지 말고 저희 집에 계세요. 오히려 집 지켜 주시고 좋겠네요."

"그래요. 저희가 출근하면 밥도 해 드세요."

황숙의 말에 옆방의 정화도 거들었다. 정화는 충청도가 고향이었다. 황숙보다는 한 살 적은 나이로 황숙과는 잘 지내는 친구였다. 이들 셋은 M야학을 오래 다녔다. 황숙은 정우가 야학선생을 하기 전부터 야학에 다녔기 때문에 야학의 상황이나 교장선생의 동태에 대해서도 잘 알고 있었다.

여기서 교장선생의 동태라고 한 것은 정우의 안전문제 때문에 거론해 본 것이다. 황숙은 나이보다 일찍 사회생활을 하면서 어느 정도 눈칫밥을 먹은 학생이었다. 정우의 처지로 볼 때 누구에게도 들켜서는 안 되는 일이라는 점을 황숙은 잘 알고 있었다. 아무래도 교장선생은 관할구청이나 경찰서 등과 업무처리를 위해 자주 만날 것이기 때문에 정우에 대한 일은 교장선생에게도 절대 보안으로 해야 한다는 것쯤은 알고 있었다.

정우는 며칠 동안 황숙의 방에서 머물렀다. 황숙과 선희는 옆방의 정화 방에서 함께 잠을 자고 정우는 혼자 황숙의 방에서 잠을 자도록 해 주었다. 정우는 낮 시간은 꼼짝없이 방에 갇혀 있어야 했다. 혹시라도 셋방 주인이 여자가 사는 방에 남자가 있는 것을 알면 이상하게 생각할 수도 있었기 때문이다. 다행히 셋방 주인은 다른 곳에 살기 때문에 정우가 있는 동안은 한 번도 마주치지는 않았다. 정우는 주로 늦은 오후를 지나 저녁 무렵에 주변 동료들에게 연락을 취하면서 부산을 빠져나갈 궁리를 하였다.

"우선 이 돈을 가지고 지내라."

선배가 밤늦게 정우를 만나 10만 원을 건네주었다.

"이 정도면 한두 달은 버틸 수 있을 거다."

선배의 이 말은 정우에게 완벽하게 숨어 지내라는 말이었다. 그동안 정우는 시급히 부산을 벗어나야 함에도 일정이 하루이틀 지체되면서 조금은 느슨한 마음을 가지게 되었다. 친구들에게 연락을 하기도 하고 그동안 해 왔던 활동에 대해 의논을 하기도 하는 등 안이한 생각을 하고 있었던 것이다. 그러나 선배가 보는 현 상황은 정우가 생각하는 것만큼 느슨하지 않았다. 전두환은 치밀한 계획을 가지고 전국비상계엄령확대를 선포하였고 광주에서는 총격전이 벌어지고 있었다. 그러한 과정에서 수백 명의 민간인이 살해되고 있다고 하였다.

"너도 잡히면 죽는다!"

선배는 정우에게 다시 한 번 경각심을 일깨워 주었다. 정우는 지금부터 그야말로 완벽하게 숨어야 했다. 가족은 물론이고 친구나 주변 사람들과도 완벽한 단절을 위해서는 부산을 시급히 떠나야 하였고 그 이후로는 어떤 연락도 해서는 안 되었다. 실제 완벽한 단절은 정우 자신을 위해서도 그렇지만 주변 사람들을 위해서도 필요하였다. 만약 정우가 계엄군에게 체포될 경우, 그동안의 행적에 대한 추궁이 있을 것이고 아무리 숨긴다고 하더라도 수사관의 치밀한 조사기법을 벗어나기 힘들 것이기 때문이다. 결국 정우가 숨어 지냈던 장소나 움직인 경로를 파악하면서 정우에게 도움을 주었던 사람들은 모두 범인 은닉죄로 피해를 볼 것이 뻔했기 때문이다.

"형, 고맙습니다."

정우는 선배에게 작별인사를 하였다.

"몸조심해라. 그리고 절대 잡히면 안 된다."

선배는 정우의 손을 잡으며 걱정스럽게 말했다. 정우는 밤늦게 황숙의 방으로 돌아왔다. 황숙이 걱정스럽게 기다리고 있었다.

"선생님!"

황숙이 눈물을 글썽이며 반갑게 맞이하였다. 황숙은 정우가 밤늦도록 돌아오지 않자 걱정을 하며 기다렸던 것이다.

"황숙아, 미안."

정우는 황숙의 눈물이 당황스러웠다. 정우는 다시 한 번 자신의 행동을 돌아보게 되었다. 정우 자신은 필요에 따라 하는 행동이었지만, 그 행동을 바라보는 주변 사람들은 숨이 막힐 정도의 불안감을 갖는 것이었다. 체포를 당하거나 무언가 불상사를 당하지나 않았을까 하는 불안감 속에 정우를 기다렸을 황숙의 심정이 얼마나 애가 탔겠는가. 정우는 미안한 마음으로 황숙을 안심시키고 내일 오후에 떠나기로 했다는 것을 말했다. 황숙과 선희, 정화가 정우를 걱정스럽게 바라보았다.

"어디로 가실 거예요?"

"나도 몰라."

정우는 막연하게 대답을 하며 황숙에게 한 가지 부탁을 했다.

"내일 저녁 숙영이한테 나와 만날 약속을 좀 전해 주라."

정우는 황숙에게 숙영을 만날 장소와 시간을 적은 쪽지를 건네 주었다. 물론 그 쪽지에는 장소 이름이나 시간을 쓰지 않고 숙영과 정우만 알 수 있는 내용으로 "모래사장 끝에서 보자. 수업이 끝나는 시간에" 라고 적었다. 숙영이 충분히 알 수 있는 내용이었다.

숙영 역시 M야학에 다니는 학생이었다. 그러나 숙영은 공장에 다니지 않았다. 무슨 사연인지는 모르지만 정규 학교를 다니지 못하고 친척집에서 생활하면서 M야학에 다니며 검정고시를 공부하고 있었다. 나이는 17세로 황숙이보다 한 살 아래지만 몸과 얼굴은 완전히 아가씨 티가 날 정도로 성숙해 있어 정우가 야학에 온 첫날부터 눈에 띄었던 학생이었다. 숙영은 공부에 대한 의지도 강했고 학습 이해도도 상당히 빨라서 정우는 자연스럽게 관심을 갖게 되었고 학습에 도움을 많이 주면서 친하게 지내는 사이였다.

정우가 당장 해결해야 할 일은 소위 불온서적을 처리하는 것이었다. 정우가 가지고 있는 책들은 일반서적도 있지만 서점에서는 판매가 되지 않는 책들을 복사한 복사본이 많이 있었다. 주로 일본 서적들이었는데 그 양이 꽤 되었다.

정우는 그것을 버릴 수는 없다는 생각을 하고 있었기 때문에 당분간 어디엔가 숨겨 놓아야 했다. 정우가 생각해 낸 것은 숙영에게 맡기는 것이 가장 안전하다는 것이었다. 숙영은 광안리 부근 친척집에 살면서 장전동 M야학으로 통학을 하고 있었기 때문에 우선 M야학과 거리가 많이 떨어져 있었다. 그리고 숙영과 정우의 관계보다는 황숙 등 M야학 부근에서 생활하는 학생들과 정우가 자주 어울리는 것으로 알려져 있어서 정우에 대한 탐문조사를 할 경우 숙영에 대한 주목을 비켜 갈 수 있을 것이라는 판단이었다.

정우는 다음날 저녁 금정산 기슭에 있는 후배의 집에서 책이든 가방을 들고 나와 숙영을 만났다. 만난 장소는 광안리 바닷가 백사장 귀퉁이였다.

이전에 정우는 숙영과 광안리 바닷가에서 서너 번 만난 적이 있었다. 숙영은 왠지 모를 수심이 있는 듯했고 정우는 그것이 안쓰러워 데이트 아닌 데이트를 하곤 했다. 데이트라고 해 봐야 별게 없었다. 야학을 마치고 집까지 시내버스를 함께 타고 갔다가 광안리 집 부근 백사장을 잠깐 걷고 정우는 다시 버스를 타고 돌아오는 것이 전부였다. 주로 51번 버스를 이용하였는데 밤 9시경에 광안리까지 가서 백사장을 거닐면 밤 10시경이고 다시 돌아오면 밤 11시가 되었다.

숙영은 말이 별로 없었다. 정우도 말을 많이 하는 편은 아니었기 때문에 서로 간에 대화는 없이 주로 시간을 함께 보내는 정도로 데이트는 끝났다.

정우는 숙영에 대해서 아는 것이 별로 없었다. 한 번씩 이야기하는 내용으로 보아 가족과는 떨어져 사는 것은 확실하였고, 말투로 보아서는 충청도나 서울 쪽이 고향이라는 짐작이 들었으나 물어보지는 않았다. 현재 살고 있는 곳이 친척집이라고 하지만 그렇게 살가운 곳은 아니라는 생각이 드는 정도였다.

숙영을 만난 정우는 우선 그간의 사정을 설명하고 무겁게 들고 있는 커다란 가방을 보여 주었다. 숙영은 살짝 웃으며 정우의 가방을 바라보았다. 숙영의 웃음은 묘한 매력이 있었다. 수줍은 듯 입술을 조금 오므려 내밀고 웃는 모습이 정우의 마음을 즐겁게 했다. 정우는 숙영을 볼 때마다 이러한 생각을 하곤 했는데 오늘은 그것이 더욱 부각되어 다가왔다.

숙영은 정우를 데리고 친척집으로 향하였다. 숙영이 살고 있는 친척집은 광안리 백사장을 해운대 쪽으로 벗어나 버스길 바로 옆에 있었다. 2층 슬래브집인데 숙영의 방이 2층에 있어 정우가 가방을 들고 2층 계단을 올라갔다. 숙영은 현관문을 열어 정우를 들어오게 하였다.

"오늘은 아무도 없어요."

정우가 집 안 거실로 들어서는데 숙영이 웃으며 말했다. 정우는 집 안에 아무도 없다는 숙영의 말에 다행이라는 생각을 하면서도 들고 있던 가방의 무게 때문에 빨리 가방을 옮겨야 된다는 생각밖에는 들지 않았다.

대충 챙겨 넣은 책들이 엉키며 가방 속에서 이리저리 쏠리는 바람에 가방은 오래 들고 있기가 어려울 정도로 제법 무거웠다. 거실에는 양탄자가 깔려 있고 소파가 놓여 있었다. 숙영은 정우를 자신의 방으로 안내하며 가방을 구석에 놓게 하였다.

정우는 숙영의 방에 들어서며 편안한 느낌을 받았다. 무거운 가방을 내려놓는 정우의 어깨가 긴장이 풀어지듯 휘청했다. 동시에 정우는 머리가 약간 어지러운 느낌에 방바닥에 주저앉았다. 숙영이 정우의 옆으로 다가왔다.

"선생님, 어디 아프세요?"

숙영이 걱정스러운 듯 물었다.

"아니야, 괜찮아."

정우는 손사래를 치지만 자꾸만 가라앉는 듯한 몸을 가누지 못하고 웅크려 앉았다. 숙영이 급하게 정우를 부축하며 방 한쪽 옆에 펴 놓은 담요 위로 정우를 데려갔다.

정우는 조금 전 백사장에서 숙영을 만날 때부터 자신의 몸이 무거워지는 것을 느꼈다. 본래부터 무거운 가방이었지만 들고 있는 가방이 자꾸만 무거워지는 것을 느끼며 빨리 이 무게로부터 벗어나고 싶다는 생각을 하고 있었다.

가방의 무게는 숙영을 만나며 주위를 살피는 정우의 본능적인 긴장감으로 인해 더욱 가중되었다. 그리고 이런 긴장감이 숙영의 방의 편안함에 풀어지면서 그동안의 피로들이 한꺼번에 정우에게 밀어닥친 것이다.

쓰러지듯 드러눕는 정우를 숙영이 부축하였다. 숙영의 손길은 부드러웠다. 정우의 어깨를 감싸며 숙영은 조심스럽게 정우를 담요 위로 눕혔다. 정우의 얼굴 앞으로 숙영의 가슴이 뭉클하고 부딪혀 왔다. 따스했다. 무어라 말할 수 없는 포근한 느낌에 정우는 눈을 감았다. 숙영의 머릿결이 정우의 목과 귓불을 스치며 지나갔다. 들길 위의 풀 냄새처럼 풋풋한 향기가 났다.

"쏴아아."

파도소리였다. 저 멀리 숙영이 손짓을 하고 있었다. 정우는 바닷가 모래 위에 서 있었다. 눈이 부시게 파란 하늘에 흰 구름이 듬성듬성 흘러가고 있었다. 숙영은 무언가를 가리키며 정우에게 빨리 오라고 계속 손짓을 보내고 있었다. 정우는 숙영의 손짓을 따라 눈길을 보냈다. 하얀 파도가 부서지고 있었다. 먼 바다 한가운데서 하얀 파도가 하얀 점처럼 일어났다. 그 파도는 점점 불어나 하얀 띠를 만들더니 서로가 어깨동무를 하듯 길게 늘어서서 해안선을 따라 바닷가 모래밭으로 밀려왔다. 숙영이 밀려오는 하얀 파도 속으로 걸음을 옮기고 있었다. 정우도 숙영에게 다가가며 밀려오는 하얀 파도 속으로 걸음을 옮겼다. 하얀 파도는 거품을 내며 해변가 모래들을 쓰다듬다가 다시 밀려 나갔다. 하얀 파도가 밀려 나간 자리에 정우의 발자국이 점점이 찍혔다. 숙영이 수줍은 듯 웃으며 정우를 바라보았다. 또다시 파도가 밀려왔다.

"쏴아아."

정우는 자신이 꿈을 꾸고 있다고 생각했다. 그러한 정우의 귓가로 숙영의 숨결인 듯 따스한 기운이 다가왔다. 정우는 긴장이 풀어지며 온몸에서 힘이 빠져나가는 것을 느꼈다.

지난 며칠 동안 날이 설 정도로 팽팽한 긴장감 속에 자신을 가

두고 있었던 정우였다. 한순간도 긴장을 놓지 못하고 정우는 불안했다. 정우는 눈만 감으면 남포동 거리가 떠올랐다. 그 거리를 가득 메우고 있는 계엄군들의 트럭에는 날카로운 칼을 꽂은 총을 수직으로 곧게 세운 계엄군들이 타고 있었다. 희미하게 사라져 가는 저녁노을의 살짝 남아 있는 햇살에도 계엄군들의 총칼은 번쩍였다. 그 번쩍이는 총칼이 언제 정우의 목덜미를 찔러 올지 정우는 내내 불안했던 것이다.

꿈을 꾸듯 숙영의 숨결을 느끼며 정우는 정신을 잃듯이 잠이 들었다. 파도소리가 잠든 정우의 귓가에서 계속 맴돌았다.

"쏴아아"

그렇게 정우는 밤새도록 파도소리를 들었다.

기차에서 잠을 자다

"빵·빵—"

시내버스가 클랙슨을 길게 울렸다. 사상공단을 지나 덕포동으로 들어서는데 차들이 빽빽하게 서 있었다. 아마 계엄군이 검문을 하고 있는 모양이었다. 덕포동을 지나면 곧 구포역이 나오는데, 이곳을 통과하면 부산을 벗어나 김해나 양산 방면으로 나가기 때문에 구포역 부근에 차들이 지나다니는 통로에 바리케이드를 쳐 놓고 계엄군이 검문을 하고 있었다. 그 검문 때문에 차량 흐름이 막혀 차들이 길게 줄을 서 있었다.

정우는 이른 아침에 숙영의 집을 나왔다. 모처럼 편안한 잠을 잔 탓인지 정우의 몸은 가뿐했다. 숙영의 집을 나온 후, 정우는 시내버스를 타고 부산시를 빙 둘러 돌아다니며 시간을 보내었다. 그리고 버스 속에서 부산을 벗어날 적당한 시간을 계산하고 있었다.

'사람이 가장 많이 나다니는 시간을 택해야 한다.'

정우는 그 시간이 오전 11시경이라 판단하고 그 시간에 맞추어 구포 쪽으로 향하고 있었던 것이다.

구포역 가까이 바리케이드가 보였다. 계엄군이 총을 들고 차들을 일일이 검문하고 있었다. 계엄군은 주요 지역에 탱크까지 세워 놓고 그 위세를 자랑하고 있었다. 주요 관공서와 대학 정문 앞에는 탱크가 모두 배치되어 있었다. 물론 계엄군은 착검까지 한 총을 들고 있었고, 시민은 이러한 위협적인 계엄군의 모습에 주눅이 들어 아무런 저항도 못 하고 숨을 죽이고 있었다.

계엄군 한 명이 정우가 탄 시내버스로 올라탔다. 정우는 일순간 긴장을 하였다. 그러나 표정에 드러내서는 안 되었다. 계엄군이 버스 앞쪽에 앉아 있는 30대 정도의 남자에게 신분증을 요구하였다. 별다른 문제가 없는지 다시 신분증을 돌려주며 계엄군이 뒤쪽으로 힐끔 눈짓을 보내고는 시내버스를 내렸다.

"휴-"

정우는 버스 맨 뒷자리에 앉아서 바깥을 보는 척하다가 계엄군이 내리자 안도의 한숨을 내쉬었다.

정우가 탄 버스는 김해까지 가는 버스였다. 일단 구포역을 벗어나면 김해까지는 검문이 없기 때문에 안심해도 되었다. 정우는 우선 부산을 벗어나 김해까지 가는 것이 목표였다. 김해는 작은 읍동네이기 때문에 부산보다는 검문이나 감시가 덜 할 것이고 다른 지역으로 이동하기도 쉬울 거란 생각이었다.

정우는 김해에 도착하자마자 진영행 버스를 타고 진영 기차역으로 갔다. 일단 기차를 타야 수월하게 멀리 이동을 할 수 있기 때문이다.

정우는 오후시간을 진영 동네 부근에서 시간을 보내며 저녁시간에 출발하는 영등포행 기차를 기다렸다. 지금부터 정우에게 주어진 가장 시급한 것은 매일매일 숙박을 해결하는 거였다. 설사 돈이 많다고 하더라도 정우는 여관에서 숙박을 할 수가 없었다. 여관은 밤늦게 경찰들이 인검을 하기 때문이다. 인검이란 여관에 숙박한 사람들의 인적사항을 체크하는 것인데 경찰이 인검을 나오면 자고 있는 사람까지 깨워서 신분증을 확인하기 때문에 정우의 경우 여관에서 숙박한다는 것은 '나를 잡아 가시오'라고 드러내는 것과 같았다.

정우가 영등포행 기차를 타는 이유는 바로 이러한 문제를 해결할 수 있었기 때문이다. 영등포행 기차는 밤을 새워 달리는 기차였다. 영등포역에 도착하면 다음날 아침이 되기 때문에 밤 동안을 기차에서 보낼 수 있었다. 정우가 탄 기차는 완행열차였다. 기차 안에는 온갖 사람들이 다 있었다. 살벌한 세상이지만 서민은 자신과 가족의 생계를 하루도 멈출 수가 없었기 때문에, 대부분이 시골에서 농사를 지은 농산물을 한 보따리씩 가지고 도시로 팔러 나가는 사람들이었다. 군데군데 역에 정차할 때마다 보따리를 맨 사람들이 내리고 새로운 사람들이 탔다. 정우는 앉을 자리가 없어 기차 칸이 연결되는 지점에 있는 빈 공간에 신문지를 깔고 앉아 고개를 숙이고 꾸벅꾸벅 졸며 밤을 새웠다.

밤새 달리는 기차 속에서 먼동이 터오자 영등포행 완행열차는 정우에게 색다른 풍경을 보여 주었다. 잠을 잤다기보다는 밤새워 졸다가 일어난 정우는 철로 변으로 지나가는 도시의 풍경이 어색하였다. 수원역을 지나자 황토 흙으로 범벅이 되어 파헤쳐진 도로와 군데군데 깎여 나간 산들이 허옇게 살을 드러내고 있었다. 주변에 널려진 자재도구가 제멋대로 뒹굴고 있고 각종 쓰레기더미가 곳곳에 산처럼 쌓여 있었다. 온통 쓰레기장이었다. 다리를 놓다가 만 듯한 교각들이 서 있고 주변 경관과는 아무런 관계도 없이 어색하게 지그재그로 걸쳐 있는 고가차도가 중간중간에 끊겨 하늘 높이 서 있었다. 시멘트로 떡칠을 한 듯 온 도시가 회색빛으로 흩어져 있었다.

정우가 영등포역까지 오는 내내 본 풍경이었다. 일반적으로 생각할 수 있는 모습, 집이 있고 뒷산이 있고 집 앞으로 강이 흐르고 집 앞마당과 뒷마당을 잇는 담을 따라 잡초가 자라는 풍경이 아니었다. 아니면 시멘트 블록으로라도 담을 쌓고, 집 앞으로 도로가 나 있고, 집 뒤로는 차곡차곡 동네가 들어서고, 흙길이 아니라 하더라도, 시멘트 길을 따라 마을이 들어서 있는 모습도 아니었다.

쭉쭉 뻗어 나가는 길을 따라 그 앞에 놓여 있는 것이 산의 과수원이든 들판의 논이든 심지어 집 앞마당이든 상관없이 뚫고 지나가 버렸다. 하늘 높이 지나가는 고가차도 밑에는 오래된 집들이 불안하게 서 있었다.

정우는 한국에 살면서도 대전 이북으로 올라와 본 적이 별로 없었다. 서울 나들이는 두 번 정도 했는데, 고등학교에 다닐 때 수학여행을 서울로 다녀간 적이 한 번 있었고 지난해 10월 16일 부마항쟁이 일어나면서 서울 쪽으로 피신을 온 적이 있었다. 그때는 주위를 돌아볼 경향이 없었는데 지금은 도망자의 신분인데도 오히려 시간이 많은 탓인지 주변의 모습이 눈에 들어왔다.

정우는 공사판 현장에 온 듯한 느낌을 가지고 영등포역에 내렸다. 이곳에 정우가 아는 사람은 아무도 없었다.

'이제 어쩌나?'

정우는 영등포역 주위를 서성거리며 이후 할 일을 생각하였다. 영등포역 주위는 계엄군이 지키고 있는 살벌한 분위기는 마찬가지였지만 많은 사람들이 오가고 있어서 정우가 그 속에 묻혀 계엄군의 눈을 피하기에는 쉬워 보였다. 그러나 정우가 영등포에서 할 수 있는 일은 주변 식당에서 아침 국밥을 사먹고 기차역을 벗어나지 않는 범위 내에서 주위를 배회하는 일 말고는 없었다.

'왜 서울로 왔지?'

정우는 스스로에게 질문을 했다. 정우는 서울로 오기까지 정말 아무 생각이 없었다. 부산을 벗어나야 한다는 생각뿐이었다.

'그렇다면 그 생각 속에 서울이 아니라 대전이나 전주나 춘천이라는 생각은 왜 없었을까?'

여기까지 생각이 미치자 정우는 결국 갈 데가 없었다는 판단을 하였다. 서울로 온 것은 갈 데가 없었기 때문이었다. 대부분의 사람들이 서울로 가기를 원하는데, 막상 서울로 온 정우는, 갈 데가 없어서 서울로 왔던 것이다. 결국 정우가 내딛었던 발걸음은 서울로 향한 것이 아니라 서울로 가기까지의 시간을 향한 것이었다. 정우는 하룻밤을 지새울 시간이 필요했던 것이다. 그래서 서울이 정우에게 주는 의미는 그 시간을 만들기 위한 수단일 뿐이었다. 그렇다면 이제부터 정우는 하룻밤 동안의 시간을 만들 수 있다면 어디든지 방향을 잡을 수 있다는 생각에 도달한 것이다.

정우는 영등포역에서 기차 시간표를 알아보았다. 호남선은 위험했다. 광주지역으로 내려가는 교통편은 검문이 심하다는 것을 정우는 잘 알고 있었다. 정우는 주로 경부선을 이용하면서 동해남부선과 경전선을 이용하여 밤 열차를 타는 방안을 알아보기로 했다. 그렇게 정우는 세 번째 서울 방문을 뒤로하고 기차여행을 시작했다.

그리고 며칠 밤을 내리 기차만 타고 다녔다. 정말 한심한 정우였다. 그러나 계엄군에 대한 두려움과 긴장감 속에 갈 데가 없는 정우로서는 이 방법 말고는 다른 방법을 생각할 여유가 없었다. 결국 기차 속의 소음과 불편 속에 더 이상 기차를 타기가 힘들어진 정우는 진주와 하동 사이에 있는 북천역에 잠시 내렸다. 정말 갈 곳이 없었다. 해가 진 들판으로 정우는 발걸음을 옮겼다.

'오늘 밤만은 기차에서 잘 수 없다.'

정우는 마음속으로 다짐했다. 밤 기차를 타며 정우는 제대로 잠을 자지 못하였다. 시끄러운 기차 소리 때문이기도 하지만 언제 들이닥칠지 모르는 계엄군의 검문이나 경찰의 감시망을 피하기 위한 방도를 생각하며 내내 불안한 마음으로 기차를 타야 했기 때문이다. 쉬지 않고 달리는 기차를 장기간 탄 탓인지, 기차를 내려 걷는 정우의 발걸음이 허공에 붕 뜬 느낌이었다.

해가 진 들판은 간혹 들려오는 새소리, 개구리 울음소리, 곤충들의 소리가 어우러지며 묘한 분위기를 만들고 있었다. 들판 끝

산기슭으로 옅은 진무가 끼여 있었다. 5월 말의 따뜻한 바람이 정우의 얼굴을 스쳐 갔다. 어스름해지는 넓은 들판에 정우는 혼자였다. 강둑을 따라 걷는 정우의 발길이 정처 없었다. 달이 밝았다. 보름달인 듯 둥그렇게 떠 있는 달빛 아래로 정우는 홀로 섰다.

'이렇게 한심한 일이 있는가?'

정우는 지금 자신의 모습을 생각하며 쓴웃음을 지었다. 그 쓴웃음과 함께 '지금 내가 무얼 하고 있는가?' 라는 생각에 정우는 스스로에게 화가 났다. 무작정 부산을 벗어나야 한다는 생각만 한 정우였다. 그리고는 아무런 계획이 없었다. 지금까지 정우는 자신의 몸뚱이를 피할 궁리만 했던 것이다.

'도망가는 것이 가장 상책이지만 그 상책만으로는 상책이 아니다. 그 하책인 모든 계책을 만들어 공격하는 것까지를 시도해 본 후에야 상책이라고 할 수 있지 않은가?'

굳이 손자병법을 떠올리지 않더라도, 정우는 도망을 다니기 위해서라도 도망을 하기까지의 준비가 필요한 것인데, 그것을 거의 준비하지 못했다는 것을 깨닫게 되었다. 정우는 또한 단순히 도망만 다닌다면 지금까지 정우의 행동은 아무런 의미도 가질 수 없다는 생각을 하게 되었다.

'그래, 이 순간들을 나의 시간으로 만들어야 한다.'

정우는 자신을 정리할 수 있는 시간을 갖기로 하였다. 그러기 위해서는 안정된 공간이 필요했다. 머물 곳을 찾아야 하였다. 여기까지 생각을 한 정우는 들판 가운데를 가로지르는 둑길 옆 풀밭에 비스듬히 기대어 앉았다.

풀벌레 소리가 향기로웠다. 시골에서 자란 정우는 냄새로 계절을 느끼곤 했다. 꽃 냄새와 풀 냄새와 흙냄새와 나무 냄새 등 정우 주변의 모든 것에서는 냄새가 났다. 그리고 그 냄새는 바람을 타고 정우의 머리를 더듬기도 하고 귀를 간질이기도 하면서 스쳐 갔다. 정우의 코끝으로 냄새가 스쳐 가면 정우의 가슴은 터질 것처럼 부풀어 올랐다. 그 가슴속으로 냄새가 녹아들면 냄새는 코가 아니라 정우의 입으로 목으로 가슴으로 그래서 정우의 온몸으로 젖어들었다.

그리고 정우는 바람 냄새와 물 냄새와 햇빛 냄새와, 구름 냄새와 파란 하늘 냄새와 새들의 지저귀는 냄새와, 낮과 밤의 냄새와 정우의 집에서 키우는 소와 돼지와 닭의 꿈꾸는 냄새까지 느꼈다. 그 냄새는 향기로웠다. 그 향기로운 냄새를 정우는 모두 알고 있었다. '향기로운 냄새'로 표현되는 그 한마디의 단어 속에 수십 가지의 냄새, 수백 수천 가지의 냄새가 들어 있었다.

정우는 오랜만에 어린 시절을 떠올렸다. 어스름한 달밤에 피어 있는 강둑의 들꽃들이 꿈꾸는 듯한 빛을 발할 때 어린 정우는 하염없이 그것을 바라보곤 하였다. 특히 비스듬하게 기울어져 가는 달빛을 받아 은은한 빛을 발하는 손톱만 한 크기의 야생 들꽃은 눈이 부셨다. 강둑길을 따라 지천으로 피어나 끝도 없이 이어지는 야생 들꽃은 달빛을 받아 하얗다 못해 시리도록 파랗게 색을 내뿜었다. 그 들꽃 위를 안개처럼 감싸는 달빛들이 춤을 추기도 했다. 은은하게 비쳐드는 달빛이 넘실넘실 춤을 출 때면 어린 정우는 그 빛을 따라 함께 춤을 추곤 하였다. 그 달빛 냄새를 정우는 잊을 수 없었다. 정우는 풀벌레 소리의 향기를 맡으며 결단을 내렸다.

'산으로 가자.'

정우는 진주에서 고등학교를 다녔다. 정우가 자란 곳은 진주 부근 가난한 농촌 시골마을이었다. 중학교까지를 시골에서 졸업하고 입시시험을 거쳐 고등학교에 입학한 정우는 처음으로 도시에서 유학을 했던 셈이다. 고등학교 생활의 기억은 공부한 것 말고는 거의 없었다. 다만 지리산이 가까이 있어 친구들과 한 번씩 등산을 가곤 하였다. 서너 번 정도의 등반이었지만 주로 숨은 계곡을 찾아다녔다. 그래서 지리산을 어느 정도 안다고 할 정도의 지리 감각은 갖고 있는 상태였다.

밤이 꽤 깊어 갔다. 달이 너무나 밝았다. 그야말로 휘영청 밝은 달밤이었다. 저 멀리 동네의 불빛도 모두 꺼져 버려 어둑한 자태만 보이고 있었다.

'달빛의 밝기는 햇빛과는 전혀 다른 성질을 가지고 있어. 달빛이 아무리 밝아도 눈에 보이는 사물의 형태는 무언가 하얀 수증기를 뿌려 놓은 듯 희미한 영상으로 다가오지. 특히 거리가 멀어질수록 뿌연 영상은 그 형태를 유지하나 더 이상 자신의 모습을 드러내지 않는, 무언가 수줍은 듯 자신을 감추는 듯 보는 이의 시야를 밀어내 버려. 그 분위기가 신비로움을 더하지.'

들판 너머 흐릿한 동네를 바라보며 정우는 달빛의 밝기를 정의하듯 혼잣말을 중얼거렸다. 그리고 그 신비로운 달밤에 정우는 강둑 옆 풀숲의 움푹 파인 곳에서 노숙을 하기로 하였다.

처음에 정우는 갈 데가 없었다. 정처 없이 내디딘 발길이 이곳이었다. 깊은 밤, 달밤에, 한적한 들판 한가운데에서 홀로 앉은 정우가 이제는 갈 곳을 정하였다. 깜박 잠이 들었던 정우는 새벽의 차가운 공기에 한기를 느끼며 웅크린 몸을 추스르고 일어났다. 이른 새벽에 공허한 들판에 홀로 있는 모습은 좋지 않기 때문에 정우는 빠른 걸음으로 들판을 벗어나 북촌역으로 가서 기차 시간을 확인하였다. 하동으로 출발하는 기차가 2시간 뒤에 있었다.

지리산

"방 있습니까?"

하동 쌍계사를 지나 신흥 동네를 거쳐 범왕리 계곡 속 칠불암 쪽으로 한참 올라온 곳에 민박집이 몇 채 있었다. 정우는 그중 계곡 부근에 있는 집으로 들어가 주인아주머니께 인사를 하며 물었다.

"얼마나 묵을 낀데예?"

주인아주머니가 정우를 아래위로 훑어보며 말했다. 정우의 옷차림이 조금 애매하였다. 점퍼와 면바지를 입고 운동화를 신었으나 등산을 하기에는 누가 보더라도 그 준비가 부족한 모습이었다. 정우가 매고 있는 가방도 등산 가방이 아니라 학생용 책가방처럼 보였다. 물론 그 속에는 정우의 옷가지와 공책 몇 권이 들어 있었을 뿐이다.

"한 일주일 정도 있을 겁니다."

정우가 쭈빗거리며 말하다가 급하게 덧붙였다.

"고시공부도 하고 머리 좀 식히러 왔심더."

그제야 주인아주머니가 좋아하는 표정을 지었다. 아직 학생들의 방학이나 휴가철이 아니라서 방이 여러 개 비어 있었는데 정우가 일주일 동안 지낸다고 하니 주인아주머니로서는 방값을 받을 수 있기 때문인 것 같았다. 정우는 아예 일주일치 방값을 선불로 지급하고 주인아주머니가 안내하는 방으로 들어갔다.

정우는 지리산으로 들어오면서 하동에서 버너와 코펠을 구입하여 준비해 왔다. 쌀과 라면, 장아찌 등 기본 식량은 준비해 왔기 때문에 일주일 동안은 충분히 지낼 수 있었다. 나머지 부족한 것은 주인아주머니를 통해 해결할 수 있을 것이라고 생각했다.

방이 따뜻했다. 늦봄인데도 산속이라 그런지 밤에는 기온이 뚝 떨어졌다. 정우는 푹신한 이불을 덮고 긴장한 몸을 풀었다. 오랜만에 느껴보는 편안함이었다.

정우는 며칠 간 방 속에 틀어박혀 지냈다. 이것저것 생각할 것이 많았다. 때가 되면 밥을 해 먹고 아주머니가 건네주는 밑반찬을 한 번씩 얻어먹으며 지냈다. 낮잠을 자기도 하고 밤늦도록 별을 보며 새벽까지 깨어 있기도 했다.

며칠 후 정우는 계곡을 따라 오르며 칠불암으로 향하였다. 거의 1시간 이상을 걸어 올라온 것 같은데도 길은 끝나지 않고 이어졌다. 계곡이 거의 끝나갈 무렵, 거의 직선으로 구불거리며 올라가던 오르막길이 왼쪽으로 꺾여 휘어지며 평지처럼 오솔길이 나타났다.

그 오솔길을 한참 돌아 걸으니 허름한 암자가 보였다. 낡은 기와와 햇볕에 바랜 나무기둥 색깔이 오래된 절임을 알게 해 주었다.

절 아래 정우가 머물고 있는 집 주인아주머니는 천 년이 넘은

절이라고 자랑이 대단했다. 그리고 이 절에는 오랜 옛날부터 아자방이라는 구들이 있어 추운 겨울에도 스님들이 아궁이에 삼일 동안만 불을 때면 석 달 열흘 동안 따뜻한 온기가 남아 있어 추위 걱정을 하지 않아도 된다는 말을 해 주었다. 정우는 암자를 둘러보았다. 얼마 전에 새롭게 증축이 된 듯 새롭게 칠을 한 곳도 군데군데 눈에 띄었다. 시간이 여유로웠다.

정우는 그 여유를 빌미 삼아 암자를 구석구석 돌아보았다.

"보살님, 공양차 한잔 하시지요."

무심한 듯 암자 마루에 앉아 계시던 스님이 정우를 불렀다. 아까부터 암자를 구석구석 돌아보며 한참을 머물고 있는 정우가 눈에 띄었던 모양이다.

"네, 고맙습니다."

정우는 스님과 마루에 걸터앉아 차 한 잔을 공양받았다. 스님은 잔잔한 미소만 지을 뿐 아무런 말이 없었다. 정우도 차 한 잔을 공손하게 받쳐 들고 천천히 마시며 스님의 방을 건너다보았다. 마루 안쪽 방문이 열려 있고 그 방 안으로 책들이 가득 쌓여 있었다.

"책을 많이 읽으시네요."

정우가 한마디 하였다.

"네, 글을 좀 쓰고 있습니다."

스님이 조용하게 말하였다. 잠시 앉아 있던 스님이 일어나더니 방 안에서 책들을 가지고 나왔다. 불경을 번역하고 있는 듯한데, 온통 한문이라서 정우는 도통 알 수가 없었다. 스님이 정우에게 책자 하나를 건네었다.

"나중에 한 번 읽어 보시지요."

스님이 자필로 쓴 듯 한글로 되어 있었다. 정우는 전혀 생각지도 못한 스님의 선물을 받고 칠불암을 떠나 산 아래로 내려왔다. 아마도 스님은 정우가 모르는 어떤 인연을 생각하였던 모양이다. 정우로서는 알 수가 없는 일이지만 말이다. 사람과 사람 사이의 인연이 무엇인지, 억만 년이 넘는 윤회의 겁을 거듭하여도 만날까 말까 하는 사람 사이의 인연을 정우가 어찌 알 수 있겠는가?

정우는 스님으로부터 받은 책자를 읽어 보았다. 『잡보장경』이라는 불교경전인데 그중 일부를 번역한 내용이었다. 내용이 쉬워 보이는 글임에도 알 듯 말 듯 그 뜻이 오묘했다. 그 글들 중 한 부분이 눈에 띄었다. 부처님의 말씀이었다. 그러나 정우는 그야말로 속세에 물든 중생이었기에 자신이 읽고 싶은 글만을 고르듯 중간중간 읽어 보았다.

참기 어려움을 참는 것이 진실한 참음이고
누구나 참을 수 있는 것을 참는 것은 일상의 참음이다.
…….
강한 자 앞에서 참는 것은 두렵기 때문이고,
자기와 같은 사람 앞에서 참는 것은 싸우기 싫어서며,
자기보다 못한 사람 앞에서 참는 것이 진정한 참음이다.

정우가 생각하기에, '참음도 없고 화도 없는데 무엇을 참고 무엇에 화를 낸단 말인가?' 라고 말하면 괜한 투정일까, 라는 화두가 떠올랐다.

그러나 『잡보장경』의 내용을 정우가 모두 이해할 수는 없는 일이었다. 세상사에 묻혀 있는 정우가 '전두환을 용서할 수 없다' 라며 데모를 주도한 것만 해도, 강한 자 앞에서 두려워하지 않고 앞장서 싸웠음으로 스스로에게는 떳떳하다는 자족감을 갖는 정도일 것이다. 그러나 그 의미도 불경의 의미에서 본다면 너무나 오묘해서 모를 일일 것이다.

> 비방과 칭찬 괴로움과 즐거움을 만나도
> 지혜로운 어진 사람은 흔들리지 않는다.
> 사실이 그러해서 욕을 먹으면
> 그것이 사실이니 성낼 것 없고,
> 사실이 아닌데도 욕을 먹으면
> 나와는 관계없는 일이 되는 것이니,
> 지혜로운 사람은 어느 때나
> 화를 내지 않는다.

이쯤에서 정우는 책을 내려놓았다. 『잡보장경』이 중생의 인연을 중시하여 사람들에게 복을 짓게 하고 계율을 지키도록 권한 경전이지만 정우에게는 너무나 힘든 일이었다. 설사 정우가 『잡보장경』의 내용을 이해하려는 의지를 갖는다고 하더라도, 그것은 현실적으로 불가능한 일이었다.

당장 눈앞에 닥쳐 있는 정우의 현실은 살얼음판 위를 걷는 불안한 상태였다. 언제 계엄군에게 체포당할지 모를 정도로 하루하루가 긴장의 연속이었다. 오히려 그렇기 때문에 이 글을 통하여 마음의 평온을 유지해야 한다는 역설이 있을 수도 있으나 정우에게는 촌음의 여유조차 없었다.

경전 중에 '지혜로운 삶'에 대한 내용이나 '무재칠시(無財七施)' 즉, 재물이 없어도 베풀 수 있는 일곱 가지 보시의 가르침에 이르러서는 정우는 책을 덮어 버렸다. 정우의 깨달음 수준에서는 다른 세상의 이야기였다.

그러나 한편, 그것은 정우에게 새로운 의문을 제기하는 것이기도 했다. 정우는 이해할 수 없으나 다른 사람도 그것을 이해할 수 없다고 말할 수는 없는 것이었기 때문이다.

그것은 정우가 자신의 할머니만 머릿속에 떠올려 보아도 금방 알 수가 있었다. 어릴 적 정우는 할머니가 새벽 일찍 우물에서 물을 길어 오는 것을 종종 보곤 했다. 집에서 제사를 지내거나 중요한 행사가 있으면 할머니는 그 물을 작은 그릇에 담아 부엌 아궁이 위 선반이나 장독대 위에 놓고 두 손을 모아 무언가를 기원하곤 하였다.

"웃는 얼굴에 침 안 뱉는다."

어린 정우의 머리를 쓰다듬으며 할머니는 말씀하였다.

"가는 말이 고와야 오는 말이 곱다."

어린 정우의 손바닥에 금방 떠 놓은 정화수 물을 한 방울 떨어뜨려 손바닥을 비벼 주다가 그 손바닥을 맞닿은 채로 꼬옥 잡는 할머니의 손길이 따뜻했다.

"네가 먼저 마음을 열거라. 부드러운 눈길도 먼저 주고, 항상 다른 사람의 마음을 헤아려야 한다. 양보하고 또 양보하고 돈이 없으면 힘든 일을 해서라도 도와 주거라."

그렇게 할머니는 어린 정우에게 한량없는 말들을 해 주었다. 한글도 모르는 정우의 할머니였지만 세상사에 대해서는 정우가 아는 한 모르는 게 없었다. 동네에 동냥 거지라도 오는 날에는 할머니 자신이 먹던 밥을 챙겨 주었고 헐벗은 동냥 거지에게는 자신이 가지고 있던 옷가지들을 챙겨 입혀 주기도 하였다.

정우의 아련한 기억 속에 할머니는 부처님이었다. 정우는 새삼스럽게 떠올려진 할머니에 대한 기억 속에 스님이 주신 경전의 내용이 할머니의 한량없는 말들과 어쩌면 같은 것일 거라는 생각을 하였다. 그리고 정우가 이곳 지리산으로 오게 된 것도 어떤 인연이 있었기 때문이 아닌가라는 생각도 들었다.

그러나 이 모든 생각들은 정우의 불안한 현재 상태를 반영하는 것일 수도 있는 거였다. 조금의 여유를 갖게 되었지만 정우의 현실은 변한 게 없었다. 조금이라도 방심한다면 정우는 계엄군에게 체포당할 것이고, 그것은 곧 정우가 하고자 하는 모든 일들을 물거품으로 만들어 버릴 것이다. 지리산으로 들어와 자신을 정리할 시간을 갖고자 하였지만, 정우는 아직 마음의 안정을 찾지 못하고 있었다. 서슬 퍼런 계엄군에게 쫓기고 있는 정우로서는 당연한 일이었다. 그만큼 정우는 지푸라기라도 잡으려는 심정으로 무언가에 의존하고자 하는 심정이 되어 있었다.

　정우는 지리산에서 몇 주일을 더 지냈다. 거의 한 달을 산속에서 보낸 셈이다. 정우는 낮에는 계곡을 따라 오르내리며 시간을 보냈다. 밤에는 그동안의 생각을 정리하는 메모를 하였다. 일기는 쓰지 않았다. 계엄군에게 체포될 경우 정우의 행적이 드러나는 것을 방지하기 위한 대비책이었다. 그러나 정우가 조금 여유로운 날들을 보내며 생각을 정리한다고 하였지만 특별한 것이 있을 수는 없었다. 행동으로 구체화되지 않는 생각은 아무런 쓸모가 없기 때문이다. 더구나 산속에서 아무런 정보도 없이 혼자서 하는 생각은 공상에 불과하였다.

　산속 생활이 한 달을 넘어가자 정우는 바깥세상 소식이 궁금해졌다. 그러나 전화연락을 할 수는 없었다. 정우가 알고 있는 대부분의 연락처는 모두 도청되고 있다고 생각해야 했다. 연락을 하려면 직접 만나는 방법 말고는 없었다. 정우는 일단 다시 부산으로 들어가 보기로 했다. 정우는 사건이 일어난 지 거의 두 달 정도가 지났기 때문에 자신에 대한 수사망이 느슨해졌을 것으로 판단했다. 산속 주인아주머니에게는 다시 오겠다는 인사말을 남겼으니까 상황이 여의치 않으면 언제든지 다시 산으로 돌아올 수 있다는 생각도 있었다.

다시, 부산으로

"옴마나, 정우 아이가?"

"숙아, 오랜만이네."

정우는 저녁 무렵에 온천동에 있는 숙의 집으로 찾아갔다.

숙은 정우와 고종사촌지간이었다. 그러나 촌수로만 그렇지 가까운 친척은 아니었다. 정우의 아버지가 4대 독자이기 때문에 정우 증조할아버지의 누이 혈연을 따라 맺어진 관계였다. 워낙 자손이 귀하고 친척이 없었기 때문에, 시골의 같은 동네에 살면서 가깝게 지내는 사이로 어릴 때부터 남다른 친척관계를 맺어 오고 있었다. 남이 본다면 먼 친척으로 이웃사촌 정도이지만 정우와 숙의 집안은 동네에서 유일한 친척이었던 셈이다.

숙은 정우와 나이가 동갑이었다. 정우가 어릴 당시 시골의 살림은 가난하기 그지없었고 대부분의 집이 끼니를 걱정하던 시기였다. 숙의 집도 살림이 어려워, 중학교에 진학하는 것은 꿈도 못 꾸고 초등학교를 졸업하자마자 부산에 있는 공장에 취직을 하기 위해 시골을 떠났던 것이다. 정우는 대학생이 되어 부산에 오기까지 숙과는 연락도 없었다가 부산에 오자마자 제일 먼저 찾았던 사람이 숙이었다. 숙은 어느새 결혼까지 하고 아이 하나를 낳은 아줌마가 되어 있었다.

숙의 남편은 숙이 다니고 있는 공장에서 만났다고 하였다. 숙은 남편과 함께 공장을 다니며 나름대로 생계를 잘 꾸려 나가고 있었다. 정우는 대학을 입학한 후 부모님이 이사를 오기 전까지 1년 정도를 혼자 생활하였기 때문에 특별히 갈 데가 없을 때에는 숙의 집을 친척이라는 명분을 가지고 자주 방문하였다. 남편은 숙보다 나이가 조금 많은 편으로 살이 조금 찌고 온화한 성격의 후덕한 사람이었다.

정우가 한 번씩 숙의 집을 방문할 때면 숙은 계란을 삶아 내어 놓았다. 계란을 한꺼번에 50여 개 정도를 삶는데, 손님을 접대하거나 배가 출출할 때 간식용으로 먹는 듯하였다. 숙이 커다란 바구니에 삶은 계란을 담아 오면 숙의 남편과 아이, 정우는 숙과 함께 빙 둘러앉아 계란을 까먹었다. 소금에 살짝 찍어 먹는 계란 맛은 노린내가 약간 나면서도 구수하였다. 한 사람이 보통 10개 정도를 먹어야 하는 분량이기 때문에 계란을 다 먹을 때쯤이면 입에서 닭똥 냄새가 났다. 정우는 숙의 집을 다녀온 날이면 어김없이 배탈이 나곤 하였지만, 비록 좁은 방이라고 할지라도 백열등 불빛 아래 정다운 가족이 함께 둘러앉아 계란을 까먹는 풍경이 좋아 자주 들르곤 하였다.

정우는 부산으로 돌아오며 숙의 집을 찾아가기로 하였다. 정우가 맺고 있는 대학생 신분의 사람들과는 전혀 관계가 없고, 정우와는 가까운 사이지만, 외부에서 볼 때는 먼 친척뻘이기 때문에 수사망으로부터는 벗어나 있을 것으로 판단하였기 때문이다.

"걱정 말고 우리 집에 있거라."

숙은 남편과 의논을 하며 정우에게 말하였다. 숙도 정우의 사정은 어느 정도 알고 있었다. 대학생들이 데모를 하고 경찰과 계엄군에 쫓기고 있다는 것은 잘 알고 있었고, 정우의 소식도 알고 있었다.

"당분간만 신세 좀 지겠습니다."

정우는 숙의 남편에게 고맙다는 인사를 하였다. 숙의 집은 단칸방이었다. 온천장 부근에 있는 셋방인데 단독주택에 붙어 있는 방 한 칸을 세 들어 살고 있었다. 숙의 셋방은 깨끗한 외양을 갖춘 슬래브 2층 집 바깥쪽에 있었고 출입문도 별도로 되어 있어 자유로웠다.

정우는 숙의 다락방을 사용하기로 했다. 다락방은 방 안 천정에 있었다. 방 안으로 들어가면 방 귀퉁이에 나무사다리가 놓여 있었고 그 사다리를 올라가면 천정에 네모난 구멍이 뚫려 있어 그곳으로 올라가면 되었다. 다락방은 정우의 앉은 키 정도의 공간 높이였다. 방 천정을 다락방으로 사용하는 셈이었다.

아마도 단칸방 세를 주면서 창고용으로 만든 것인데 숙이네는 그곳을 방으로 사용하고 있었다. 친지나 가까운 사람들이 방문할 경우 숙소 대용으로 사용하고 있는 것이다. 어렵게 생활하는 서민들의 지혜였다. 다락방은 정우가 잠을 자거나 앉아서 생활하는 데는 지장이 없었다. 결국 정우는 숙의 집 안방의 천정에서 생활을 하게 된 셈이다.

"불편할 낀데."

"괜찮습니더. 우리 어릴 적에는 더 험한 곳에서도 살았습니더."

"그래도 대학생인데."

"우짭니꺼. 이렇게라도 도와야지예."

숙과 숙의 남편이 소곤거리는 말이 들려왔다. 천정이라 그런지 아래에서 일어나는 아주 작은 소리도 분명하게 들렸다. 작은 방 안에서 울리는 소리는 외부로 흩어지지 않고 벽에 반사되어 울리면서 소리를 키우기 때문인데 숙은 아는지 모르는지 자기의 남편과 자신들의 이야기를 한 번씩 주고받았고 그러한 이야기는 고스란히 정우에게 들려왔다.

"초가삼간 알지예?"

"그라모 알지."

"시골집 겨울밤이 얼매나 춥습니꺼. 그 추운 밤에는 온 식구가 한 방에서 잠을 안 잤습니꺼. 코딱지만 한 방에 아이들 네댓 명을 방 안쪽으로 눕히고 어무이하고 아부지는 문 쪽에 누워서 찢어진 창호지 사이로 들어오는 바깥의 찬바람이라도 막아 볼 요량이었지만 그게 어데 그리 됩니꺼. 외풍이 세서 이불 밖으로 머리를 내밀고 숨을 내쉬면 허연 김이 나왔지예. 지금 우리가 살고 있는 도시집하고는 비교도 못 하지예."

숙이 하는 이야기는 주로 자신의 어린 시절 어려웠던 시골집 이야기였다. 숙의 남편은 그런 숙의 이야기를 잘 들어주고 있었다. 정우가 다락방에 온 첫날, 숙의 남편이 정우에 대한 걱정을 한 것 외에 그들의 이야기에 정우가 소재로 등장하는 일은 없었다.

숙은 다락방에서 정우가 지내는 동안 일절 간섭을 하지 않았다. 정우는 그런 숙과 숙의 남편이 고마웠다. 또한 결혼한 지 몇 년이 지났다 하더라도 아직은 신혼일 것인데, 남의 신혼집 단칸방에 외간 남자가 들어와 사는 꼴인데도 숙의 남편은 별로 개의치 않았다. 정우를 믿는 마음도 있겠지만 그동안 정우와 만나면서 들었던 이야기들 속에 대학생들의 정의감과 이 시대에 대한 문제의식에 대해 공감을 한 것으로 보였다. 일단 안전하게 머물 곳을 마련한 정우는 동료들과의 연락을 모색했다.

정씨 아저씨와 정우

"몸은 괜찮나?"

부산에 온 지 며칠 만에 어렵게 만난 선배가 만나자마자 정우에게 물었다. 정우는 선배를 통해 그간의 사정을 대충 듣게 되었다. 경찰이 정우를 잡기 위해 혈안이 되어 있다는 소식이었다. 별도의 수사팀까지 구성하여 정우를 찾고 있다고 하였다. 그 수사팀은 물론 경찰과 계엄군이 합동작전을 펴는 팀일 것이다. 정우와 조금이라도 관계가 있는 사람은 모조리 감시 대상이 되어 있다고 하였다.

"우선 네가 있는 집을 옮기자."

선배는 지금 정우가 묵고 있는 곳도 안전하지 못하다는 판단을 한 모양이다. 정우는 일단 선배의 뜻에 따르기로 하고, 옮길 곳을 구할 때까지 위험하지만 당장은 갈 곳이 없었기 때문에 숙의 집에서 조심스럽게 지내기로 하였다.

정우는 다시 불안해졌다. 선배를 만나기 전의 정우는, 부산상황이 궁금하기도 했지만 자신의 몸 하나 정도는 숨길 수가 있겠다는 자신을 하고 있었다. 더구나 정우는 숨어 다니면서 이전에 자신이 맡고 있었던 학생조직활동을 하고자 하는 의지까지도 있었다. 그러나 선배를 만나고 난 후의 정우는 다시 부산을 떠나든지 새로운 도피처를 찾아야 할 정도로 자신의 상황이 안 좋다는 것을 알게 된 것이다.

정우는 길을 걸으면서도 조심스러웠다. 정우를 스쳐 지나가는 사람들 모두가 거의 형사처럼 보였다. 길을 걷다 가도 앞쪽에서 오는 남자가 양복을 입었거나 머리가 짧거나 하면 정우는 곧바로 걸음을 왼쪽이나 오른쪽으로 옮겼다. 시내버스를 타고 가다가도 다음 정거장에서 낯선 남자가 타면 정우는 버스가 정차하자마자 곧바로 버스를 내렸다. 정우는 버릇처럼 주위를 살피며 조금이라도 분위기가 이상하면 그 장소를 벗어날 정도로 긴장을 하였던 것이다. 선배를 만나러 약속장소에 갔을 때도 그 장소 주위에 못 보던 행상이 있거나 주위를 서성거리는 낯선 사람이 있으면 정우는 그 장소를 벗어나 다시 약속을 정하여 선배를 만날 정도였다.

정우는 이러한 긴장감 속에 무료한 자신을 발견했다. 도망자 정우는 처음에 자신의 몸을 피할 궁리만 하였다. 그러다가 몸이 지쳐 피곤해지자 몸을 쉬며 머물 곳을 찾았다. 지금은 또다시 그것을 반복하고 있었다. 정우는 숙의 집 다락방에서 선배와의 연락도 끊고 며칠을 보냈다.

'피하는 것만이 상책이 아니다. 이제부터 장기전을 준비해야 한다.'

정우는 지금처럼 누군가의 도움을 받는 방식으로 수배생활을 할 수는 없다는 생각을 했다. 직접 생활 속으로 들어가 스스로

238

일을 하면서 생활을 유지해 나가는 방법을 찾기로 했다. 다시 만난 선배와 함께 정우는 일자리를 찾아보기로 하였다.

"내가 아는 사람이 일하는 공사현장이 있는데 그곳에 한 번 가보자."

얼마 후 선배가 정우를 만나 의논을 하였다. 정우는 숙의 집을 나와 선배가 알아본 공사현장으로 갔다. 정우가 선배를 따라간 곳은 부산역 뒤의 부두도로 확장공사장이었다.

부산은 도로가 좁아 교통사정이 좋지 않았다. 해안가를 따라 길게 도시가 형성되다 보니까 부산역 앞을 지나는 중앙도로를 지나지 않고서는 시내중심지인 남포동으로 갈 수도 없고, 외지로 빠져나가는 큰 길도 중앙도로밖에는 없었다. 그래서 길을 하나 더 만드는데, 부둣가 공사장은 부산역 뒤 부둣가 바다를 매립하여 만든 부두도로를 확장하는 공사를 하고 있는 곳이었다. 중앙도로와 평행하여 부두도로가 있는데 이 도로를 확장하면 큰 도로가 하나 더 생기는 셈이었다. 정우는 그곳에서 선배가 아는 사람의 소개로 일을 하게 된 것이다.

정우가 하는 일은 도로 옆의 가로등을 세우는 일이었다. 가로등을 세우기 위해서는 도로 옆에 구덩이를 파고 가로등을 세울 기둥을 넣고 시멘트를 채우면 되었다. 정우는 삽과 곡괭이로 하루 종일 구덩이를 파고 시멘트를 부으며 작업을 하였다. 도로가 어느 정도 만들어진 곳에는 차도와 인도 사이의 보도 턱을 대리석으로 기다랗게 까는 작업을 하기도 하였다. 정우는 부두도로 부근에 세워진 함바에서 잠자리와 식사를 해결하였다. 함바는 공사현장의 인부들을 위해 임시로 만든 간이건물이었다. 구조는 매우 간단해서 잠을 자는 곳은 커다란 마룻바닥에 담요를 깔고 덮으면 잠자리가 되었고, 귀퉁이 작은 공간에서 세면과 식사를 하면 되었다. 물론 식당 아주머니들이 밥을 해 주었기 때문에 식사에는 큰 불편이 없었다.

정우는 하루 종일 일을 하고 저녁에 잠자리에 누우면 온몸이 뻐근하게 아팠지만 무작정 도망만 다니던 생활과는 다르게, 오히려 이러한 고통이 마음을 즐겁게 하였다. 힘든 노동 뒤에 오는 어떤 성취감이라고나 할까, 자신에 대한 책임을 다한 것 같은 만족감을 정우는 느꼈다.

"김 군아, 여기 시멘트 좀 가져와라."

함께 일하는 정씨 아저씨가 기둥을 세우며 정우를 불렀다.

정우는 공사현장에 취직을 하면서 가명을 썼다. '김철민'이라는 후배이름을 빌려 신분증과 서류를 제출하고 취직을 했던 것이다. 물론 형식적인 절차였기 때문에 정우의 신분을 확인하는 별다른 과정 없이 취직하는 데는 아무런 어려움이 없었다. 정우가 시멘트를 가져와 붓자 정씨 아저씨는 기둥을 고정하고 다음 장소로 이동했다. 정우는 정씨 아저씨와 한 조가 되어 작업을 하였다. 정씨 아저씨는 정우와 함께 일하면서 자신의 이야기를 종종 하였다.

"나, 이 일만 10년이 넘었어."

정씨 아저씨는 40대 중반의 나이였다. 고향이 전라도인데 고향에는 부인과 아이들이 있다고 했다.

240

"이놈의 세월이 무정한 겨."

객지생활만 10년을 넘게 하고 있는 정씨 아저씨는 나이보다 늙어 보였다. 한 번씩 깊게 패인 얼굴의 주름살 위로 하얀 담배 연기를 내뿜으며 정씨 아저씨는 혼잣말을 내뱉었다.

"왜 고향으로 안 가세요?"

"그럴 만한 사정이 있어."

정우는 잠시 말을 멈추었다. 그럴 만한 사정이 뭐냐고 묻고 싶으나 괜한 관심을 보이고 싶지 않았다.

"그때는 내가 세상 물정을 잘 몰랐지."

정우가 묻지도 않았는데 정씨 아저씨는 자신의 이야기를 했다.

"나도 한때는 농사꾼이었어."

여름 햇살이 따갑게 내리비쳤다. 정씨 아저씨는 한낮의 더위를 피해 잠시 나무그늘 아래서 쉬며 정우에게 말했다.

"그날도 오늘처럼 더웠지."

담배를 다시 하나 꼬나물며 정씨 아저씨는 먼 하늘을 바라보며 말했다.

"아, 그놈의 지주가 소작료를 올려 달라는 거여. 쬐끄만 땅뙈기 하나 빌려줘 놓고 달라는 것은 뭐가 그리 많은지, 사시 사계절을 가만두지 않는 거여."

한꺼번에 쏟아내 버린 말들을 다시 되새기는 듯 정씨 아저씨가 담배 연기를 길게 내뿜었다. 정씨 아저씨는 고향에서 농사를 지었는데 지주의 땅을 빌려 붙이는 소작농이었다. 소작농은 남의 땅을 빌려 경작하는 대신 그 땅에서 생산되는 농작물을 지주와 나누었다. 보통 반반씩 나누는 게 관례인데 악덕지주의 경우 4분의 3 이상을 자신이 가져가기도 하고, 지주 자신의 집안일 대소사에 소작농 가족을 하인 부리듯이 하기도 하였다. 특히 집이 멀리 떨어져 있거나 가난한 소작농의 경우 지주의 집에서 숙식을 하며 소작을 붙이는 경우가 있는데 일종의 머슴으로 허드렛일을 도맡아 하기도 하였다.

"내가 참았어야 했는디."

정씨 아저씨는 그날을 회상하며 한숨을 내쉬었다.

그날 정씨 아저씨는 지주에게 달려들었고 지주는 정씨 아저씨가 휘두르는 주먹에 코를 맞아 코뼈가 부러지는 중상을 입고 병원에 입원하면서 정씨 아저씨를 경찰에 고소를 해 버렸던 것이다. 정씨 아저씨는 그날로 야반도주를 하여 지금까지 공사판을 전전하며 지내고 있었다.

"가족은 어떻게 지내세요?"

"한 번씩 연락은 하제. 내가 돈을 조금씩 전해 주기도 하고. 그럭저럭 먹고는 살아."

"가족을 부산으로 데려 오시면 안 되나요?"

"그래도 고향인디, 고향을 떠날 수는 없지."

정우는 이 시대 아버지들이 갖는 애환을 생각해 보았다. 정우의 아버지도 그랬다. 자식들의 공부를 위해서 온 가족이 부산으로 이사를 했지만 시골에 남아 있는 집과 논밭은 그대로 두고 있었다. 언젠가는 고향으로 돌아가신다는 생각에서였다.

1970년부터 시작된 '새마을운동'은 농촌 주민의 뜻과는 다르게 관 주도로 진행되는 경우가 많았다. 물론 무슨 일이든지 시작 단계에서는 누군가의 의도적인 행동이 중요한 계기로 작용할 것이지만 농촌에 부는 '새마을운동'은 좀 심한 편이었다. 정우가 살았던 시골에서도 '새마을운동'이 시작되면서 많은 변화가 일어났다. 지붕 개량을 한다면서 초가지붕을 전부 슬레이트 지붕으로 바꾸어 버렸는데 정우는 그해 여름부터는 마루에서 낮잠을 자지 못하였다.

이전의 정우의 시골 초가집은 한여름 아무리 뙤약볕이 내리쪼여도 지붕 처마 밑으로만 들어가면 서늘한 바람이 일었다. 처마 밑에 어린 정우의 엉덩이만큼 높이에 걸쳐 있는 마룻바닥은 정우의 놀이터였다. 마룻바닥에 누워 처마 밑 삐죽삐죽 나온 초가지붕의 지푸라기 너머로 흘러가는 하얀 뭉게구름을 바라보며 정우는 낮잠을 즐기곤 하였다.

정우가 사는 시골은 넓은 들과 낮은 산으로 둘러싸인 전형적인 농촌 시골마을이었다. 집 앞마당을 빙 둘러싸고 있는 담장 울타리에는 짚으로 이은 담장지붕이 용처럼 기다랗게 꿈틀거리며 얹혀 있었다. 담장 울타리 벽은 황토 흙과 중간중간에 돌멩이를 끼워 넣어 비나 눈이 올 경우 담장에 물이 스며들지 않게 만들어져 있었다.

마을에서는 가을 추수가 끝나면 늦가을 차가운 바람이 불어올 때쯤 초가지붕에 볏짚으로 초가를 덧씌우는 지붕 잇기 품앗이를 하였다. 초가지붕은 일 년이 지나면 노랗던 색깔이 회색빛으로 닳거나 빗물이 들어가 물기가 고인 곳은 까맣게 썩었다. 이것을 걷어 내고 새로운 볏짚으로 엮은 노란 초가지붕으로 다시 잇는데, 이때는 온 동네 사람들이 모여 함께 작업을 하였다. 그렇게 이어진 초가지붕은 어린 정우에게 언제나 포근한 보금자리였다.

시골 초가집은 정우의 할아버지가 직접 지은 것이었다. 작은 방 3칸에 부엌이 하나 딸려 있는 그야말로 초가삼간이었다. 집을 받치고 있는 나무기둥들은 그런대로 대패로 깎아 곧은 선을 그리고 있었다. 마루와 그 마루를 받치고 있는 나무기둥들도 모두 곧게 서 있었다.

그런데 마루에 누워 천정지붕을 바라보면 천정을 가로지르며 나선방향으로 걸쳐 있는 서까래는 어린 정우 다리 굵기만 한 나무를 껍질만 벗겨 그대로 걸쳐 놓아 일직선으로 곧은 서까래는 한 개도 없었다. 그 서까래 밑에 집의 중심을 잡고 버팀목으로 걸쳐져 있는 대들보가 있었다. 대들보는 어린 정우가 양팔로 감싸 안아야 겨우 손끝이 닿을 정도로 굵었다. 그 대들보도 구불거리는 굵은 나무를 잘라 만들었는지 걸쳐져 있는 대들보의 중간부분이 아래로 약간 구부러져 있었다. 대들보의 옆면은 대패로 밀어 양쪽이 깨끗하게 깎여 있어 대들보의 정면 아래에서 보면 대들보가 일직선으로 곧게 걸쳐져 있는 것처럼 보였다.

정우의 놀이터 중 대들보의 약간 구부러진 부분이 가장 좋은 곳이었다. 마룻바닥에 책이나 배개를 쌓아 그것을 딛고 천정의 대들보로 올라가면 움푹 내려 앉은 대들보의 공간은 정우가 앉아 있기에 딱 좋았다. 그곳에 앉으면 꼭 소등에 탄 기분이었다. 대들보를 오르락내리락하며 어린 정우는 초가삼간 놀이터를 온몸으로 품었다.

그러나 슬레이트 지붕을 이은 이후 정우는 한여름 더운 열기가 그대로 밀려 들어오는 마루에서 더 이상 낮잠을 잘 수가 없게 된 것이다.

정우의 시골마을은 동네 어귀부터 마을로 들어오는 길을 따라 수십 년 된 느티나무가 숲처럼 심어져 있었다. 동네 밖에서 보면 숲나무에 가려 동네가 보이지 않을 정도였다. 그 숲을 지나 동네 밖으로 나오면 넓은 들판이 펼쳐졌다. 그 들판 가운데를 기찻길이 남북방향으로 가로지르고 있었다.

정우의 마을에서 바라볼 때, 들판 오른쪽 끝에서 왼쪽으로 가로지르는 철길은 낮은 들판에서 높은 산 쪽으로 비스듬하게 올라가는 오르막길로 되어 있었다.

간혹 기차가 시커먼 연기를 내뿜으며 힘겹게 오를 때면 정우보다 나이가 많은 동네 청년들은 기찻길을 달려가며 달리는 기차 뒤칸에 올라타기도 하고 오르막이 끝나는 지점에서 기차에서 뛰어내리는 장난을 치기도 하였다.

그 오르막이 끝나는 지점에 정우의 동네를 멀리 바라보며 흐르는 제법 넓은 개천이 하나 있었다. 그 개천은 기찻길을 통과하여 동쪽으로 흐르는데 그 개천 위로 기차가 지나가는 철제 다리가 놓여 있었다. 철제 다리를 기차공굴 다리라고도 하는데, 개천

양쪽에 시멘트로 높은 옹벽을 만들어 견고하게 철제 다리를 걸쳐 놓았는데, 멀리서 바라보면 기찻길이 길게 이어지다가 개천이 지나가는 철제 다리 부분에서 마치 굴처럼 뻥 뚫려 있어 기차 공굴이라고 부르는 것 같았다.

어린 정우가 개천가에서 그 공굴 다리를 올려다보면 까마득하게 높아 보일 정도로 제법 높은 철제 다리가 놓여 있었다. 공굴 다리는 어른 키만 하게 아래쪽으로 철제 구조물이 얼키설키 만들어져 있어 기차가 지나가는 표면 밑으로는 빈 공간이 만들어져 있었다. 이 공간은 아이들이 그 속으로 들어가 기차가 지나가기를 기다리다가 기차가 지나가며 울리는 천둥 같은 소리에 귀를 막고 서로를 바라보며 장난을 치고 놀기도 하는 공간이었다. 정우도 동네 아이들과 같이 공굴 다리에서 놀다가 어른들에게 들켜 혼이 나기도 하였다.

공굴 다리 아래로 흐르는 개천은 제법 물이 많았다. 비가 온 다음날에는 소용돌이치며 흐르는 물길이 무서울 정도였다. 더운 여름날이면 정우는 동네 아이들과 함께 기차 공굴 다리 속으로 들어가 아래로 흐르는 물속으로 뛰어내리는 놀이를 하곤 하였다. 공굴 다리에서 뛰어내리면 개천물 속으로 떨어지기까지 한참을 공중에서 떨어지는 듯한 기분이 들었다. 그 짜릿한 기분이 좋아 아이들은 물놀이를 그만둘 때까지 공굴 다리를 오르락거렸다.

그 기차 공굴부터 정우의 동네까지 오솔길이 나 있었다. 마을로 들어가는 길인데, 그 길이가 수백 미터는 되었다. 동네사람들이 가까운 읍내 장터나 외지로 볼 일을 보러 갈 때면 반드시 이 길을 통과하여야 했다.

그 길은 길 양옆으로 벼농사를 짓는 논이 있어 길을 둑처럼 높여 만들어 놓았다. 오솔길은 구부정하게 휘며 S자 곡선을 그리면서 동네와 공굴을 이어 주었다. 길옆에는 버드나무가 군데군데 심어져 있었다. 어린 정우는 이 길이 좋았다. 리어카가 서로 비켜 지나갈 정도 넓이의 둑길에 길섶에는 잔디가 자라고 사람의 발길에 밟혀 시멘트보다도 더 단단한 흙길은 아무리 비가 와도 패이지 않았다. 멀리서 바라보면 동네로 굽이치며 둑길이 들어가면서 길쭉한 버드나무가 점점이 박혀 있는 모습이 그림 같았다.

그런데 어느 날인가 새마을운동을 한다면서 버드나무를 베어 버리더니 이 길을 불도저로 밀어 버리고 커다란 시멘트길을 직선으로 만들어 버린 것이다.

정우의 시골마을 이장은 이러한 '새마을운동' 을 하면서 동네 사람들을 부역으로 동원하였다. 그때 정우의 아버지는 학교 선생을 하고 있었기 때문에 부역을 나갈 수가 없었다. 결국 정우 할머니가 부역을 대신 나갔는데 마을 이장이 정우 할머니의 부역을 인정할 수 없다며 정우네집에 벌금을 부과하는 사건이 발생했다.

아마도 마을 이장은 정우 아버지가 새마을운동에 부정적이고 지붕개량사업에도 제일 늦게 동참하는 등 정부정책에 비협조적이라는 생각을 하고 있던 참에, 나이가 많은 할머니가 부역을 나오니까 일을 제대로 못 한다는 이유를 들어 골탕을 먹이려고 생각을 했던 모양이다.

그러나 정우의 아버지 또한 호락호락한 사람이 아니어서 그날 저녁에 동네에서는 커다란 소동이 일어났다. 마을 이장이 정우네 집에 벌금을 받으러 오자 정우 아버지는 호통을 치며 마을 이장을 나무랐다.

"이런 못된 놈이 있나. 아무리 연세가 많아도 부역을 했는데 부역을 하지 않았다고 하는 것이 말이 되는가?"

마을 이장은 정우의 아버지보다 나이가 적었다.

"어어, 저, 저……."

정우 아버지가 마을 이장을 호되게 나무라자 마을 이장은 말을 못 하고 더듬거리다가 억지를 부리듯이 말했다.

"이미 결정된 일이니까 벌금은 내야 합니다."

이장은 마을 운영위원회의 결정이라는 명분을 내세우며 끝까지 고집을 하였다. 정우 아버지는 화가 머리끝까지 나서 마을 이장의 멱살을 잡았다.

정우 아버지는 마을 이장의 행동이 형평성에도 위배된다고 생각하였다. 정우 마을에는 젊어서 남편을 잃고 혼자 살고 계시는 정우 할머니 연배의 할머니들이 몇 분 있었는데 이 할머니들도 당연히 부역을 나갔고, 정우 할머니 역시 다른 할머니들과 친구 삼아 부역을 나갔던 것이다. 정우 할머니의 부역을 인정할 수 없다면 다른 할머니의 부역도 인정하지 않아야 하는데, 마을 이장은 정우 할머니의 부역만 인정할 수 없다며 벌금을 부과했던 것이다. 마을 이장의 논리는 집안에 남자인 가장이 있는데 할머니를 부역으로 내보냈기 때문에 인정할 수 없다는 것이었다. 그렇지 않아도 그동안 쌓인 감정이 한꺼번에 폭발하면서 정우 아버지는 마을 이장을 번쩍 들어 내동댕이를 쳐 버렸던 것이다.

정우 아버지는 힘이 장사였다. 몸집도 거인에 가까울 정도로 커서 웬만한 장정 몇 명쯤은 혼자서 상대하고도 남을 정도였다. 그 일로 정우 아버지는 학교 출근도 못하고 며칠 동안 경찰서에 불려 다녔다. 마을 이장은 부러진 이빨 값과 타박상에 대한 치료 값으로 돈을 요구하였고 정우 아버지는 논을 팔아 합의금을 마련하여 사건은 종결되었다. 이후 아버지는 마을 이장을 사람으로 취급하지 않았고 마을 이장은 정우 아버지만 보면 슬금슬금 피하였다.

정우의 시골 마을은 그렇게 옛날 모습을 잃어버렸다. 풀밭 길 사이로 버드나무가 점점이 박혀 있던 그림 같은 시골길은 허연 시멘트길이 되어 버렸고 정우가 더운 여름날 낮잠을 즐기던 초가지붕도 사라져 버렸다. 그래도 정우 아버지는 고향을 잊지 못하였다. 고향을 떠나온 뒤에도 일 년에 두 번 정도 명절날을 택해 고향에 있는 산소에 성묘도 가고 다 허물어져 버려 잡초만 무성한 시골집을 돌아보곤 하였다.

"김 군 고향은 어디인가?"

정씨 아저씨가 물었다.

"진줍니더."

정우 고향의 정확한 지명은 진양군 진성면이지만 워낙 벽촌이라 다른 사람들은 잘 모르기 때문에 고향 옆에 있는 진주시를 그냥 고향이라고 종종 말하는 편이었다.

"음, 진주라, 좋은 동네에서 살았구먼."

정씨 아저씨가 일어서며 삽을 챙겼다.

"자, 다음 구덩이로 이동해야제."

정우는 앞서 걸어가는 정씨 아저씨의 뒷모습을 바라보았다. 정우는 '도망자'라는 단어를 가만히 되뇌어 보았다. 정우 자신이 도망자이기 때문인지 정씨 아저씨의 처지가 남의 일 같지 않았다.

'10년이 넘게 도망자 생활을 하다니.'

마음속으로 정우는 자신을 돌아보았다. 정우는 정씨 아저씨의 말 속에서 도망자의 두려움 같은 것은 느끼지 못했다. 오히려 익숙한 손놀림과 당당한 발걸음으로 자신감을 드러내며 일하는 정씨 아저씨의 모습에서 그러한 삶 자체를 자신의 것으로 받아들이며 사는 숙명 같은 것을 느꼈다.

아무리 범법자라고 하여도 공소시효라는 것이 있다. 정씨 아저씨의 경우도 그의 행위에 대한 법적 공소시효가 있을 것이다. 정씨 아저씨도 이러한 내용을 모르지는 않을 것이고. 아마도 10년이 지난 지금 그 공소시효는 끝났을 것이다. 그런데도 고향으로 돌아가지 못하고 있는 것은 단지 법만의 문제가 아닐 것이라고 정우는 생각했다.

'자신이 살아온 날들을 반추해 보면서 또 새롭게 맞이해야 할 세월을 삶의 연속선상에 놓아 본다면, 지난 10년의 삶이 단절되거나 잃어버린 삶이 되어서는 안 되기 때문이 아닐까?'

물론 정씨 아저씨의 행위 자체에 대한 사회적 제도 속에서의 법적 판단을 제외하고서의 생각이지만 말이다. 정우는 자신 역시 정씨 아저씨와 다르지 않을 것이라는 생각을 했다. 지금 지나가는 순간순간이 정우의 삶의 단편이 되고 이러한 단편이 모여 세월이 되면, 정우 역시 지나간 삶의 연장선에서 새로운 삶의 연속성을 찾을 수밖에 없을 것이다. 그렇다면 정우가 보내는 현재의 시간은 정우의 미래를 만들어 나가는 시간이 되는 것이다.

정우는, '그렇다면 도망이란 것은 무엇인가?'라는 질문을 스스로에게 던져 보았다.

'누군가를 피하여 끊임없이 두려움에 떨며 숨어 다니는 것이 도망이라면 그 도망의 미래는 잡히느냐 잡히지 않느냐의 결과밖에는 없다. 반면에 도망 그 자체가 자신의 삶이고 그 삶 속에서 새로운 미래를 개척해 나간다면 그 도망의 미래는 잡히느냐 잡히지 않느냐에 상관없이 새로운 삶으로 자신의 미래를 이끄는 것이다.'

정우는 옆에 놓인 안전모를 머리에 썼다. 작업화의 끈을 바짝 조여 매며 청바지 작업복 밑단을 신발 속으로 단단히 조여 넣었다. 흙이 묻은 실장갑을 끼고 곡괭이를 어깨에 둘러매었다. 정우의 어깨가 제법 벌어졌다. 얇은 셔츠를 풀어헤친 가슴팍으로 굵은 땀방울이 흘러내렸다. 햇볕에 탄 구릿빛 얼굴이 강건했다. 앞서 걸어가는 정씨 아저씨의 걸음걸이를 따라 느릿하게 걷는 정우의 발걸음에 흐트러짐이 없었다.

4부

도망자 1, 이야기의 끝이자 시작

10월의 함성

10월 햇살이 따사로웠다. 하얀 구름이 간간이 흘러가며 땅바닥으로 긴 그림자를 몰고 갔다. 가을낙엽이 바람도 없는데 떨어져 길가에 살짝 내려앉았다.

"다들 괜찮나?"

"아직은 경찰이 잘 모르는 것 같다."

"무사히 빠져나갔겠지?"

"그래, 일단은 무사한 것 같다."

정우는 현구와 경호가 주고받는 속삭임을 들으며 조심스럽게 주위를 살폈다. 대학 도서관을 내려서면 앞쪽으로 본관 건물이 자리 잡고 있는데, 그 본관 건물 북쪽 옆으로 금정산 방향의 기다란 잔디길이 펼쳐져 있었다. 그 길가 잔디밭에서 정우는 현구와 함께 경호를 다급하게 만나고 있었다.

조금 전 오전 10시 도서관 앞 시위가 그만 무산되고 말았다. 진혁이가 시간에 쫓겨 50명도 채 모이지 않은 상황에서 시위를 선동하는 바람에, 주변에 있던 사복형사들이 대열 속으로 치고 들어오면서 시위가 실패해 버린 것이다. 다행히 진혁이는 몸을 피하여 잡히지는 않았다. 주위에 흩어져 있던 학생들 수가 100여

명 정도 되었는데 미처 대오를 갖추기도 전에 사복형사들이 들이닥쳤던 것이다. 물론 이러한 상황까지를 고려한 시위전술이 필요했는데, 시간이 잘 맞지 않았다.

사복형사들은 항상 학내에 상주하고 있었다. 조금이라도 이상한 분위기가 감지되면 즉각 출동하여 초반에 학생들의 움직임을 차단했다. 사복형사들이 상주하는 곳은 대학 본관 건물 1층 입구에 있기 때문에, 본관 주변으로 주요한 지점들에서 일어나는 학내 학생들의 동태를 파악하는 것이 매우 신속하였다. 학생들도 이러한 사복형사들의 움직임을 잘 알기 때문에 시위를 할 경우 사전에 철저하게 준비를 하는 편이었다. 최소한 1~2분 내에 학생들을 결집시켜 대오를 만들지 않으면 사복형사들에게 체포된다는 것을 잘 알고 있었다.

정우는 현구와 함께 며칠 전부터 시위장소를 사전답사하고 후배들과 다른 서클멤버들에게 비밀리에 시위장소로 모이도록 연락을 해 놓은 상태였다.

정우와 현구는 조금 전 실패한 진혁의 시위 외에, 얼마 전부터 시위를 준비하는 팀이 2개가 더 있다는 것을 알고 있었다. 현구를 통해 진혁과는 사전논의를 하고 있었고 다른 팀의 학생들과는 경호를 통해 일정을 조절하고 있었다. 그리고 진혁과 그중의 한 팀이 각각 오늘 오전 학내 곳곳에서 유인물을 뿌렸고 학생들에게 '오전 10시 도서관 앞으로 집결하자'라는 연락을 취했던 것이다. 그러나 유인물이 오전 10시가 거의 다 되어서야 뿌려졌고, 오전 10시에 시위를 선동할 무렵에는 이를 알고 모여든 학생들이 채 불어나기도 전이었다. 진혁이가 도서관 앞 잔디밭에서 유인물을 뿌리며 구호를 외치는 순간 '후다닥' 하며 사복형사들이 들이닥쳤고, 다행히 진혁이는 몸을 피하였으나 그 자리에 모여 있던 학생들의 대오가 순식간에 흩트려져 버렸던 것이다.

"아직 시작 안 했어요?"

뒤늦게 도착한 후배가 정우에게 물었다.

"벌써 끝났다."

정우의 말에 후배는 실망한 눈빛을 감추지 못하였다. 1~2분 내에 일어나는 시위의 순간을 놓친 도서관 앞 잔디밭은 아무 일도 없었던 것처럼 너무나 평온한 분위기가 되었다. 주변에는 사복형사들이 눈빛을 번뜩이며 주위를 살피고 있고 학생들은 아쉬워하면서도 주눅이 든 듯 각자 제 갈 길로 갈 수밖에 없었다.

당시 부산을 비롯한 지방대학 학생들은 서울 쪽에서 들려오는 학생시위 소식에 많은 관심을 가지고 있었다. 박정희 독재정부는 18년 동안 장기집권을 하면서 말로 표현할 수 없을 정도로 무단정치를 자행하고 있었다. 1972년 제정된 유신헌법은 이러한 박정희 독재정권의 장기집권을 더욱 공고히 하는 토대가 되었고, 이에 반대하는 야당정치인이나 학생들에 대해서는 범죄자로 몰아세우며 탄압을 하고 있었다.

그 수단이 바로 긴급조치였다. 긴급조치는 대통령에게 헌법의 효력까지 무력화시킬 수 있는 권한을 부여하는 비상시기 조치였다. 박정희 유신독재정부는 긴급조치 9호까지 발동하면서 국민을 공포정치로 몰아 나갔다. 특히 유언비어 날포죄는 아예 국민의 입과 귀를 막아 버리겠다는 발상이 아니고서는 만들어질 수 없는 말도 안 되는 법이었다. 대통령 직선제 폐지와 임기연장 및 연임제한의 철폐는 사실상 박정희 유신독재왕조를 만드는 것이었고, 국회 해산권과 법관 임면권까지 대통령에게 부여함으로써 민주공화제 국가가 아니라 박정희 일인 군주제로 만들어 버렸던 것이다.

1974년에는 두 가지 큰 사건이 있었다. 4월에 일어난 '2차 인혁당사건'과 8월 15일 영부인 육영수 저격사망사건이었다. 이 사건들이 일어나면서 박정희 유신독재정권의 만행은 더욱 뚜렷한 자기 최면성을 가지고 진행되었다.

'2차 인혁당사건'은 철저하게 허위 조작된 사건이었다. 사법부까지 나서서 이들을 유죄로 선고하면서 박정희 유신독재왕조를 옹호하였고 1975년 대법원에서 사형확정판결이 난 다음날 새벽, 가족도 모르게 인혁당 관련자 8명을 교수형으로 사형을 시켜 버렸던 것이다.

한편, 영부인 육영수가 총에 맞아 죽자 박정희는 자신의 딸 박근혜를 영부인 역할을 시키며 국가정치의 주요한 자리에 앉혔다. 이것은 겉보기에는 단순한 가족관계로 보일 수도 있으나 내용적으로는 민주주의와 입헌공화국이라는 근대사회의 새로운 국민주권 시대를 부정하는 일이었다. 자신의 딸이라는 사실관계만으로 국가정치의 주요업무를 맡긴다는 것이 말이 되는 것인지, 겨우 20대의 박근혜가 무엇을 알 것이며 안다고 하더라도 어떤 법적 근거가 있는 것인지, 국민은 안중에도 없이 무법, 탈법적으로 자행되는 박정희의 안하무인적인 태도는 국민의 가슴에 분노를 만들고도 남음이 있었다.

그야말로 무법천지에 박정희 왕조의 탄생이었다. 더구나 박정희에 대한 비도덕적인 소문들과 박근혜 등 대통령의 자식들이 벌이는 탈선들은 당시의 사회적 통념들을 벗어난 것들이었다. 조금이라도 제정신이 있는 사람이라면 이 나라에 산다는 것이 부끄러울 정도로 박정희 유신독재왕조의 수치스러움은 끝이 없었다.

대학생들이 이러한 박정희 유신독재정권에 반대하고 항거하는 것은 당연한 일이었고, 부산의 경우 아직 학생조직활동이 활발하지 못한 상황이었지만 마음속으로는 서울지역 학생들의 시위소식에 동조하고 있었던 것이다.

그런 시기에 학내에서 시위가 있을 것이라는 소식을 듣고 잔뜩 기대를 하고 있었는데, 시위가 실패했다는 소식이 전해지자 모두가 허탈해하며 자리를 뜨지 못하였다. 그리고 무언가 다른 소식을 기다리는 분위기가 만들어지고 있었다.

'이대로 끝낼 수는 없다.'

정우는 마음 한편으로 분노하면서 현구와 의논을 하고 후배들을 대기시켰다. 이미 도서관 앞에서의 시위는 실패하였기 때문에 더 이상 미련을 둘 수는 없었다. 정우는 현구로부터 진혁과는 또 다르게 시위를 준비하고 있었던 E학과 학생들에 대한 이야기를 듣고, 그렇다면 곧바로 다음날 시위를 다시 준비하기로 했다.

구체적인 내용은 각자의 역할분담으로 해결하기로 하였다.

그 준비의 첫 단계로 모인 것이 정우와 현구, 경호였다. 정우와 현구는 비공개서클의 조직동원과 역할분담에는 별다른 문제가 없었다. 지금이 오후니까 곧바로 연락을 취하면 오늘 저녁까지는 대부분 내일 시위에 관한 내용이 전달될 수 있었다.

문제는 학내공개서클이었다. 보안이 문제였다. 공개서클이기 때문에 비밀을 지키기에 취약하지만 학생 동원을 가장 많이 할 수 있어서 최대한 방법을 찾아야 했다. 그 역할을 현구와 경호가 맡기로 하였다.

'내일 다시 시위를 한다.'

'모두 같은 시간에 모인다.'

비밀리에 입과 입으로 소문이 퍼져 나갔다.

정우는 후배들에게 연락을 취하면서 '그러면 그렇지, 내일은 확실하게 해야지' 라는 반응 속에 무언가 큰일이 일어날 것 같은 예감이 들었다. 정우가 맺고 있는 조직관계는 점조직으로 연결되어 있어 중요한 사항은 직접 정우의 연락을 통해 전달되게 되어 있었다. 저녁 늦게까지 만나는 사람마다 소식을 전달하거나, 연락을 취해 오면 전달하는 방식으로 연락을 취했다.

다음날 10월 16일 오전 10시, 정우는 도서관 앞 잔디밭에 후배들과 함께 학생들 속에 섞여 서 있었다. 어제의 일 때문인지 주위에는 사복형사들이 날카로운 눈짓을 하며 학생들을 살피고 있었다. 긴장감이 흘렀다. 정우의 가슴속으로 뜨거운 기운이 솟아올랐다. 아직 시작도 안 된 일이지만 이미 시작이 되어 버린 듯 모여든 학생들의 눈빛이 반짝이고 있었다.

정우는 어제 하루 종일 이리저리 뛰어다니며 연락을 취하고 학생들의 반응을 접하면서 왠지 모를 자신감이 생겨났다. 한 점 오차 없이 똑딱이며 흘러가는 시간 속에 무언가를 준비했던 정우의 머리 위로 가을 하늘이 푸르고 맑았다. 그 시간 속에 정우는 오히려 긴장된 분위기를 관망하는 마음의 여유까지 생겨났다.

정우가 서 있는 도서관은 앞쪽에서 바라보면 3미터 정도의 높이로 축대를 쌓은 것처럼 높여서 지어져 있었다. 그 축대 위에 제법 넓은 잔디밭이 조성되어 있었다. 학생들은 그 잔디밭 군데군데 놓여 있는 벤치에 앉아 도서관을 들락거리며 휴식을 즐기곤 했다. 이 축대 잔디밭에서 바라보면 본관 건물과 그 뒤쪽으로 나 있는 E학과 상대건물 방향의 보도블록이 길게 깔린 길이 눈높이로 보였다. 본관 건물 아래쪽으로 운동장이 있고 본관 건물과 접한 곳에 스탠드가 있어 이곳에서 주로 학내행사를 하곤 했다.

"유신철폐! 독재타도!"

본관 건물 뒤쪽 상대 방향 보도블록을 따라 한 무리의 학생이 구호를 외치며 걸어왔다. 도서관 앞 잔디밭을 지키고 있던 학생들이 박수를 치며 환호성을 질렀다. 도서관 앞 잔디밭에 순식간에 500여 명 정도의 학생이 모이고 학교 교가가 울려 퍼졌다.

모여든 학생의 대오 속에서 유인물이 낭독되었다. 18년 박정희 군사독재정권의 폐혜 속에 수탈된 민중생존권과 경제적 불평

등은 온 국민의 마음을 짓누르고 있다는 내용이었다. 그 마음속의 분노가 한꺼번에 폭발하듯 학생들의 결의에 찬 요구가 구호로 울려 퍼졌다.

"유신헌법 철폐!"

"언론 · 집회 · 결사의 완전한 자유보장!"

"소득분배 정의실현!"

"반윤리적 기업주 엄단!"

"학도호국단 폐지!"

"학원사찰 중지!"

"정치보복 중지!"

쩌렁쩌렁 울리는 구호 소리에 학생들의 가슴은 벅찬 감동으로 하나가 되었다.

"학생 여러분! 이러면 안 됩니다!"

대학교수와 총장이 학생들 앞으로 나서며 시위를 막으려고 했다.

"어용교수 물러가라!"

학생들은 더욱 단단하게 대오를 형성하며 일사불란하게 구호를 외쳤다. 구호는 노래가 되어 '홀라송'으로 되풀이되었다.

"어용교수 물러가라! 홀라홀라!"

갑자기 대열 한쪽이 어수선해졌다.

"잡아라!"

외마디 소리와 함께 학생들이 '우르르' 달려들어 사복형사들을 밀쳐 내었다. 사복형사들이 시위 주동자를 찾으면서 과도하게 학생들을 잡아가려 하자 주위에 있던 학생들이 사복형사들을 끌어내며 도서관 앞 잔디밭 축대 밑으로 떠밀어 굴려 버렸던 것이다. 학생들의 대오는 흔들림이 없었다.

"저기도 있다!"

도서관 옥상에서 사진을 찍던 사복형사를 향해 누군가가 소리치고 서너 명의 학생들이 뛰어올라가 카메라를 빼앗았다. 점점 모여드는 학생들로 인해 도서관 앞 잔디밭은 더 이상 학생들이 설 자리도 없이 빽빽하게 되었다. 그러자 학생들이 어깨동무를 했다. 도서관에서 본관 쪽 계단으로 내려서며 학생들이 삼삼오오 어깨동무를 한 채 뛰기 시작하였다.

"독재타도!"

"유신철폐!"

학생들은 본관 건물 뒤를 돌아 효원회관을 지나 스탠드계단을 딛고 내려서며 운동장으로 들어섰다. 학교 운동장은 꽤 넓은 편이었다. 축구 경기를 두 개 정도는 동시에 할 수 있는 정도였다. 그 운동장 트랙을 빙돌아 맨 앞줄과 맨 뒷줄이 맞붙어 버릴 정도로 숫자가 불어난 학생들이 어깨동무를 하고 운동장을 돌았다.

'거의 팔천 명은 되겠다.'

정우는 대열 속에서 같이 뛰며 운동장을 돌고 있는 학생들의 수를 마음속으로 계산해 보았다. 학교에 있던 학생들은 거의 다 참가한 듯하였다. 기하급수적으로 불어난 학생들이 운동장을 돌다가 신 정문으로 진격하였다. 시계탑 옆으로 일부 학생들이 농구 골대를 밀고 왔다. 운동장 구석에 놓여 있던 농구 골대로 길

을 막아 학교 안으로 진입하려는 경찰과 최루탄을 쏘는 페퍼포
그차를 막기 위해서였다.

"펑! 펑!"

최루탄가스가 공중에서 터지며 날아들었다. 기동진압대 경찰
들이 몽둥이를 들고 학교 정문 안으로 난입해 들어왔다. 드디어
싸움이 본격적으로 시작된 것이다. 정우는 신 정문 바로 위 시계
탑을 지키고 있었다. 최루탄이 '픽픽' 거리며 날아드는 것을 바
라보다가 떨어지는 장소를 파악하며 살짝 피하기도 했다.

한참 공방전을 벌이다가 정우가 주위를 둘러보니 스무여 명
의 학생이 남아 있었다. 최루탄가스에 숨이 막힐 것 같았지만
정우는 돌멩이를 주워 달려오는 경찰들을 향해 던졌다. 하얀 최
루탄가스 연기가 군데군데 피어올랐다. 막 떨어진 최루탄이 피
시식거리며 하얀 연기를 내뿜으면서 정우 주위를 맴돌며 지나
갔다. 정우의 얼굴은 최루탄가스에 눈물범벅이 되었다. 겉옷으
로 코를 감싸지만 정우의 숨구멍으로 들어오는 최루탄가스를
막을 수는 없었다. 얼굴이 화끈거렸다. 정우는 최루탄가스가 묻
은 피부를 만지면 더 아프다는 것을 알기 때문에 화끈거리는 얼
굴에 눈물자국이 범벅이 되어도 코만 감쌀 뿐 얼굴을 만지지는
않았다.

날아오는 최루탄을 피하며 정신없이 돌을 던지는데 시계탑 앞
에는 정우 혼자만 남았다. 그러나 정우는 돌멩이를 던지며 시계
탑을 떠나지 않았다. 시계탑 아래 오르막길을 오르며 경찰들이
몰려왔다. 시커먼 페퍼포그차가 최루탄가스를 쏘며 오르막길을

돌진해 왔다. 정우는 도망갈 수 있는 시간을 계산하여 최대한 버티며 돌멩이를 던졌다. 시계탑 바로 앞까지 경찰들이 달려오자 정우는 운동장을 가로지르며 쏜살같이 달려 본관 건물 쪽 스탠드로 올라섰다.

"도서관 앞으로!"

학생들은 도망을 가며 다시 모일 장소를 서로 주고받았다. 학생들은 쉽게 물러설 태세가 아니었다. 경찰들이 운동장을 장악하며 본관 앞까지 올라왔다가 다시 신 정문으로 철수했다. 흩어졌던 학생들이 다시 모이고 순식간에 불어난 수천 명의 학생들이 어깨동무를 하고 다시 신 정문으로 진격하였다. 경찰들은 신정문 바깥에서 문을 굳게 걸어 잠그고 학생들이 학교 밖으로 나오지 못하게 막았다.

'구 정문이 뚫렸다!' 라며 일부 대오가 구 정문으로 향했다.

경찰들의 주병력이 신 정문에 배치되어 있었고 구 정문에는 100여 명의 경찰밖에 없어 천 명이 넘는 학생을 막을 수가 없었던 모양이다. 그 사이 정우는 대오 속에서 사대부고 뒷문으로 학생들을 이끌었다. 신 정문에 있던 정우는 옆의 후배들과 함께 학교를 빠져나가 시내로 진출하기로 하고 신 정문이 아닌 사대부고 쪽 출입문으로 향하였다. 대학 신 정문을 옆으로 하고 사범대학 부속고등학교가 있는데 뒷문이 대학교 운동장과 연결되어 있었다.

이 문이 철문으로 잠겨 있었지만 정우가 학생들과 함께 '엇싸 엇싸' 하고 밀어 버리니까 그 단단한 철문이 휘어져 들리며 출입문이 만들어졌다. 약 2천여 명의 학생이 이 문을 통과하여 사대부고 운동장으로 일시에 내려서며 북쪽 주택가와 마주하고 있는 시멘트 블록 담까지 밀어 버렸다. 담이 무너지고 북쪽 주택가 골목으로 학생들이 물밀듯이 쏟아지며 몰려 나갔다.

주택가 골목길을 따라 부곡동 쪽 산업도로에 들어섰다. 시위대가 학교 밖으로 나온 것이다. 넓은 차도 2개 정도를 장악하여 대오를 갖추며 행진을 하였다. 온천장 방면으로 행진을 하며 구호를 외치고 노래를 부르며 걸어가는 학생들에게 버스를 타고 지나가는 시민이 박수를 치며 격려하였다.

"유신철폐! 독재타도!"

구호가 끊임없이 반복되었다. 주변에 경찰들은 없었다. 아마도 학교 주변을 지키던 경찰병력 몇백 명으로는 수천 명이나 되는 학생들을 막을 수 없어 다른 곳으로 이동을 한 모양이었다. 정우는 마음이 들떴다. 끝도 없이 이어지는 시위대열 속에 몸을 맡기고 학생들과 함께 구호를 외치고 박수를 치며 노래를 하였다. 정우의 앞과 뒤, 옆에서 함께 어깨동무를 하고 뛰어가기도 하고 앞의 대오가 밀리면 잠시 주춤거리며 서기도 하면서 정우의 마음은 감격에 벅차올랐다.

정우가 바라보는 사람들의 얼굴에 웃음이 가득하였다. 그들의 얼굴에 자신이 해냈다는 자신감이 넘쳐 흘렀다. 사실 정우는 현구와 시위를 준비하면서 이렇게 규모가 커질 것이라고는 생각하지 못하였다. 억눌려 있던 학생들의 분노와 정의감을 표출하면서 학내시위를 벌이는 정도를 생각했었다. 8천 명이 넘는 학생이 시위대열에 함께 하고 최루탄과 몽둥이를 들고 진압하는 기동대 경찰을 물리치기까지 한 힘은 정우의 상상 밖이었다.

가두시위

　정우는 사대부고 철문을 부수고 담을 무너뜨리며 학교 밖으로 나오는 순간, 정우 자신의 의지와는 상관없이 상황이 전개될 것이라는 것을 느꼈다. 지금 정우가 앞장서서 할 수 있는 것은 아무것도 없었다. 그 많은 학생들이 어디로 가고 있는지, 어느 곳에서 경찰과 싸우고 있는지도 알 수가 없었다. 정우 자신도 시위대의 한 사람일 뿐이었다. 정우는 현재 자신이 선 위치에서 일어나는 일만 알 수 있을 뿐이었다. 오히려 시위대열이 경찰과 맞서 싸우다가 흩어질 때마다 자연스럽게 다음 집결장소가 정우에게 전달되어 왔다. 이심전심으로 전달되는 시위전술은 모두가 한마음이 되어 지극히 자연스럽게 받아들여지고 다음 집결장소에는 어김없이 학생들이 대오를 형성하며 모여 있었다.

　정우는 온천장을 지나 경찰과 대치하면서 사직동으로 밀려갔다. 그곳에서 다시 경찰과 대치하다가 기동타격대가 치고 들어오는 바람에 대오가 흩어지면서 허겁지겁 동네골목길로 도망을 갔다. 멀리서 경찰이 따라오는 군홧발 소리에 막다른 골목길에 있는 집으로 다른 학생 몇 명과 함께 뛰어들었다.

　"학생, 이리 와서 숨어."

급하게 뛰어드는 정우와 학생들을 보고 주인아주머니가 낮은 소리로 불렀다. 아주머니가 대문을 잠그고 정우가 숨어 있는 부엌문을 닫아 주었다. 군홧발 소리가 멀어지자 아주머니가 부엌문을 열어 주었다.

"조심해라, 잡히지 말고."

정우와 학생들은 아주머니에게 고맙다는 인사를 하고 조심스럽게 골목길을 나섰다.

"부산역에서 만납시다."

긴박한 순간이 지나고 모두가 서로 모르는 사이지만 다음 집결장소로 이동하기로 하고 헤어졌다. 정우는 마침 지나가는 시내버스를 타고 부산역으로 향했다. 시내 곳곳에 경찰들이 배치되어 있었다. 부산역에 다다르자 경찰들이 학생들을 연행해 가는 모습이 차창 밖으로 보였다. 경찰들이 버스정류장에서 기다리고 있다가 시내버스에서 내리는 학생들을 모두 연행하고 있었다.

정우가 탄 버스는 부산역에 정차하지 않고 곧바로 중앙동 시청방향으로 향했다. 정우는 남포동까지 버스를 타고 갔다. 정우가 도착한 오후시간대에 이미 시위가 시작되고 있었다. 한꺼번에 수천 명이 모여 남포동 대로를 장악하고 시위를 벌이다가 경찰이 최루탄을 쏘며 진압해 들어오면 시위대는 몇백 명씩 흩어지며 골목골목을 누비며 시위를 하였다. 그러다가 다시 모이면 어느새 수천 명으로 불어나 대로를 장악하였다. 경찰도 속수무책인 것 같았다. 주변에서 장사를 하고 있는 상인들이 시위대를 격려하며 먹을 것을 가져다주기도 하였다.

학생시위대는 남포동과 광복동, 국제시장을 누비며 시민과 합세하고 있었다. 정우도 시위대에 휩쓸리며 오후 내내 남포동 거리를 헤매고 다녔다. 정우는 오전 10시부터 부산대학교를 시작으로 온 시내를 거의 달리다시피 하며 돌아다니고 있었던 것이다. 정우는 시위대를 따라 움직이다가 경찰이 최루탄을 쏘며 곤봉을 들고 달려오면 흩어졌다가 다시 모이기를 반복하면서 지칠 대로 지쳐 있었다.

저녁시간쯤 정우는 시위대가 잠시 쉬는 동안 간단하게 식사를 하고 학교로 돌아가기로 하였다. 삼삼오오 모여 토론을 벌이는 시민들의 격앙된 분위기는 시위가 더욱 격화될 것이라는 예상을 하게 하였다. 정우는 이러한 분위기 속에 자신의 할 일을 생각하며 급하게 학교로 돌아왔다. 현재 조직의 상태를 점검하고 동료와 후배들이 어떤 상태에 있는지를 확인해야 하였기 때문이다.

"형, 시내가 완전 불바다요."

저녁 늦게 자취방으로 돌아온 후배가 말했다.

"어디에서 불이 난 거야?"

"파출소는 물론이고 방송국까지 불에 타고 있어요."

정우는 시위가 격렬해질 것이라고 예상은 했지만 불을 지를 정도로 거세게 일어날 것이라고는 생각을 못 했다.

"이제 학생들은 거의 없고 시민이 나선 것 같아요."

시위대는 어둠을 이용하여 숨바꼭질을 하듯이 경찰과 쫓고 쫓기면서 시위대 앞에 나타나는 파출소나 세무서 등 관공서를 모두 불태우고 있다는 것이다. 들려오는 소식들이 심상치 않았다. 그동안 억눌려 있던 시민이 학생시위에 합세하면서 더 큰 저항으로 치닫고 있었던 것이다.

"야, 빨리 피해야겠다."

선배가 급하게 정우를 찾으며 말했다. 정우는 이틀 동안 정신없이 시위현장을 돌아다니며 시민과 함께 시위를 하면서 들떠 있는 상태였다. 정우가 머물고 있는 곳은 학교 옆 미로 같은 골목길에 마련한 자취방이었다. 정우는 이곳을 조직활동을 위해 비밀스럽게 연락을 하는 장소로 이용하고 있었다.

"현구와 경호가 잡혀갔어."

정우가 일순간 긴장했다. 현구와 경호가 잡혀갔다면 이번 시위의 전모를 대충 파악한 것으로 보아야 했다. 실제 학생들 앞에 직접 나서서 시위를 주도한 사람은 현구와 경호가 아니었기 때문이다. 그렇다면 정우도 위험하다고 보아야 했다. 경찰의 수사망은 항상 배후세력에 초점이 맞추어져 있었다. 이미 드러난 시위 주동자는 현장에서 체포하든지 수배령을 발동하면 되지만 배후세력은 신속하게 파악하여 검거하지 않으면 언제든지 시위가 다시 일어날 수 있었기 때문이다.

"너도 위험하다."

선배는 정우에게 빨리 피하라는 말과 함께 선배가 잘 아는 L선배의 서울 연락처를 알려 주었다. 두 선배는 서울에서 대학을 다닐 때 서로 친하게 지냈던 모양이다.

"어젯밤에 부산지역에 계엄령이 내려져 부산을 빠져나가기가 쉽지는 않을 거다."

선배는 정우에게 대중교통을 이용하라고 말해 주었다. 다행이 아직까지는 부산지역에만 비상계엄령이 내려진 상태여서 부산시와 외곽지역을 연결하는 대중교통망은 검문이 느슨한 편이었다. 부산시내 주요한 건물이나 관공서에만 계엄군이 집중 배치되어 있는 정도였다.

정우는 일단 기차를 타기로 하였다. 그리고 정우는 종착역인 부산역을 이용하지 않고 열차가 지나가는 중간 역을 택하여 진주 쪽으로 무사히 빠져나왔다. 군데군데 검문이 있었으나 별다른 문제 없이 정우는 부산을 벗어나 서울로 향하였다.

서울에 도착한 정우는 일단 L 선배를 만나 부산의 선배 이야기를 하며 도움을 요청했다. L 선배는 매우 친절했다. 정우는 L 선배의 도움으로 당분간 머물 곳을 마련하였다. 그곳은 책방 같은 곳이었는데 L 선배가 운영하는 출판사 겸 서점처럼 보였다. 다락방으로 올라가는 계단까지 책이 쌓여 있었고 햇볕이 밝게 비쳐드는 아늑한 분위기였다. 정우는 부산의 소식이 궁금하였지만 일체의 연락을 끊고 라디오나 신문을 통해 소식을 들으며 책을 읽고 지냈다.

유신독재의 종말

그리고 며칠 후 정우는 박정희 대통령이 죽었다는 소식을 들었다.

"호외요 호외!"

"박정희 대통령 서거!"

신문에 대문짝만 하게 굵은 글씨를 새겨 뿌리는 호외를 보며 정우는 깜짝 놀랐다.

'독재자 박정희가 죽었다.'

정우는 전혀 생각하지도 못한 현실에 머리가 멍해졌다. 그리고 잠시 후 어떻게 죽었는가라는 궁금증에 신문을 읽어 내려갔다.

10월 26일 밤 7시 50분. 서울 궁정동에 소재한 중앙정보부 식당의 만찬에서 김재규 중앙정보부장이 발사한 총탄으로 서거했으며, 차지철 경호실장 등 5명도 사망했다. 박대통령의 유고(有故)에 따라 헌법 48조 규정에 의해 최규하 국무총리가 대통령의 권한을 수행하게 되었으며, 정부는 27일 새벽 4시를 기해 제주도를 제외한 전국 일원에 비상계엄령을 선포했다.

장례는 11월 1일 국장으로 거행할 예정이며 미 국무성은 주한 미군에 경계령을 내리고, 정부는 야간통금 10시부터 익일 새벽 4시까지, 언론 출판 사전검열, 옥내외 집회불허 등의 포고 1호를 포고하였다고 하면서 추모의 글을 싣고 있었다.

신문을 읽어 내려가던 정우는 순간 어이가 없었다. 박정희 자신이 가장 아끼던 부하 김재규의 총에 맞아 죽었다는 것이 말이 되는 것인지, 정우는 자신의 눈을 의심하며 다시 신문을 읽어 내려갔다. 정말이었다. 국가의 수반 대통령이 지하식당이라는 은밀한 곳에서 술을 마시다가 부하에게 총을 맞아 죽었다는 것이다. 그것도 대통령 경호원 5명과 함께 말이다. 너무나 어처구니없는 소식에 정우는 코미디 같다는 생각이 들었다. 믿기지 않는 이야기를 정말인 것처럼 하면서 사람을 웃기는 것이 코미디 아니겠는가? 정우가 읽고 있는 신문이 그랬다.

정우의 머릿속으로 너무나 뻔한 이야기가 떠올랐다. 폭력배집단이 두목과 함께 술을 마시다가, 혹은 여자를 옆에 끼고 노래를 부르며 놀다가, 서로 트집을 잡으면서 말다툼이 일어나 주먹다짐을 하다가, 칼부림에 온갖 흉기를 휘두르며 살인을 저지르는 것과 무엇이 다르겠는가? 차라리 3류 드라마라면 좋겠다고 정우는 생각했다. 정말 부끄러운 일이었다. 이따위 쓰레기 같은 집단이 한 나라를 통치하며 온 국민을 공포로 몰아넣으면서 18년 독재를 자행해 왔다는 것이 부끄러웠다. 정우는 그 부끄러운 마음과 함께 손톱끝만 한 동정심조차 일어나지 않는 자신의 마음을 확인하며 독재자 박정희의 사망 소식을 들었다.

어제 낮까지만 해도 박정희는 서해안 삽교호 방조제 준공식에 참석하고 헬리콥터를 타고 가는 모습이 뉴스로 방영되었다. 그야말로 국가의 미래를 위해 동분서주하는 대통령의 모습으로 선전하면서, 그것을 고마워하는 삽교호 주변 주민의 환호를 받으며 번듯한 신사양복에 근엄한 표정으로 뉴스에 나오던 박정희였다. 그러나 오늘은 싸늘한 주검이 되었다. 독재자의 말로가 비참했다.

정우는 한편으로 비장한 생각이 들었다. 박정희의 죽음이 갖는 역사적, 사회정치적인 의미가 있겠지만, 지금 정우에게는 박정희의 죽음보다 친구들에 대한 걱정이 우선이었다. 솔직히 정우는 박정희의 죽음에 어떤 의미도 부여하고 싶지 않았다. 그저 한 개인이 악행을 저지르다가 총에 맞아 죽었다는 사실 정도로, 아니면 어떤 폭력집단이 이권을 놓고 다투다가 일어난 단순한 불상사에 불과하다는 정도로, 치부하고 싶었다.

그만큼 정우는 박정희 유신독재정권에 대해 분노를 갖고 있었다. 정우는 독재자 박정희를 타도해야 할 대상으로 보고 국민적 저항 투쟁을 실천하고자 했다. 그러므로 박정희는 국민의 손에 의해 심판을 받아야 한다고 정우는 생각했다. 그런데 박정희가 저희들끼리 권력다툼으로 죽어 버린 것이다. 물론 10월 16일부터 일어난 부산·마산지역 시민의 시위가 여러 가지 원인으로 작용하였겠지만, 정우는 이러한 생각조차 하기 싫었다. 그것은 훗날 역사가 평가하고 정리할 일일뿐 당장 정우가 관심을 갖는 것은 유신독재 잔당들의 향후 행보였다.

정우는 경찰에 잡혀 있는 친구들의 생사가 갈림길에 서 있다는 것을 직감적으로 느꼈다. 역사적 의미야 어쨌건 박정희 사망은 현재의 권력집단 내에서 일어난 사건이었다. 결국 이후 전개될 권력다툼은 민주세력과는 무관하게 유신잔당들의 아귀다툼으로 전개될 것이 뻔한 일이었다. 박정희가 죽었다고 해서 변화될 것이 없다는 것을 정우는 누구보다도 잘 알고 있었다.

한편, 정우의 머릿속으로 번개가 치듯 긴장감이 일어났다.

'대통령이 죽었다면 대통령을 죽게 만든 사건을 일으킨 사람들은 어떻게 되는가? 모두 사형을 당할 것이 아닌가?'

그리고 정우의 머릿속이 혼란스러워졌다.

'이대로 있을 수는 없다. 나 혼자만 살아남을 수는 없다.'

정우는 다시 부산으로 돌아가기로 결심했다. L 선배는 정우를 말렸다. 그러나 정우는 자신의 생각을 굽히지 않았다.

'죽더라도 부산에 가서 죽겠다. 다시 시위를 조직하든지 아니면 다른 방법이라도 최소한 친구들과 함께 할 수 있는 길을 찾아보겠다.'

정우의 비장한 각오에 L 선배도 어쩌지를 못했다. 부산으로 급하게 내려온 정우는 일단 가장 믿을 수 있고 경찰로부터 감시가덜할 것으로 예상되는 친구에게 연락을 하였다.

"소식 들었나?"

"무슨 소식?"

"조만간에 모두 풀려 나온다 카드라."

"누가?"

"잡혀갔던 사람들이지."

친구의 말이 정우는 믿기지 않았다. 그러면서도 한편으로 죽을 각오를 하고 부산으로 온 자신이 우스웠다. 아직 세상 돌아가는 이치를 잘 모르기도 하겠지만 불과 며칠 되지도 않은 사이에 지옥과 천당을 오고간 기분이었다. 정우는 부산으로 오자마자 용호동 부근에 셋방을 먼저 구했다. 일단 장기적인 수배 생활에 대비하여 안정적인 장소를 마련한 뒤에 이후 생활과 활동은 좀 더 치밀하게 준비하고자 하는 마음에서였다.

"확실해?"

"음, 구속기간이 10일이고 1차 연장이 되어도 20일 정도니까 12월 초에 나오겠네."

정우의 친구는 집안 형편이 괜찮은 편이었다. 학생운동은 하지 않지만 정우처럼 학생운동을 하는 친구들과도 잘 어울리며 어느 정도 비판적 입장을 가지고 사회를 바라보는 친구였다. 가족 중에 경찰이나 법원 등에 공무원 생활을 하고 있는 사람들이 있어 현재 정국이 돌아가는 사정을 잘 알고 있었다.

지금 진행되는 정치상황으로 본다면 법적인 절차보다는 정치적인 판단이 우선일 수밖에 없다는 말이었다. 박정희가 죽었다는 것은 유신독재정권이 무너졌다는 것을 의미하는 것이고, 그러한 유신독재정권에 항거하여 일어난 시위로 잡혀간 학생들을 처벌하는 것은 앞뒤가 맞지 않는 모순이기도 했기 때문이다. 정우의 행동이 조금 자유로워졌다. 정우는 바빠졌다. 10월 16일 이후 불과 보름 정도의 시간이 지났을 뿐인데 너무나 변해 버린 세상이 정우에게는 당혹감으로 다가왔다.

12월 6일 최규하가 대통령으로 취임하면서 긴급조치 9호를 해제하더니 곧이어 민주인사들이 석방되었다. 잡혀갔던 친구들이 이들과 함께 풀려나왔다. 신문과 방송에서는 학원민주화를 이야기하고 사회저명인사들이 제법 자신의 목소리를 내며 무언가 사회가 변화하는 것처럼 보였다. 그러나 얼마 지나지 않아 12월 12일 군사쿠데타가 일어나고 일개 육군소장인 보안사령관이 육군대장인 참모총장을 잡아 가두는 사태가 일어나는 등 정국은 뒤숭숭하게 흘러가고 있었다.

정우는 다시 제자리로 돌아왔지만 이전의 정우는 아니었다. 그것은 정우만이 아니었다. 정우가 고민하고 행동했던 사회에 대한 문제의식들의 대부분은 모든 사람들의 문제의식으로 확대된 것처럼 보였다. 온 나라가 시끌벅적했다. 학생들의 학원민주화는 사회민주화를 선도하면서 18년 유신독재의 종말을 알리는 듯했다. 정치인들이 정치활동으로 나서고 각계각층의 저명인사들이 마치 자신이 18년 유신독재정권을 끝장낸 것인 양 의기양양하게 국민 앞에 나서고 있었다.

새로운 준비, 5월의 핏빛 함성으로

"개떡 같은 사랑이제."

친구 S가 술잔을 기울이며 말했다.

"무슨 사랑?"

정우는 친구 S의 술잔을 채우며 모른 척 되물었다.

"민중에 대한 사랑? 집어치우라고 해!"

친구 S의 말을 귓전으로 흘리며 정우는 바다를 바라보았다. 부 둣가 불빛을 받아 번득이는 파도가 시커멓게 일렁거리고 있었 다. 건너편 영도를 환하게 밝히고 있는 전등불빛들이 그 바다를 타고 길게 불빛 그림자를 드리우며 정우가 앉아 있는 자갈치 부 둣가 좌판까지 비쳐들었다.

"푸르르르, 부릉!"

저녁 늦게 조업을 마치고 들어왔는지, 하선 작업을 금방 마친 어선 한 척이 제자리를 찾기 위해 다른 배들을 밀치며 부둣가로 몸체를 비틀어 헤집고 들어왔다.

정우는 친구 S와 자갈치 부둣가 노상에서 연탄불에 구어지는 꼼장어를 먹으며 소주잔을 기울이고 있었다.

자갈치 부둣가는 낮 시간 동안은 좌판을 길게 펼친 어시장이 되었다가 저녁시간이 되면 어시장이 모두 철수를 하고 소주와 꼼장어를 구워 파는 노상좌판 주점이 들어섰다. 저녁바람이 시원했다. 길게 늘어선 좌판마다 군데군데 둘러앉아 소주잔을 기울이는 사람들이 타오르는 남포불빛에 둥그렇게 원을 그리고 있었다.

"나는 사랑 없이는 혁명도 없다고 생각한다. 니는 우찌 생각하노?"

친구 S는 계속 사랑타령이었다.

"그래, 친구야 무슨 사랑인데?"

정우는 아까부터 사랑을 이야기하는 친구 S가 무엇을 말하고 싶어 하는지 대충 알고 있었다. 친구 S가 이야기하고자 하는 것은 젊은 청춘 남녀의 연애 이야기나 무슨 거창한 꿈같은 러브스토리를 말하고자 하는 것이 아니었다. 사랑 자체에 대해 말하고자 하는 것이었다. 사랑의 개념이랄까, 사랑이 갖는 의미를 말하는 것일 수도 있는데, 보다 분명한 것은 이 시대 사랑이 갖는 의미에 대해 말하는 것이었다.

"와 사랑하면 안 되노?"

결국 정곡을 찌르며 친구 S가 말했다. 정우는 얼마 전 후배 중 한 명을 조직활동에서 배제시킨 적이 있었다. 이유는 조직 내에서 연애를 한다는 것이었다. 그 후배는 정우가 정말로 아끼는 후배였다. 처음에는 설득도 하고 나중에는 주먹다짐까지 하며 마음을 돌려 보려 하였으나 그 후배는 받아들이지 않았다. 결국 정우는 동료들과 의논하여 그 후배를 조직활동에서 배제해 버렸다. 쫓아내 버린 것이다.

"와 안 되노?"

친구 S는 집요하게 물었다.

"나도 마음이 아프다."

"니가 마음이 있나?"

정우의 가슴이 휑하게 구멍이 났다. 솔직히 정우도 후회를 하고 있었다. 후배의 연애사건은 정우에게는 고통이었다. 아까 이 시대 사랑이 갖는 의미라고 했는데, 너무 거창하게 말한 것 같다. 그냥 정우가 동료들과 학생조직활동을 하면서 정한 규율이었다.

'이 엄혹한 시대에 연애 따위를 할 여유가 어디 있느냐 혁명운동에 온몸을 다 바쳐도 모자라지 않느냐, 특히 남녀가 연애를 할 경우 정신이 흩트려지기 쉽다. 서로가 연애감정을 갖는 건 개인적 취향에 따른 것일 뿐, 인류평등의 사상이나 보편적인 인간애와는 동떨어진 부르주아적 관념이다.'

동료들과 정한 규율은 말 그대로 철칙이었고, 이것은 어겨서는 안 되는 중요한 규율이었다.

"사랑은 말이야…… 혼자 하는 기 아이다. ……혼자 할 수 있는 기 아이다."

친구 S가 고개를 숙였다. 취한 듯 숙이는 고개 아래로 언뜻 눈물자국이 비쳐 나왔다.

"사랑은 같이 하는 거야. ……함께 하는 거라고."

친구 S가 목소리를 죽이며 혼잣말처럼 중얼거렸다. 정우는 친구 S의 말을 반박할 수가 없었다. 그러나 정우의 고통은 오히려 딴 데 있었다. 친구 S가 말하는 사랑은 단순히 후배의 연애사건만을 말하는 것이 아니었기 때문이다. 친구 S는 후배의 연애사건을 빌미로 자신의 고민을 말하고자 하는 거였다.

"자, 그만 일어나자."

정우는 친구의 팔을 잡으며 말했다. 정우로서는 이 이상의 이야기는 감당이 안 되는 거였다. 친구 S뿐만 아니라 대부분의 동료들이 고민하고 있는 문제는 학생운동 이후였다. 그것은 기득권을 포기하는 것이었다. 그 기득권은 대학졸업장이었다. 그 대학졸업장은 취직증명서였다. 대기업의 사원으로서, 대학교수로서, 학교 선생으로서, 약사와 의사와 사법고시 등 각종 자격증으로서, 그 기득권은 포기하기 힘든 거였다. 더구나 어려운 가정형편을 극복하기 위한 유일한 희망으로서, 가족들의 바람을 저버린다는 것은 상상도 하기 힘든 일이었다.

그럼에도 정우는 조직활동을 그만둘 수는 없었다. 조직활동이라고 해 봐야 학생들이 모여서 현 시국에 대한 분노와 고민을 토로하는 자리였고, 그러한 자리는 학습으로 이루어지는 학습서클 정도의 모임이지만 정우로서는 자신의 모든 걸 거는 일이었다.

물론 그것은 관념이었다. 세계 역사를 꿰뚫으며 이념의 잣대를 세우고 실천을 모색한다고 하지만, 그것은 학구적인 지식인의 범주 내에서만 가능한 일이었기 때문이다.

말 그대로 상아탑 내에서의 학생조직활동이었다. 그 속에서도 정우는 책임감이 강했다. 그러나 그 책임감은 정우 자신의 의지가 강했다기보다는 주어진 조건 속에서 형성된 것이었다. 엄혹한 정치적 현실이 그랬고, 젊음을 마음껏 발산하기에는 너무나 억압적인 대학 분위기가 그랬다. 그렇게 주어진 조건은 정우의 비판의식을 키우고, 조금씩 정우의 발걸음을 이념서클활동으로 옮기게 했던 것이다. 그 책임감으로 정우는 똘똘 뭉쳐 있었다. 그런데 대학을 졸업할 시점이 다가오면서 정우에게 이후 자신의 진로에 대해 더 이상 미룰 수 없는 과제가 주어졌던 것이다. 그 것은 친구 S도 마찬가지였다.

"같이 하는 게 사랑이라고……."

그래, 같이 하는 게 사랑이 맞다. 그러나 정우는 오히려 그것이 고통이었다. 같이 하고자 하는 것, 함께 하고자 하는 것이 한 가지뿐이라면 얼마나 쉽겠는가? 문제는 항상 여러 대상이 있었고 그 대상들 중 한 가지에 대한 선택이었다.

누구와 함께 할 것인가가 문제였다. 정우나 친구 S가 갖는 고민도 여기에 있었다. 굳이 사랑을 주제로 삼는다면, 정우가 하고자 했던 사랑은 민중을 위한 사랑이었다. 그 민중은 노동자계급이었고 농민과 빈민이었다. ……노동자계급, 너무나 쉽게 내뱉어지는 말이었으나 그 말을 내뱉는 정우의 입속에는 껄끄러운 가시가 돋는 듯했다. 정우의 머릿속에서는 친숙한 단어였으나 입술을 움직여 내뱉는 순간 낯설기만 한 그 단어는 정우의 가슴을 짓눌렀다. 아무리 책을 읽어도, 싸움박질 하듯 논쟁을 벌여도, 정우의 가슴속에는 도통 모를 단어가 노동자계급이었다. 가슴속으로 느껴지지가 않았다.

얼마 전부터 시작한 노동야학도 바로 그러한 고민을 안고 시작한 것이었다. 사실 처음에는 정우에게 노동자계급이라는 단어가 친숙한 단어였다. 정우가 생각하기에 그것은 공장에서 일하는 사람들이었고, 바로 공순이 공돌이였다. 정우가 아는 친구들, 가까운 친척들 중에도 공장에 다니는 사람들이 많았다. 정우는 대학을 다니면서도 그들과 매우 친하게 지내고 있었다. 그들을 만나면 오히려 그들은 정우에게 거는 기대가 컸다. 대학생 정우에게 주어진 기득권 속에서 정우가 잘되기를 바라고 있었다. 정말 진심으로 그랬다. 정우에게 그들은 가까운 친구였고 친척이었다. 그들은 노동자였고 그렇게 노동자계급이란 단어는 이해하기 쉬운 것이었다.

그러나 정우가 이념적 잣대를 세우는 순간 그들은 노동자계급이 아니었다. 정우의 생각에, 세상을 변화시키고 역사를 발전시키는 민중으로서의 노동자계급이라면, 투철한 역사의식에다가 강고한 철의 규율로 무장한 노동자계급 전위부대여야 했다. 그러나 그들은 정우와 가까운 친구이자 친척일 뿐이었다.

'정말 모르겠다.'

정우의 고민은 여기에 있었다. 더구나 친구 S의 푸념은 정우의 가슴을 아프게 때렸다.

'같이 하는 게 사랑이라고……'

친구 S의 사랑 타령이 더 큰 무게로 정우의 가슴을 짓누르는 것은 행동해야 하기 때문이었다. 그 행동은 당연히 정우가 가진 기득권을 포기하는 문제였고 조만간 선택해야만 하는 거였다.

정우가 후배의 연애사건을 다루며 후배에게 강요했던 선택처럼 정우도 선택해야만 했다. 그것은 어려운 일이었다. 그 선택의 뒤편에는 어머니의 눈물이 있었다. 아버지의 숨죽인 피울음이 있었다. 그 선택의 뒤편에 가족의 바람을 저버린 정우의 낡고 헐거운 신발이 있었다. 기름때 묻은 작업복에 바짝 말라 누렇게 찌든 정우의 얼굴이 있었다.

정우의 고민은 더욱 깊어 갔다. 이제는 숨어 있을 필요가 없어졌지만, 용호동 셋방으로 숨어든 지 두 달이 넘어가는 시점에서도 정우는 쪽방 구석에 멍하게 누워 있는 시간이 많아졌다. 학원 자율화를 외치는 학생들의 목소리가 높아지면 높아질수록, 정치 민주화를 외치는 민주인사들의 목소리가 높아지면 높아질수록 정우의 목소리는 오히려 잦아들었다.

'노동자계급이 뭔지 알고나 하는 사랑인가?'

정우의 기억 저편으로 희미한 목소리가 다가왔다. 가난한 자들의 목소리였다. 그 목소리는 정우의 목 뒤에서 들려왔다. 코앞에서도 들려왔고 어깨 위에서도 들려왔다. 그 목소리를 따라 돌아보는 정우의 눈길 저 멀리 공장의 굴뚝에서 시커먼 연기가 피어올랐다. 그 연기 속으로 노동자들의 땀방울이 잘게 부서져 수증기처럼 날아가는 듯 짠 내가 풍겨 왔다. 망치 소리가 들렸다. 흙을 파 뒤집는 삽질 소리가 들렸다. 가난한 자들의 삶의 현장이었다. 정우가 가야 할 곳이었다.

정우는 얼마 동안 셋방에서 생활하며 용호동을 떠나지 않았다. 용호동은 용호만을 끼고 동국제강이라는 철강공장이 들어서 있었다. 바로 옆 고갯길을 넘어가면 용당동과 감만동이 연결되면서 동명목재공장과 연합철강공장이 가까이 있었다. 부산지역에서 몇 안 되는 대공장이 주거지와 근접해서 들어서 있는 지역이었다. 정우가 머물고 있는 용호동 셋방 역시 노동자들이 생활하는 쪽방촌이었다. 시멘트 블록으로 담을 쌓고 나무판자를 겹대어 방을 만들고 지붕은 함석으로 지은 판잣집들이 길게 늘어서 있었다.

"그동안 잘 지냈습니꺼?"

서울에서 내려오자마자 정우는 J 아저씨를 찾아갔다.

"어, 정우 니가 웬 일이고?"

J 아저씨는 갑자기 나타난 정우를 보고 놀랐는지 눈을 크게 뜨며 말했다.

"당분간 이곳에서 생활하려고 왔습니다. 공장생활도 한 번 해보고 싶고예."

J 아저씨는 정우에 대해 어느 정도 알고 있었다. J 아저씨는 동국제강 노동자로 20년 가까이 근무하고 있는 노동자였다. 정우는 J 아저씨를 후배의 소개로 알게 되었다. 정우의 후배는 같은 서클활동을 하면서 정우가 노동문제에 대해 관심이 많다는 것을 알고 자신의 친척인 J 아저씨를 소개해 주었다. 정우는 서울에서 부산으로 오자마자 용호동으로 J 아저씨를 찾아갔던 것이다.

그리고 정우는 J 아저씨의 도움으로 바로 옆 쪽방에 세를 얻었다. 정우는 왠지 모르게 쪽방의 분위기가 좋았다. 다닥다닥 붙어 있는 쪽방들에선 하루도 조용한 날이 없었다. 쪽방들을 연결하는 통로 사이로 아이들이 뛰어다니고 방마다 흘러나오는 TV 소리가 서로 어울려 화음이 되어 울리기도 하였다. 때때로 저녁 늦은 시간이 되면 한바탕 소동이 벌어지기도 했다. 술 취한 남편이 아내의 잔소리를 서운해하며 큰소리가 오가다가 우당탕 쿵쾅 밥그릇이 굴러가는 소리를 낼 때쯤이면 순식간에 조용해지기도 하였다. 아기들 우는 소리, 밥 짓는 소리, 그릇 씻는 소리들이 어우러지는 쪽방촌에는 진득한 삶의 냄새가 배어났다.

정우는 이듬해 개학을 하기까지 이들 속에서 생활하였다. 그러나 아직까지 학생신분인 정우로서는 이들과 함께 할 준비가 부족한 상태였다. 친구 S와의 대화에서도 자신의 고민에 대한 답을 찾지 못한 정우였다. 그리고 정우는 학내조직활동에 대한 정리가 우선이라는 판단을 하게 되었다.

봄기운이 피어오를 무렵 정우는 용호동을 떠나 금정산자락 아래로 돌아왔다.

'이제부터 시작이다.'

정우는 학내조직활동으로 바쁜 나날을 보내며 다가오는 투쟁을 준비했다. 정우는 이제 혼란스러워하지 않았다. 당면투쟁과제는 유신잔당 전두환에 대한 투쟁이었다. 투쟁의 무기는 민중과 함께 하는 것이었고 그 투쟁의 성과는 민중과 함께 만드는 새로운 세상이었다. 정우에게 주어진 과제는 이러한 투쟁을 조직하는 것이었고 앞장서는 것이었다.

'그러나 이러한 투쟁 역시 당분간이다.'

정우는 언젠가는 민중 속으로 동화되어야 한다는 것을 잊지 않았다. 정우의 결심은 확고했고 그동안 정우가 했던 고민의 모든 귀결점은 노동현장이었다. 그것은 정우가 살아가야 할 투쟁의 현장이었다. 그 투쟁의 현장에서 정우의 투쟁이 끝나지 않는 한, 또다시 쫓기며 피하다가 더 이상 숨을 데가 없을 때에도 마지막 도피처가 되어야 할 곳이었다. 그러므로 그것은 생활이었고 정우의 목숨이기도 했다. 용호동 쪽방촌 노동자들의 힘찬 삶이 다시 한 번 정우의 가슴을 흔들었다.

따스한 봄기운이 가득한 날, 정우는 학교로 돌아왔다. 일상처럼 시간이 흘러갔으나 학생들의 눈빛은 더욱 빛나고 있었다. 무리지어 피어오르는 아지랑이 사이로 내딛는 정우의 발걸음이 당당했다. 그 발걸음을 따라 5월의 핏빛 함성이 다가오는 듯 뜨거운 가슴들이 모이고 있었다.

해설

길 위에서

전성욱(문학평론가)

1.

광주 망월동 구묘역을 둘러본 사람이라면 누구라도 깊은 회한에 젖게 될 것이다. 최루탄 소리 가득한 교정에서 홀로 플라톤을 읽던 저 기형도마저도 대학을 졸업하고는 광주를 찾아가야만 했다. "나는 죄인이다. 나는 앉아서 성자가 되기를 기다렸다. 그러나 그 누구도 나에게 경배하러 오지 않았다"라는 아픈 고백과 함께. 그리고 그는 그 '짧은 여행의 기록'에서 이렇게 적었다. "망월동 공원묘지 제3묘원은 찌는 듯이 무더웠고 그것은 고의적인 형벌 같았다"고. 1980년 오월의 봄은 처참하게 훼손된 주검으로 그렇게 그 자리에 안치되어 있었고, 그는 여정의 한가운데서 뒤늦은 후회로 그 주검들과 만났다. "내가 거듭 변하지 않는 한 아무것도 변하지 않을 것"이고 "지금의 나를 없애야" 구원을 얻을 수 있다는 것을 여행의 길에서 그는 겨우 알 수 있었다. 이렇게

길은 청춘의 스승이다.

폭도라 불리던 사람들은 민주화의 주역이 되었고 통곡의 그날은 국가의 기념일이 되었다. 오월이 이처럼 공식적인 제도로 자리 잡아가는 사이 사람들의 눈물은 말라 버렸다. 폭력의 기원은 망각 속에서 신비화되었고, 더 이상은 아무도 그 죽음의 참상을 말하려 하지 않는다. 이른바 묘지의 성역화로 조성된 지금의 국립5·18민주묘지는 말끔한 정비로 오월의 끔찍한 시간들을 숭고한 희생의 시간으로 단장해 놓았다. 원혼의 절규로 가득했던 그곳은 그렇게 위령의 공간으로 봉합된 것이다.

추모와 기념의 의례로 정형화된 오월이지만, 구묘역에서 오월은 또 다른 항쟁의 기억들을 품어 안았다. 시대와의 불화로 희생된 많은 젊은이들이 열사라는 사후적인 호명 속에서 그 자리에 잠들어 있다. 민주열사라는 말의 무게를 무색하게 만드는 영정 속의 앳된 얼굴들. 사랑도 명예도 이름도 남김 없이, 한평생 함께 가자고 맹세했던 그들이었다. 하지만 우리는 기어이 그 이름들을 돌에 새겨, 기억의 한 자리에 단단히 붙들어 두고 싶은 것이다. 그러나 우리의 애도가 그 죽음들의 세속적 의미를 초과함으로써, 그것을 너무 고매하게 드높은 희생으로 신화화하지는 말아야 한다. 스무 살 남짓의 젊은 죽음을 이념과 대의명분의 제단 앞에 희생의 제물로 바치는 일은 없어야 한다.

평온한 미래의 시간을 꿈꾸고 사랑에 몸 달았던 평범한 젊은이들은 미군철수, 자주통일, 독재타도와 같은 대의 앞에서 절망하고 분노하고 증오하면서 결국은 부끄러워해야만 했다. 그러니까 사랑과 명예라는 사적인 욕망은 저 공공의 대의를 받들기 위해 기꺼이 희생해야 할 대상에 지나지 않았다. 당연한 욕망을 타락한 탐욕으로 추궁받아야 했던 그 시절은 지금이라면 믿기 힘든 암흑의 시간이었다. 그 시절 남달리 예민했던 한 청년은 찬란한 청춘의 한때를 이렇게 회고할 수밖에 없었다.

> 나무의자 밑에는 버려진 책들이 가득하였다
> 은백양의 숲은 깊고 아름다웠지만
> 그곳에서는 나뭇잎조차 무기로 사용되었다
> 그 아름다운 숲에 이르면 청년들은 각오한 듯
> 눈을 감고 지나갔다, 돌층계 위에서
> 나는 플라톤을 읽었다, 그때마다 총성이 울렸다
> 목련철이 오면 감옥과 군대로 흩어졌고
> 시를 쓰던 후배는 자신이 기관원이라고 털어놓았다
> 존경하는 교수가 있었으나 그분은 원체 말이 없었다
> 몇 번의 겨울이 지나자 나는 외톨이가 되었다
> 그리고 졸업이었다, 대학을 떠나기가 두려웠다
> ─기형도, 「대학 시절」 전문

헌법의 효력을 무력화하는 초법적인 예외상태가 일상이 되는 긴급조치와 비상계엄의 나날들. 그 과잉 도덕의 시대에 독재 권력은 금기를 강요하고 위반을 엄벌하는 폭압적인 초자아다. 그러나 자식은 애비를 닮고 저 폭군적인 독재세력과 맞서 싸우는 사람들은 어느새 적의 폭력을 모방하기 시작한다. 명분과 대의의 이름으로 정당한 욕망을 억압하는 초자아의 권능은 독재의 노골적인 폭력과 한 짝이다. 정의롭다는 신념에 근거한 도덕률이 가시적으로 행사되는 노골적인 폭력보다 오히려 훨씬 더 난폭한 초자아의 명령이 될 수 있다. 아름다운 숲의 나뭇잎조차 무기로 사용되어야 했던 그때, 플라톤을 읽는 젊은이는 열린 사회의 적으로 비난받아야 했다. 닫힌 사회는 언제나 이처럼 청춘에게 가장 가혹하다.

동구권이 몰락하자 누군가는 조급하게 역사의 종언을 선언해 버렸다. 냉전이 끝났으니 이제는 이념의 적대도 끝장났다고 서둘러 전향하는 사람들이 많았다. 신세대로 불리는 젊은이들은 책 대신 영화를 보고 토론하기 시작했으며, 그러는 사이 대학 앞의 사회과학 서점들은 하나 둘 문을 닫았다. 위대한 혁명가 레닌보다는 영상의 구도자 타르코프스키가 더 매혹적인 시대가 되었다. 대학을 나와 적당히 먹고 살 수 있던 특권의 시절에는 이념이 그들의 발목을 잡았다. 보장된 삶을 뒤로하고 공장으로 떠난 학생들이 이른바 학출의 시대를 열었다. 그러나 오늘의 젊은이들에게 보장된 미래 따위는 없고, 다만 그들은 고용과 실업 사이에서 비정규직의 불안한 삶을 살아갈 따름이다. 경쟁에서 살아남기 위한 처세의 기술이 공생에 대한 진지한 사유를 압도할 때 예민한 청춘의 감성은 타락한다. 여전히 가혹한 시련 속에서 우리들의 청춘은 오늘도 아프게 앓는 중이다.

2.

소설 『1980』은 1980년을 전후한 격랑의 시간에 대한 소묘이자 폭력과 굴종 속에서 고뇌하는 한 청춘의 여정에 대한 기록이다. 그러므로 이 소설은 한 시대의 질곡을 담은 역사소설이면서 표랑하는 청춘의 시간을 그린 성장소설로 읽을 수 있다. 이 두 겹의 시선이 서로 간섭하는 가운데 역사와 청춘은 하나의 시간 안에서 몸을 섞는다. 젊은이들은 언제나 절망과 도피, 저항과 극복이라는 그 뜨거운 정념의 시간들 속에서 타락하거나 비약하기 마련이니까. 불온한 역사는 미숙한 청춘을 고행 속에서 성숙하게 만든다. 그러니까 거시적인 역사의 시간은 청춘을 일깨우는 교양(敎養)의 시간이다.

소설은 연대기적 시간의 흐름을 절단함으로써 역사적 사건의 선후가 아닌 방황하는 청춘의 시간으로 이야기의 시간을 극적으로 배분한다. 그리하여 도주와 수감의 날들은 사유와 성찰의 시간으로 전유되어 고난의 순례를 서사화한다. 이야기 내용의 시간으로는 가장 앞선 1979년 10월 16일이, 소설의 결말로써 이야기 구성의 시간으로는 가장 늦게 제시되었다. 부산대학교의 교내시위로 촉발된 이날의 사건을 사람들은 '10·16 부마 민주항쟁'이라 부른다. 처음의 계획은 중간고사 기간인 15일 오전 10시에 도서관 앞에서 기습적으로 시위를 시작하는 것이었지만, 사복형사들이 이미 자리를 잡고 있는 가운데 학생들은 거의 모이지 못했고, 결국 그 계획은 실패로 돌아갔다. 소설은 이날의 사정을 비교적 소상하게 서술하고 있다.

　정우와 현구는 조금 전 실패한 진혁의 시위 외에, 얼마 전부터 시위를 준비하는 팀이 2개가 더 있다는 것을 알고 있었다. 현구를 통해 진혁과는 사전논의를 하고 있었고 다른 팀의 학생들과는 경호를 통해 일정을 조절하고 있었다. 그리고 진혁과 그중의 한 팀이 각각 오늘 오전 학내 곳곳에서 유인물을 뿌렸고 학생들에게 '오전 10시 도서관 앞으로 집결하자' 라는 연락을 취했던 것이다. 그러나 유인물이 오전 10시가 거의 다 되어서야 뿌려졌고, 오전 10시에 시위를 선동할 무렵에는 이를 알고 모여든 학생들이 채 불어나기도 전이었다. 진혁이가 도서관 앞 잔디밭에서 유인물을 뿌리며 구호를 외치는 순간 '후다닥' 하며 사복형사들이 들이닥쳤고, 다행히 진혁이는 몸을 피하였으나 그 자리에 모여 있던 학생들의 대오가 순식간에 흩트러져버렸던 것이다.

　다음날 16일, 학생들은 유신철폐와 독재타도를 외치며 시위대를 형성했고, 진압부대의 저지를 뚫고 교외진출에 성공함으로써 드디어 도심지 가두투쟁으로 이어질 수 있었다. 부산대학교 학생들의 가두시위는 17일의 동아대학, 18일의 경남대학으로 확산되었고, 이를 계기로 학생들의 시위는 시민들과 결합하여 증폭되었으며 그 기세는 마산으로까지 번졌다. 역사적인 부마항쟁은 이렇게 시작되었고, 그것은 1980년 오월의 광주와 1987년의 유월을 미리 예감하게 하는 것이었다.

사건의 배후세력으로 지목된 배정우는 그렇게 도주의 길을 떠나게 되었고, 부산을 벗어나 서울로 도피한 그는 그곳에서 10·26 소식을 듣는다. 박정희는 죽었지만 유신체제가 곧바로 무너진 것은 아니었다. 신군부의 호헌세력은 재야의 개헌세력을 정치적으로 봉쇄하고, 전혀 새로운 법질서의 창안을 요구하는 제헌의 열망을 폭압적인 철권통치로 가로막았다. 모두 알고 있는 것처럼 1980년 서울의 봄은 광주의 유혈항쟁과 폭압적인 군부통치의 암울한 시간을 예비하는 폭풍전야의 고요에 지나지 않았다. 부산으로 다시 돌아온 정우는 급박한 눈앞의 현실에 번뇌하면서 투쟁의 관념성을 반성하기 시작한다. 당장의 고뇌는 학생운동 이후의 삶을 떠올리는 것으로부터 시작되었다.

친구 S뿐만 아니라 대부분의 동료들이 고민하고 있는 문제는 학생운동 이후였다. 그것은 기득권을 포기하는 것이었다. 그 기득권은 대학졸업장이었다. 그 대학졸업장은 취직증명서였다. 대기업의 사원으로서, 대학교수로서, 학교 선생으로서, 약사와 의사와 사법고시 등 각종 자격증으로서, 그 기득권은 포기하기 힘든 거였다. 더구나 어려운 가정형편을 극복하기 위한 유일한 희망으로서, 가족들의 바람을 저버린다는 것은 상상도 하기 힘든 일이었다.

그럼에도 정우는 조직활동을 그만둘 수는 없었다. 조직활동이라고 해 봐야 학생들이 모여서 현 시국에 대한 분노와 고민을 토로하는 자리였고, 그러한 자리는 학습으로 이루어지는 학습서클 정도의 모임이지만 정우로서는 자신의 모든 걸 거는 일이었다.

물론 그것은 관념이었다. 세계 역사를 꿰뚫으며 이념의 잣대를 세우고 실천을 모색한다고 하지만, 그것은 학구적인 지식인의 범주 내에서만 가능한 일이었기 때문이다.

그 당시 대학생은 일종의 특권계급에 속했고, 그래서 그들은 지식인으로서의 사회적 책무를 윤리적인 당위로 받아들여야만 했다. 대학 졸업자가 인텔리겐치아의 역할을 떠맡아야 할 만큼 한국사회의 엘리트주의는 만연한 풍조였다. 그들에게 부과되었던 사회적 기대는 배운 자와 못 배운 자의 명백한 구분으로 만들어진 오래된 엘리트주의의 부산물이다. 그러므로 그 시절의 이십대 청년들에게 기득권의 문제는 곧 윤리적 물음과 겹쳐진 것이었다.

기득권을 포기하고 운동을 계속한다는 것이 "학구적인 지식인의 범주 내에서만 가능한 일"이고 추상적인 관념에 지나지 않음을 알게 되었다면, 그 관념을 돌파할 다른 길의 모색이 요구되는 것은 필연이다. 하지만 기득권의 포기라는 사명감 속에 행여 오만한 시혜의식이 담겨 있다면, 그 모색도 결국은 기만적인 자기 위안에 다름없는 것이다. 민중이라는 숭고한 타자는 바로 그 주체의 오만한 열정이 빚어낸 일종의 관념이었다.

노동자계급, 너무나 쉽게 내뱉어지는 말이었으나 그 말을 내
뱉는 정우의 입속에는 껄끄러운 가시가 돋는 듯했다. 정우의
머릿속에서는 친숙한 단어였으나 입술을 움직여 내뱉는 순간
낯설기만 한 그 단어는 정우의 가슴을 짓눌렀다. 아무리 책을
읽어도, 싸움박질 하듯 논쟁을 벌여도, 정우의 가슴속에는 도
통 모를 단어가 노동자계급이었다. 가슴속으로 느껴지지가 않
았다.

민중에 대한 사랑이란 익숙하고 진부한 만큼 막연한 관념이
다. 가슴으로 느껴지지 않는 노동자계급, 그렇게 구체성을 결여
한 관념의 계급을 위해 자기의 미래를 헌신하는 것은 무모하고
오만한 열정이다. 조직 내부에서 연애를 한다는 이유로 후배를
퇴출했던 일이나 가까운 친구이자 친척들인 노동자들을 다시 떠
올리면서, 정우는 자기의 무모한 선택이 어머니의 눈물과 아버
지의 숨죽인 피눈물을 담보하고 있음을 생각한다. 그리고 소설
은 이런 다짐 속에서 자못 비장하게 끝이 난다.

정우는 언젠가는 민중 속으로 동화되어야 한다는 것을 잊지
않았다. 정우의 결심은 확고했고 그동안 정우가 했던 고민의
모든 귀결점은 노동현장이었다. 그것은 정우가 살아가야 할 투
쟁의 현장이었다. 그 투쟁의 현장에서 정우의 투쟁이 끝나지
않는 한, 또다시 쫓기며 피하다가 더 이상 숨을 데가 없을 때에
도 마지막 도피처가 되어야 할 곳이었다. 그러므로 그것은 생

활이었고 정우의 목숨이기도 했다. 용호동 쪽방촌 노동자들의 힘찬 삶이 다시 한 번 정우의 가슴을 흔들었다.

따스한 봄기운이 가득한 날, 정우는 학교로 돌아왔다. 일상처럼 시간이 흘러갔으나 학생들의 눈빛은 더욱 빛나고 있었다. 무리지어 피어오르는 아지랑이 사이로 내딛는 정우의 발걸음이 당당했다. 그 발걸음을 따라 5월의 핏빛 함성이 다가오는 듯 뜨거운 가슴들이 모이고 있었다.

민중 속으로의 동화나 모든 귀결점으로서의 노동현장은 구체적인 현실로의 기투를 선언하는 말들이지만, 사실 그것은 의외로 공허한 다짐이다. 기득권의 포기와 운동으로의 투신이라는 자기의 선택이, 공허한 다짐이 아니라 위대한 결단이 되기 위해서는 먼저 그 감상적인 혁명주의와 결별해야 한다. 정우도 그것을 알고 있다. 그래서 그는 19세기 후반 러시아의 저 나로드니키처럼 관념을 떨치고 현실 속으로 파고들어 가려 하는 것이다. 하지만 정우에게 민중과 노동현장은 동화와 투쟁의 대상으로 타자화되어 있다. 소설의 결말이 정우의 이런 미숙함을 드러내고 있다면, 서사적 시간의 역순으로 펼쳐진 그 앞의 이야기들은, 고행의 여로 속에서 만들어지는 성숙한 운동가의 모습을 보여 주는 것이다. 그것은 마치 9개월의 모터사이클 여행을 통해, 남미의 현실에 눈뜨고 혁명의 길을 걷게 되는 체 게바라의 여정에 비견될 수 있을 것이다. 스물세 살의 평범한 의대생이었던 체 게바라는 이후 자기의 모든 기득권을 버리고 삶의 전부를 혁명에 오롯

이 바쳤다. 남미 대륙의 아름다운 풍경에 취하지 않고 그 풍경 속에서 사람을 발견하는 순간, 그러니까 풍경의 아름다움 속에서 오히려 민중의 고된 삶을 더 도드라지게 느끼는 그 순간들이 체 게바라를 위대한 혁명의 길로 인도했을 것이다. 그러나 모든 여행이 길 위에서의 깨달음이라는 행복한 서사로 귀결되지는 않는다. 〈이지 라이더Easy Rider〉(데니스 호퍼, 1969)의 두 청년처럼 자유로운 일탈의 여행은 때때로 기성의 도덕률과 불화함으로써 무참히 끝장날 수 있다. 그렇다면 정우가 지나 보낸 1980년 어름의 시간들은 그에게 어떤 의미로 기억될 수 있을까?

3.

소설은 정우가 수감된 15P 영창의 폭력적인 일상으로 시작된다. "정의사회 구현을 위해 너희 같은 쓰레기들은 모두 총살해야 한다"고 말하는 K 헌병의 폭언처럼 정의가 아이러니가 된 시대에 인간은—그들이 범법자들이라고 하더라도—그저 말끔하게 치워져야 할 쓰레기다. 박정희와 그 후계자를 자임하는 신군부에게 정의란 보편적 이념이 아니라 그들만의 용법을 갖는 독특한 수사에 지나지 않았다. 그들에게 정의는 정치적 반대자나 사회적 소수자를 '사회정화'라는 명목으로 처리하는 가장 효과적인 명분의 수사였다. 20평 남짓한 15P 영창은 계엄이 일상이 된 당시 한국사회의 축소판이라 할 만하다. "15P 영창이 정상적인 공간일 수는 없었다. 사회에서 가장 소외된 자들만이 모이는 곳,

그것도 인생의 마지막 종착점이라고 할 수 있는 극단적인 상황 속으로, 자신의 의지와는 무관하게 타인에 의해 강제되는 공간이 이곳 영창이었다. 그 공간 속에 사람들이 갇혀 있었고, 그 사람들은 죄수였다. 그 죄수들이 잡혀 온 이유는 갖가지였지만 영창에 갇히는 순간, 모든 죄수들은 똑같이 취급되었다. 정해진 규율 범위 내에서만 죄수들은 사람으로 취급되었다." 현대정치에서 지배 권력으로서의 주권은 법의 효력이 무효화되는 예외상태를 일상으로 만들고, 벌거벗은 생명(호모 사케르)을 산출하는 생명정치적 기획을 통해 국가를 일종의 수용소로 만든다. 15P 영창은 아감벤의 이런 설명이 관철되는 한국사회의 면모를 그대로 함축하는 공간이다.

1979년 10월의 부마항쟁과 박정희 저격 사망으로부터 시작된 비상계엄은 1980년 5월 17일을 기점으로 제주도를 포함한 전국으로 확대되었고, 이 같은 정국 속에서 부산 양정의 15P 헌병대는 계엄군에 의해 붙잡혀 들어온 수감자들로 북새통을 이루고 있었다. 여기에 수감된 정우는 부산지구 계엄합동수사단이 설치된 망미동의 삼일공사를 오가며 견디기 힘든 고문으로 취조당하고 있었다. 노골적인 물리력으로 행사되는 공안당국의 폭력은 그것이 이른바 정의의 이름으로 자행되는 것이었지만, 사실은 너무도 부당하고 부도덕한 공권력의 집행이었다.

물고문을 하기 위해서는 사람을 꽁꽁 묶어야 해. 손목과 발목을 묶고 무릎을 굽혀 묶인 손목 안쪽으로 끼우면 양팔 사이로 무르팍이 톡 튀어나오지? 그 튀어나온 무릎 안쪽에 경찰봉을 끼워서 들어 올리면 꼼짝달싹도 할 수 없는 통닭 신세가 되는 거야.

무릎 안쪽으로 끼인 경찰봉 때문에 다리 안쪽 근육이 밀리며 온몸의 하중을 받아 고통은 이루 말할 수가 없는 것이지. 거기다가 경찰봉 양끝을 책상 사이에 걸쳐 놓고 매달린 사람을 그네처럼 흔들거나 빙빙 돌리면 정신이 하나도 없어. 그러는 중에 통닭처럼 매달려 있는 모습은 머리가 거꾸로 서면서 하늘로 향해 입과 코가 벌어져 있는 상태이기 때문에 얼굴에 젖은 수건을 덮어씌우고 물을 부으면 항우장사라고 해도 버티기가 힘들어.

젖은 물수건 때문에 공기가 통하지 않는 상태에서 물을 부으면 '꺽꺽' 거리며 숨을 들이마시듯이 그 물은 고스란히 목구멍 기도로 들어가지. 그 고통은 죽음 그 자체야. 숨을 쉬지 못한다는 것만 해도 죽을 고통인데 거기다가 공기 대신 물을 들이마시게 되면 급기야 폐가 난도질당하는 느낌이 들면서 토하게 되지. 차라리 토하면서 정신을 잃어버리는 것이 살아나는 방법이 되는 거야.

이렇게 디테일한 물고문의 묘사는 부조리한 폭력의 역사를 고발의 정신으로 증언한다. 저런 폭압적인 물리력으로 동의를 강제해야 할 만큼 계엄권력의 정당성은 취약한 것이었다. 하지만 이론에 의지해 투쟁에 앞장섰던 정우는 그 가시적인 폭력을 직

간접으로 경험하면서 점차 무력하게 순치되어 간다.

불가항력, 무력감이라는 단어가 이성이라는 단어와 이렇게 절묘하게 결합할 수 있다는 것이 신기할 정도였다. 정우는 옆의 사내는 분노라도 느끼며 자신의 생각을 표현하는데, 자신은 그 분노조차 이성으로 삭이며 벙어리가 되어 가는 것에 절망감을 느꼈다.

소박한 이론과 투박한 신념에 의지하는 청춘의 열정이란 이렇게 덧없는 것일 수 있다. 물론 정의에 대한 청춘의 감각은 4·19의 위대한 승리에서 보듯 그렇게 단순한 것은 아니다. 하지만 이성적 사유의 단련을 거치지 않은 정념은 때로 위험한 맹목으로 불타오르고 결국은 방종한다. 소심한 이성으로 저 압도적인 폭력을 불가항력으로 받아들이는 것은, 맹목으로 방종하는 것과 다를 것이 하나 없다. 그렇게 대책 없이 대범하거나 소심하게 주눅들 때 청춘은 표량한다. 그러므로 청년은 고단한 경험 속에서도 성장할 수 있어야 한다.

정우에게 자기 마음의 짙은 관념성은 『데미안』의 그 알처럼 깨뜨려야 할 무엇이다. "새는 알에서 나오려고 투쟁한다. 알은 세계이다. 태어나려는 자는 하나의 세계를 깨뜨려야 한다." 세상의 모든 청춘은 저마다의 사연으로 자기만의 알 속에서 부화를 기다린다. 정우는 책으로는 알 수 없었던 것들을 고행의 길에서 배운다. 죽은 자의 환청 속에서 공포로 무력했던 정우는 드디어 일어선다. 정우는 군사재판을 받고 즉시 항소한다. 그것은 법적인 논리에서의 반박이 아니라 군사법정의 부당한 판결에 대한 적극적인 거부이자 능동적인 불복종이다.

15P 영창 안 죽음의 공간 속에서 죽은 자였던 정우가 거부할 수 있다는 것, 그것은 새로운 생명으로 거듭나는 것이었다. 그것은 또한 지금까지의 정우 자신에 대한 거부이기도 했다. 군홧발에 짓밟히며 들짐승처럼 앓는 소리를 내면서 널브러져 있었던 나약한 정우였다. 머리부터 발끝까지 몽둥이세례를 받으며 뼈 마디마디를 들쑤시는 폭력에도 비명조차 지르지 못하고 온몸을 내맡겼던 정우였다.

그러한 정우가 이제 자신까지 거부하며 인간성을 되찾고자 하는 것, 그것은 새로운 투쟁을 모색하는 것이기도 하였다.

불가항력에 저항하고 무기력에서 벗어난 정우는 거부할 수 있다는 그 불복종의 능동적 힘을 통해 자존감을 회복한다. 그것은 마치 새로운 생명으로 거듭나는 것 같은 비약의 경험이었고, 그래서 그는 새로운 투쟁을 모색할 수 있는 자신감을 되찾는다. 그러니까 15P 헌병대의 영창은 정부가 원하는 교화의 장소가 아니라 죽임의 폭력에 눈뜨는 생명의 학교였던 것이다. 고행 속에서 단련하고 무기력에서 벗어나자 이후의 모든 경험은 성장의 거름이 된다. 15P 헌병대에서 부산교도소로, 여기서 다시 서울의 영등포구치소로의 이감은, 새로운 만남 속에서 관계를 만들고 다시 결별 속에서 그 관계를 성찰하는 배움의 연속이다.

　정우는 처음 이감된 부산교도소에서 강도나 폭행치상, 강간과 같은 죄를 저지른 폭력범들과 함께 일반 잡범방에 수감되었다. 무지한 범죄자들인 그들과의 생활은 관념과 개념의 민중에 사로잡혀 있었던 정우에게, 구체성의 실감으로 인간을 바라보는 눈을 주었다. 더불어 감방의 구조라든가 내부의 자체 규율에 대한 자세한 묘사는 그 체험의·구체성과 사실성을 생생하게 드러낸다. 야학 교사로 활동했던 정우는 여기서도 "폭력방의 이야기꾼, 만담가"가 되어 역사를 가르치고, "인간의 모든 행동은 사회적 산물"이라는 역사유물론의 논리로 그들을 계몽한다. 정우는 지금껏 "민중을 가르치고 깨우치게 해야 할 대상으로 보고 그 일에 자신의 역할을 부여"해 왔다. 사실은 정우 자신이 그들로부터 책에 없던 귀한 가르침을 얻고 있었지만 그는 방장인 번개의 요청을 받아들여 이른바 학습을 주도하게 된다. 그 당시 공식적인 교육을 부정하는 반 교육으로서의 자율적인 소단위 학습은 그 자체로 결연한 실천이었다. 혁명을 하려면 먼저 알아야 했고 그러기 위해서는 함께 공부해야 했다. 선배가 후배를 의식화하고 지식인은 민중을 의식화했다. 정우도 역시 "당시 운동권 대학생이라면 대부분이 거치는 철학과 경제사 공부를 시작으로 한국근대사, 정치경제학, 운동이론 등으로 학습 순서를 잡아 공부를 하였다". 이론을 혁명의 실천으로 구체화하기 위해서는 한국사회의 성격에 대한 명확한 규명이 요구되었고, 예컨대 1980년대 중후반의 '사회구성체 논쟁'은 그 요구에 대한 운동권의 치열한 응

답이었다. 이런 논쟁을 통과해 한국사회의 주요모순을 파악하고 그에 따라 투쟁을 전개하는 것, 그것이 당시 운동권의 전형적 논리였다. 1980년 5월 19일, 정우 일당이 남포동에서 유인물을 살포한 것도 그러한 논리의 연장선에서 이루어졌다.

소위 상아탑 안에서만 지식인들이 자신의 지식을 무기 삼아 밤을 새워 토론하고 가르치려고만 했다. 정우도 예외는 아니었고 그렇게 정립된 정우의 사고체계는 관념적 혁명운동가 그 자체였다. 솔직히 관념적 혁명운동가라는 단어 자체도 정우 자신이 정리한 수식어일 뿐이었다.

그러나 조잡한 번역으로 급하게 출간된 사회과학서적들, 그리고 각종의 리플렛과 팸플릿을 통한 토론과 학습이 우리 사회의 정치경제적 맥락을 이해하는 데 얼마나 정치한 도움이 될 수 있었을까? 더군다나 그 조급한 공부로 다른 이들을 의식화한다는 것은 또 얼마나 위험한 열정인가? 소박한 이론으로 무장한 이십대 젊은이들은 그 투박하고 경직된 논리를 앞세워 거리로 뛰어들었고, 심지어는 분신이라는 극단의 형식으로 폭압의 시대에 항거했다. 평범한 인간을 투사로 만들고 앳된 젊은이를 열사로 만드는 의식화, 그것은 마치 장님을 눈뜨게 만든다는 유사종교의 신이한 의식처럼 위험천만하다.

진정한 보수를 자처하면서 천박한 수구적 작태나 일삼는 이들만큼이나 독선적인 정의의 신념에 사로잡힌 진보는 해롭다. 설

불리 가르치려 든다는 것, 그것은 대중을 수동적인 타자로 대상화하는 계몽주의자의 철없는 욕망이다. 그러니 무지해서 오히려 편견이 덜한 방장의 구체적 질문에 정우가 당혹스러워 어쩔 줄 몰라 하는 것은 당연한 일이다.

이러한 질문들에 대해서 정우가 대답할 수 있는 내용은 별로 없었다. 이전에는 정우가 목숨을 내걸 정도로 소중했던 모든 생각들이 이곳에서는 쓰일 데가 별로 없었다. 그 생각들이 잘못되었거나 의미가 없다는 것이 아니라 새롭게 접한 현실에서는 새로운 해답을 찾아야만 했기 때문이다. 그것을 찾지 않으면 이전의 생각들은 아무 쓸모가 없다고 정우는 생각하였다.

"행동으로 구체화되지 않는 생각은 아무런 쓸모가 없"다고 여기는 정우에게 이론은 실천으로 완성되고 실천은 이론의 정당성을 확인하는 잣대다. 이론과 실천이 이처럼 인과적인 함수관계로 연결되는 것이라면, 위대한 실천은 탁월한 이론 덕분에 가능한 것이겠지만, 정치적인 행동은 대개 지고한 앎이 아니라 오히려 절박한 체험으로부터 터져 나온다. 교도소에서의 삼청교육은 인간의 자존감을 박탈하는 폭력의 사악한 모습을 숨김없이 보여 주었고, 굴욕당한 사람들은 그 모멸 속에서 치욕을 느꼈다. 온몸으로 전해지는 고통은 오직 홀로 감당해야 하는 것이었지만, 역설적으로 그 외로운 고통 속에서 정우는 옆자리의 사람들에게서 '동질의식'을 느낀다. 삼청교육의 가혹한 폭력은 그들을 그렇게 고통이라는 감정을 나누어 가지는 정념의 공동체로 묶어 주었다.

그런데 뜻밖의 일이 일어났다. 교도소에서 삼청교육을 받으면서 당하는 그 고통의 동질감 속에 정우의 피가 끓어올랐던 것이다.

도저히 견딜 수 없을 것 같은 고통 속에, 내가 빠지면 이 봉을 들어 올릴 수 없겠다는 생각, 저 사람이 함께 하지 않으면 이 봉을 들어 올릴 수 없겠다는 생각, 다리가 부들부들 떨리고 손가락 마디마디가 경련을 일으키며 힘줄이 늘어나는 것 같은 통증 속에 온몸이 땀에 젖어드는 순간, 정우는 오히려 힘찬 기합을 넣었다. 그것은 함께 살고자 하는 소리였다. 그것은 또한 인간성이 극단적으로 말살되는 상황에서 일어나는 최소한의 인간적 유대감을 통해 스스로의 존재감을 자각하는 것이기도 했다.

"낮 동안에 벌어지는 긴박한 대립관계가 밤 동안에 느슨한 유대관계로 변화"하는 교도관과 재소자 사이의 묘한 관계도 정우에게는 "사람에 대한 이해랄까, 세상사에 대한 이해"를 더 깊게 해 주었다. "정우는 자신이 평소에 가지고 있던 상식이 조금씩 무너지고 있다는 것을 느꼈다. 지금까지 정우에게 선과 악은 분명했다. 동지와 적도 분명했다. 옳은 것은 옳은 것이고 틀린 것은 틀린 것이었다. 그러나 지금 정우에게 이러한 구분이 애매해져 버렸다. 무엇이 선이고 무엇이 악인지, 누가 동지고 누가 적인지 구분이 애매해져 버린 것이다." 정치적 적대와 이성적 분별 속에서 세상을 바라봤던 정우에게, 분간할 수 없는 현실의 모호함은 상식 밖의 진실을 가르쳐 주었다. 관념이 아닌 몸의 고통, 그 구체적 감각이 일깨운 사유 속에서 막연했던 민중의 모습도 조금씩 감각되기 시작한다.

그 민중이 어디에 있는가? 정우는 그 해답을 찾지 못하였다. 그러한 정우가 부산교도소에서 번개 방장을 만나고 고참 수감자들의 이야기를 들으면서 그 해답을 조금이나마 정리한 것이다.

민중은 처음부터 완성된 개념으로 존재하지 않았다. "민중은 존재하는 것이 아니라 만들어지는 것"이다. "스스로가 자신의 권익을 위해 저항할 때 민중이 되는 것이었다. 그 저항은 도저히 참을 수 없을 때 일어났다. 참고 견디기를 반복하고도 도저히 참을 수 없을 때가 바로 저항이 일어나는 때라는 말이다. 이후 정우는 이러한 저항을 수도 없이 목격하게 되고 자신도 그러한 저항 속에 자신의 권리를 조금씩 획득해 나갔다." 이렇게 민중은 참을 수 없는 고통의 감각, 그 구체적인 몸의 감각이 발화시킨 저항으로부터 생성되는 것이다. 민중이란 선험적인 개념도 아니고 추상적인 관념도 아닌, 바로 그 고통 받는 몸이다. 함께 고통받는 가운데 저항하는 우리는, 그 아픔을 같이 나누는 정념의 공동체, 즉 민중으로 다시 태어난다.

영등포구치소로 이감된 정우는 거기서 자기와 마찬가지로 계엄포고령 위반으로 구속된 충남대학교 학생 동지들을 만난다. 옆방에는 공주사대와 충북대 학생들이 수감되어 있었고, 이곳에서 정우는 또 다른 특별한 경험들을 만난다. 같은 방에 수감된 정 군이라는 친구는 정신분열증으로 자기를 예수라 여기면서 어느 날 이렇게 말한다. "여기는 네 있을 곳이 아니니 쫓아내는 것이고, 너희들의 죄 사함을 이루고자 나의 죄를 물어 이곳을 나의 무덤으로 삼고자 함이니 곧 내 집이니라." 이것은 자신의 희생으로 타인을 구하겠다는 한없는 사랑의 마음이다. 어쩌면 이 에피소드는 세속적 욕망들을 포기하면서까지 민주화라는 대의를 위해 자기를 희생했던 그들 청춘에 대한 일종의 알레고리인지도 모르겠다. 망가진 정 군의 정신은 그 시대의 폭력이 얼마나 잔혹한 것이었는가를 증명하는데, 특히 정 군의 꿈속 장면을 통해 그의 정신적 착란을 묘사한 대목은 인상적이고 그래서 더 가슴 아프다.

1981년 3월 3일 전두환이 대통령으로 취임하면서 정우는 특별 사면되어 석방되었다. "따뜻하고 온기가 있는 가족의 품으로 돌아가지만 이제 더 이상 예전의 정우가 될 수는 없었다." 고난의 여정을 거쳐 고향에 돌아왔지만 곧바로 가족을 만나 행복을 누릴 수 없었던 오디세우스처럼, 수배와 구속의 험난한 시간을 보내고 집으로 돌아온 정우에게는 아직 해야 할 일이 남았다. 어쩌면 그에게 남은 앞으로의 삶은 그 고뇌의 시간들에 대한 응답일 수도 있다. 그래서 그는 상처받고 죽어 간 사람들을 기억하며 다시 살아야만 한다.

그러나 정우는 다시 살아남아야만 했다. 정우가 살아남기 위해서는 잃어버린 시간들, 잊힌 이름들을 다시 되살려 내어야 했다. 그것은 정우 자신도 모르게 남은 숙제였다. 살아남은 자에게 남은 죽은 자의 목소리. 그 목소리만이 산 자의 영혼을 불러올 수 있었다. 뼈대만 남아 있는 자에게 피와 살을 붙이고 해골 속에 영혼을 불어넣을 수 있는 것이다. 살아남은 자의 고통은 바로 이런 거였다. 죽은 자의 목소리를 통하지 않고서는 살아남은 자 역시 죽은 자였다.

한나 아렌트는 『인간의 조건』 제5장 「행위」의 제사로 "모든 슬픔은, 말로 옮겨 이야기로 만들거나 그것에 관해 이야기를 한다면, 참을 수 있다"라고 한 아이작 디네센의 말을 인용했다. 살아남은 자의 가장 중한 역할이란 죽은 자들에 대한 기억을 망각으로부터 지켜 내는 일이다. 그 곤혹스런 기억들 속에서만 우리는 부끄럽지 않게 살 수 있다.

4.

소설의 서사 구성에서 이야기의 시간은, 1980년 5월 19일 정우 일당이 남포동에서 유인물을 살포한 직후부터 시작된 수배와 도피의 시간으로 다시 되돌아간다. 그 도피의 여로는 역시 배움의 시간으로 채워진다. 처음엔 그저 잡히지 않기 위해 달아나는 단순한 도주에 지나지 않았지만, 시간이 지나면서 "단순히 도망만 다닌다면 지금까지 정우의 행동은 아무런 의미도 가질 수 없다는 생각을 하게 되었다". 그래서 그는 "이 순간들을 나의 시간으로 만들어야 한다"고 다짐한다. 투쟁의 현장을 벗어나 도피의 길에 오르자 새삼 자연을 느끼며 젊은이다운 감상 속에서 서정에 빠져들기도 한다.

풀벌레 소리가 향기로웠다. 시골에서 자란 정우는 냄새로 계절을 느끼곤 했다. 꽃 냄새와 풀 냄새와 흙냄새와 나무 냄새 등 정우 주변의 모든 것에서는 냄새가 났다. 그리고 그 냄새는 바람을 타고 정우의 머리를 더듬기도 하고 귀를 간질이기도 하면서 스쳐 갔다. 정우의 코끝으로 냄새가 스쳐 가면 정우의 가슴은 터질 것처럼 부풀어 올랐다. 그 가슴속으로 냄새가 녹아들면 냄새는 코가 아니라 정우의 입으로 목으로 가슴으로 그래서 정우의 온몸으로 젖어들었다.

그리고 정우는 바람 냄새와 물 냄새와 햇빛 냄새와, 구름 냄새와 파란 하늘 냄새와 새들의 지저귀는 냄새와, 낮과 밤의 냄새와 정우의 집에서 키우는 소와 돼지와 닭의 꿈꾸는 냄새까지 느꼈다. 그 냄새는 향기로웠다. 그 향기로운 냄새를 정우는 모두 알고 있었다. '향기로운 냄새'로 표현되는 그 한마디의 단어 속에 수십 가지의 냄새, 수백 수천 가지의 냄새가 들어 있었다.

이념과 운동의 논리로부터 자유로워지는 순간, 청춘의 감각은 예민하게 자연을 느낀다. 자신이 가르치는 야학의 여학생 숙영의 집에서, 모처럼의 평온을 느끼며 하룻밤을 보낼 수 있었던 것도, 역설적이지만 도피의 시간이 가져온 감각의 회복 덕분이었을 것이다.

정우의 얼굴 앞으로 숙영의 가슴이 뭉클하고 부딪혀 왔다. 따스했다. 무어라 말할 수 없는 포근한 느낌에 정우는 눈을 감았다. 숙영의 머릿결이 정우의 목과 귓불을 스치며 지나갔다. 들길 위의 풀 냄새처럼 풋풋한 향기가 났다.

몸의 감각이 깨어나는 순간, 이것이야말로 관념이 육체를 얻는 가장 황홀한 순간이다. 이론과 실천의 강박에 눌려 있었던 감각들이 되살아나면 이렇게 세계를 온전하게 느낄 수 있게 된다. 하지만 도피 중에 읽은 『잡보경』의 말씀은 "지혜로운 사람은 어느 때나 화를 내지 않는다"며 인내라는 지고의 미덕을 설파하고 있었다. 그것은 세속의 정념과 일상의 욕망을 죄악시하는 저 경직된 운동의 이념들처럼 답답하다.

다시 부산으로 돌아온 정우는 고종사촌인 숙의 집에 잠시 머무른다. 숙과 그의 남편은 근실하게 공장을 다니는 노동자 부부다. 정우는 예전부터 "비록 좁은 방이라고 할지라도 백열등 불빛 아래 정다운 가족이 함께 둘러앉아 계란을 까먹는 풍경이 좋아 자주 들르곤 하였다". 몸으로 먹고사는 노동자는 사람의 온기를 아는 계급이다. 민중은 이렇게 추상적 관념이 아니라 몸으로 공감하는 사람들이다. 공사현장에서 만난 일용직 노동자 정씨 아저씨의 기구한 사연에 깊이 공감할 수 있었던 것도, 머리보다는 몸을 써서 일하는 사람들 그 특유의 정감 때문이었을 것이다. 정우에게 도피와 구속의 날들은 결국 그를 이런 인식에 도달하게 만드는 단련의 시간이었다.

지금 지나가는 순간순간이 정우의 삶의 단편이 되고 이러한 단편들이 모여 세월이 되면, 정우 역시 지나간 삶의 연장선에서 새로운 삶의 연속성을 찾을 수밖에 없을 것이다. 그렇다면 정우가 보내는 현재의 시간은 정우의 미래를 만들어 나가는 시간이 되는 것이다.

정우는, '그렇다면 도망이란 것은 무엇인가?' 라는 질문을 스스로에게 던져 보았다.

'누군가를 피하여 끊임없이 두려움에 떨며 숨어 다니는 것이 도망이라면 그 도망의 미래는 잡히느냐 잡히지 않느냐의 결과밖에는 없다. 반면에 도망 그 자체가 자신의 삶이고 그 삶 속에서 새로운 미래를 개척해 나간다면 그 도망의 미래는 잡히느냐 잡히지 않느냐에 상관없이 새로운 삶으로 자신의 미래를 이끄는 것이다.'

정우는 이제 정주의 안락함에 개의치 않고 영원한 탈주의 시간 속에서 행복할 수 있을까? 자신의 미래를 새로운 삶으로 이끄는 것이 도망이라고 인식할 때, 수세적인 도피는 드디어 능동적인 도주로 비약한다. 두려움 속에서 숨어 버리는 도피가 아니라 지금 이 시간에 대한 충실함 속에서 다가올 미래의 삶을 유인하는 도주. 청춘의 여로는 하나의 종착지로 귀결되는 것이 아니라 우발적인 만남의 연쇄로 끝없이 펼쳐져야 한다. 도주란 그런 것이다. 그러므로 청춘은 늘 바쁘게 달아나는 삶이다. 알 수 없는 미래로 불안하지만 정해진 것 없기에 기대로 가득한 것, 그것이 청춘이다. 그러므로 1980년의 그 시간들은 되돌릴 수 없는 과거가 아니라 미래를 불러오는 현재의 시간이다. 그 시간 속에서 우리 모두 행복하기를. 끝나지 않을 영원한 청춘의 여로를 위하여.

작가의 말

1980년 그 해, 딱 1년 동안의 회상이다. 그러나 회상이 이어지면서 4개월의 시점이 보태졌다. 1년 4개월의 시점 속에, 그 해에 살았던 사람들의 이야기가 있었다.

지나간 시대였다. 되풀이되는 역사 속에 별로 새로울 것도 없었다. 그 시대, 그 많은 이야기들 속에는 그 시대에 주어지는 고통이 있었다. 시대를 이야기할 때, 그 이야기는 새로워야 했다. 그 새로움으로 주어지는 문제의식이 있어야 했다. 그 문제의식은 시대를 다시 만들고 그 시대는 새로운 것이 되어야 했다.

일에는 순서 같은 것이 있다. 이 일을 먼저 하지 않고서는 다른 일을 할 수 없는 것 말이다. 그 시대 이야기가 그랬다. 많은 이야기가 오고 갔고, 나름의 분석과 평가가 이루어졌는데도 무언가 빠진 듯한 느낌 같은 거 말이다. 심지어 1980년대식의 글 나부랭이들, 우려먹기 식의 후일담이나 쏟아낸다는 평론들에는 가슴이 섬뜩할 정도의 공포가 일어났다. 그 시대, 유인물 한 장을 쓰기 위해서도 목숨을 걸어야 했던 그 시대의 공포심보다도 더하게, 이 시대, 누구나 자유롭게 글을 쓰고 자신의 이야기를 할 수 있는 이 시대가 더 무서워졌다. 억압은 총칼에만 있는 것이 아니었다. 세 치 혀끝에서도, 억압은 총칼보다도 더 무섭게 시대를 장악하고, 사람의 손과 발을 묶고, 눈과 귀를 멀게 하고, 급기야 퇴행의 역사를 만들려 하고 있다.

이 시대, 제대로 된 이야기가 없다는 것은, 순서가 잘못된 말이다. 문제는 제대로 된 이야기든, 제대로 안 된 이야기든, 그 이야기 자체가 부족한 데에 있다. 굳이 양질 전화의 법칙을 이야기하지 않더라도, 이야기 자체가 부족한데 어떻게 완성된 이야기가 만들어질 수 있겠는가? 수천 명의 시위대 한 사람 한 사람이 모두 한 가지씩의 이야기를 가지고 있는데, 그 엄혹한 시대 수만 명 또는 수십만 명의 사람들이 자신의 이야기들을 가슴속에 품고 있는데, 그 이야기들을 모두 끄집어내지 않고서는 어찌 이야기를 완성할 수 있겠는가? 한 걸음도 나아갈 수 없다.

이 세상에 제대로 되지 않은 이야기는 없다. 역사에 진부함이 있는가? 찰나에 사람의 목숨이 사라지고 살점이 터져 피바람이 난무하는 역사 속에 진부함은 없다. 이 회상은 '1980'이라는 제목 그대로 1980년 5월을 전후한 1년여 동안에 한정된 것이다. 그 시대 누군가에게 일어났던 이야기를 정리한 것이다. 물론 그 시대에 살았던 사람이라면 누구에게나 일어났을 법한 일이지만, 사람의 기억이란 직접 겪어 보지 않고서는 만들어지지 않는 것이기에 특수한 상황을 가미할 수밖에 없었다. 그 특수한 상황은 바로 이름들이었다. 그리고 그 이름들이 만들어지기까지 전후맥락을 설명할 수 있는 몇 가지 시대적 공간을 조금 넓혀 본 정도이다. 1979년 10월 부마항쟁의 기억을 조금 추가한 것이 그것이다.

이 회상이 갖는 의미는 그 시대 투쟁의 한편에 부산이 있었다는 것, 그리고 그 부산은 단순히 부산만을 의미하는 것이 아니라 한국사회 전체를 의미한다는 것을 새삼스럽게 한 번 더 기억시켜 주고자 하는 것이다. 당시 전두환 군사쿠데타세력은 1980년 5월 광주시민을 폭도로 몰아붙이기 7개월 전에, 이미 부산시민을 폭도로 몰아붙였다. 1979년 10월의 부산시민의 투쟁과 1980년 5월의 광주시민의 투쟁은 연속선상에 있었다. 그 7개월이라는 시간은 단절된 것이 아니라 연속된 것이었고, 그 속에서 진행되었던 민중들의 투쟁은 점점 커져 가는 폭압에 맞서 자신들의 투쟁을 확대해 나가는 것이었다. 그리고 1980년 5월 18일, 전국에서 투쟁의 불길이 솟아올랐다.

마지막으로 이 소설을 출판할 수 있게 된 것은 전적으로 산지니 출판사 덕택이다. 글을 읽어 주고 다듬는 데 신경을 써 주신 강수걸 사장과 편집진에게 진심으로 감사를 드린다. 편집과 디자인을 직접 맡아 준 김은경, 권문경 님에게 감사를 드린다. 이 소설을 처음부터 읽어 주고 퇴고에 도움을 준 문학평론가 전성욱 선생에게도 감사의 인사를 전한다. 그리고 어설픈 가장의 글쓰기에 마음을 다하여 응원한 아내와 딸에게 고마운 마음을 전한다.

2011년 8월 어느 날
노재열

작가 약력

경남 진주 출생, 진주고등학교 졸업(47회), 부산대학교 졸업

1979년 10월 부마항쟁으로 도피

1980년 비상계엄령, 계엄포고령위반 구속

1981년 국가보안법 구속(부림사건)

1987년 노태우 반대시위 구속

1988년~1995년 영남지역 노조·단체연석회의 집행책임자

1989년~1994년 부산지역 삼화고무 투쟁 관련 업무방해(제3자개입금지법) 수배

1996년~1998년 민주금속노동조합연맹 정책국장, 19년 만에 부산대학교 졸업

1998년~2000년 금속산업노동조합연맹 정책기획실장

2000년~2001년 독일어 어학연수와 독일금속산업노동조합(IG Metal) 중앙

본부 연수(독일 슈베비쉬 할, 프랑크푸르트 소재)

2001년~2002년 전국금속노동조합 정책기획실장

2002년~2005년 금속산업노동조합연맹 정책기획실장

2006년~2008년 현대자동차노사전문위원회 연구전문위원

2007년~2011년 부산지방노동위원회 근로자위원

2007년~현재 민주노총 서부산노동상담소 소장

1980

1판 1쇄 펴낸날 2011년 9월 30일

지은이 노재열
펴낸이 강수걸
펴낸곳 산지니
등록 2005년 2월 7일 제14-49호
주소 부산광역시 연제구 거제1동 1493-2 효정빌딩 601호
전화 051-504-7070 | **팩스** 051-507-7543
sanzini@sanzinibook.com
www.sanzinibook.com

ⓒ노재열, 2011
ISBN 978-89-6545-160-0 03810